ノスタルジア・ワールド・オンライン 2

Nostalgia world online

首狩り姫の突撃《とつげき》

著 naginagi
画 夜ノみつき

TOブックス

CHARACTERS

ショーゴ

アリスとリンの幼馴染。人当たりの良いイケメン。アリスとは別にパーティを組んでいる。武器はロングソード。

アリス

主人公。幼馴染のリンとショーゴに誘われて NWO を始める。食べるのが大好きで、もっぱら色気より食い気。本人は朗らかで穏やかな性格なのだが、目を光らせて動物やモンスターを追い回す姿は『首狩り姫』として恐れられている。武器は脇差『桜花』。

リーネ
防具屋さんの主人で猫耳娘。語尾はもちろん「にゃー」。腕はたしかだが、少々お金にめざとい。アリスの防具作成の依頼を受ける。
ルカ
旅先でアリスと出会った少女。意気投合し、アリスと行動を共にする。外見や性格こそ幼いが、実はアリスより歳上。武器は弓。
リン
アリスとショーゴの幼馴染。お淑やかな外見とはうらはらにお姉さん気質。アリスとは基本、別行動をしているがイベントによっては一緒に行動することも。魔法杖を装備していて、風魔法が得意。

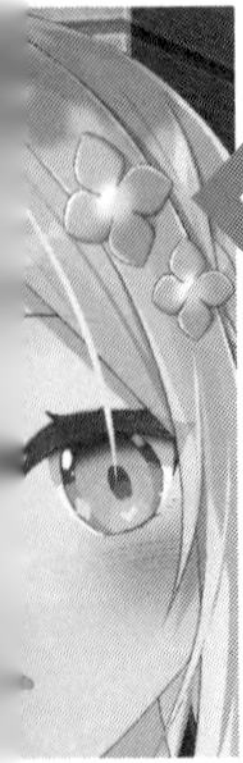

CONTENT

GOHAN!

《 Nostalgia world online 》

KUBIKARI HIME no Totugeki! Anata wo

BAN

Illustration : 夜ノみつき
Design : AFTERGLOW

第二章

ハムハム……モグモグ……ゴックン。

「アリサ美味《おい》しい～？」

「おいひぃー」

「お前らそのやり取り何回すりゃいいんだよ……」

今私は、鈴《すず》と正悟《しょうご》と一緒に闘技イベントの打ち上げ会をしている。会場はもちろん正悟の家で。

なんか鈴が色々買ってきてくれたので皆でそれを飲み食いしている。一応私と鈴が20歳になったんだけど、正悟だけが19歳で誕生日が6月なのでまだ酒盛りまではできない。

一応ビールを飲んでみたけどなんか苦かったから酒盛りするときは私はチューハイを飲もうと思った。そっちはちゃんと飲めたから安心だ。

鈴もビールはダメだったようです。そこで何故かワインを飲んだという話で、何故ワインかと聞いたところ……。

「だってこっちの方が大人っぽく見えるでしょ～？」

とのことだ。確かに鈴はワインの方が似合ってる感じはするけど……。

「それでお前らどうするんだ？」

「「何を？」」

正悟が私たちに何かを聞いてくるが、まったく察しがつかない。何をどうするのだろう？

「第2陣が来週くるだろ。それでどうするかっていう話だ」

あー……そういえばそうだった。闘技イベントまでは覚えてたけど打ち上げしてたら忘れてた。

「それでちょっと気になった情報があってな」

「どんな情報～？」

「何かアップデートの話とかあったかしら～？」

「いや、アプデではないんだが、第2陣に最近有名になったネットアイドルがいるらしくてな、そのファンも一緒に来るんだとよ」

それが何か私たちに関係あるのかな？

「アリサは関係なさそーという感じだが、こういうのに絡まれるとすっげえめんどくせえんだわ」

「ようはネットで色々中傷の書き込みとかされる可能性があるってことね～？」

「それが何か厄介《やっかい》なの？」

「ネットに広まるってことは、最悪NWOでの活動が邪魔される可能性もあるってことだ」

うーん……それは嫌かなぁ……。

「まぁそんなことしたら、私がそいつらお仕置《しばい》きしてあげるからアリサは心配しなくていいわよ～？」

「うっうん……？」

「あー怖い怖い。流石闘技イベント優勝者だぜ」

「褒めても何も出ないわよ～？」

「褒めてねぇんだけどなぁ……」

まぁそのネットアイドルと関わらなければ問題ないよね。大丈夫大丈夫。


「アリスありがとねぇ。おかげで十分な量を確保できたそうだよ」

「私たちの時みたいに供給不足になるとまた何か起こりそうだったからね。でもホントにあの薬草でよかったの？」

「構わん構わん。ないよりはある方がいいからねぇ」

私はあれから1週間、エアストの街のお手伝いとして薬草の栽培を手伝っていた。正直言うと特にやることが思いつかなかったからだ。

まぁ第2陣が第1陣と同様の1万人ぐらい来るという話で、今確保している薬草の量では少し心許ないということで、【成長促進】と【急激成長】を持っている私にナンサおばあちゃん経由で依頼が来た。

先にも言ったが、やることが特になかった私はその依頼を受けた。他にもポーションに使う瓶《びん》などの作製を他のプレイヤーが受けていたので同時進行ということなんだろう。

私はギルドが管理している畑を一時的に貸してもらい、そこで薬草の栽培を行った。最初は【成長促進】を使ってやるもんだと思っていたのだが、それでは時間がかかりすぎてしまうので多少品質が下がっても構わないから【急激成長】にしてくれと言われた。

まぁ私としてはどちらでもよかったので、言われた通りに【急激成長】で薬草を一気に成長させた。あとはGTで3日――つまり現実で丸1日待てば収穫できるということだ。そして、意外にMPが残ってまだ出来るという事を伝えるとまさかの畑を増やされた……。

種を植えるのは仕方なかったけど、さすがに複数の畑に水遣りを1人でするのは大変なので、こっそりレヴィに手伝ってもらった。まぁギルドの人に見つかってしまったので、港町に行ったときに保護した海蛇ですってことで納得してもらい、お手伝いしてる代わりに言わないようにお願いをした。レヴィも早く町中に連れて歩けるようにしたいなぁ……。とりあえず他にもペットを連れてる人が増えてくれないと目立っちゃうからそれまでは我慢かな？

ということで私はこの1週間で薬草を数千個作ったということです。あれ？ 私って生産職だっけ？

ともかく、そろそろ第2陣がログインできるお昼の時間だ。街にはギルドに勧誘しようと第1陣のプレイヤーたちが多く見られる。そして実はリンがギルドに所属しているためこちらに来ているようなのだ。

やっぱり大会優勝者ということで、色々なギルドから声を掛けられたそうだ。まぁフリーにしておけるわけないよね。

それでリンが所属したのは銀翼だった。ちょっと意外と思ったんだけど、理由を聞いたら「目標に届きやすそうだったからかしら～」ということだ。リンの目標って何だろ？

っと、そんなことしている場合じゃない。早いところマールさんのところに行ってご飯買ってこないと。もしかしたら混んで買えなくなるかもしれないし！

私がマールさんのところでパンを買って大通りに戻った頃には、既に第2陣がログインし始めて大通りには大量の人がいた。

「初心者歓迎だよ！」「ポーションやすいよ！」と言った声が聞こえてきて、なんだかオープン開始時の時を思い出す。とりあえずこの調子じゃあしばらく大通りを横切れないからここでさっき買ったパンでも食べてよっと。今日の昼食はお馴染みのマールさん特製ハニートースト！

「いただきますっ！」

はむっ！　ん〜っ！　美味しいっ！

「そこのプレイヤー、ちょっと聞きなさい」

やっぱりマールさんのパンは相変わらず美味しいなぁ〜。私も早く色々料理できるように調味料集めないとなぁ。

「ねぇ！　聞いてるの！」

んーそういえば蜂蜜《はちみつ》とか結局集めてなかったしこの際集めようかな？　あとは砂糖や小麦とかも。

あれ？　そういえば発酵《はっこう》させるには【醸造《じょうぞう》】スキルが必要なんだっけ？　調べとかないと……。

「そこの着物を着たあなた！　こっちの話を聞きなさい！」

ん？　着物？

私は顔を声のする方へ向けるとなんか女の子がいた。というか何人か侍らせてる（？）けど……何か用かな？

「何か言いましたか？」

「さっきから言ってるじゃない！」

「はぁ……」

なんで私が怒られてる感じなんだろう……。

「その着物、どこで手に入れたのよ」

「これ？　オーダーメードだけど」

「じゃあその店を教えなさい」

「リーネさんのお店なら向こうの方だけど」

私は指を差して大まかな位置を教える。

「そう。じゃあそこまで案内しなさい」

何でこの人こんなに偉そうなんだろう……？

「そもそもお金持ってるの？」

「1万G持ってるわ」

「たぶん6000Gは掛かるし、他にも依頼されてると思うから時間掛かるよ？」

「なんで防具にそんな時間掛かるのよ！」

「NWOの生産は全部手作りだからね。そりゃ時間掛かるよ」

なんだか相手は納得してない様子だけど、できないものはできないし仕方ないよね。

すると、1人の男性プレイヤーがこちらに近づいて来る。

「海花様ー！」

「まったく、遅いのよ！　あなたが第1陣で案内するって言うから待っていたのに！」

「すっすみません！　予想以上に人が多くて探すのに時間が掛かって……」

なんだろう……ホントなんでこの人こんなに偉そうなんだろう……。まぁ第1陣の人が来たからもういいよね。

「じゃあ私はこれで」

「ちょっ⁉　待ちなさい！」

「……まだ何か……？」

「何勝手に行こうとしてるの！　まだ話は終わってないのよ！」

「話って……そこの人に聞けばいいじゃん……」

「そういう問題じゃない！」

そろそろめんどくさくなってきた……。初心者なら私のＡＧＩに勝てないだろうし、さっさと逃げようかな……。

「その……海花様……あまり他のプレイヤーに迷惑を掛けるのは……」

「このネットアイドルで有名な海花に声を掛けられてどこが迷惑なのよ！」

うへぇ……これが例のネットアイドルなの……？　ショーゴー……さっそく会ってしまったよ……。

すると注意（？）をしている第１陣のプレイヤーが私に目配せをしているので、今のうちにおさらばさせてもらう。

「あっ！　ちょっとっ！」

流石に初心者に追いつかれるほど私のＡＧＩは低くない。それにこの街の地形を把握している私を捕まえられないだろう。それに……。

「屋根にまで上ってしまえばわからないでしょ」

それにしても面倒なプレイヤーだった……。てか……。

「さっそく問題起こりそうだなぁ……」

私はため息を吐いて気分転換に森で狩りを行うこととした。

『あら～……そんなことがあったの～……』

「うん」

『アリサもフラグ立てるのが早いのか……それとも巻き込まれる体質なのか……』

「好きで巻き込まれたわけじゃ……」

私たちはPCを使ってインターネット電話サービスで通話をしている。内容は今日起こったことについてだ。別にゲーム内でもよかったんだけど、周りに聞かれる心配もあったため、メッセージでちょっと時間を作って貰えるようにお願いしたのだ。

『それにしても海花っていうネットアイドルは要注意ね～……。アリサも何かあったら銀翼を頼ってね～？　団長には後で私から説明しておくから～』

「ありがと、鈴」

『確かに第2陣の一部のマナーの悪さはさっそく目立ってるしな。一応掲示板でも第2陣向けの注意書きまであったのにな……』

「掲示板にそんなのもあったんだ？」

『まぁこれは守っといたほうがいいぞ程度だけどな。まぁそれに……いやなんでもない』

「？」

なんか気になるから言ってほしいんだけど……。

『でもアリサも注意しろよ？　そういうのはいつどこで何をしてくるか読めないからな』

「わかったー」

『いっそのこと私が方《かた》を付けてもいいんだけどね～……うふふ～……』

『とりあえず落ち着け鈴、お前がやるとマジで洒落にならん』

「すずぅー、私は大丈夫だから団長さんやエクレールさん手伝ってあげて。今新規の隊員で忙しいでしょ？　もう話すこと終わったから戻って大丈夫だよ」

ギルドに入ったばかりで忙しい鈴をあまり拘束するのも悪いし、早々に話を終わらせよう。

「正悟もありがと、注意するね」

『まぁ何かあったら連絡しろ。いいな？』

『何を置いてもアリサのこと助けに行くからね～？』

鈴はやっぱりまだ落ち着いてないよね……？

私は通話を終了し、少しベッドに横になってリラックスする。

「とりあえず次インした時に何もなければいいなぁ……」


翌日、さっそくログインした私は森に入った。闘技イベントで使用した苗木の補充のため、クラー湖に向かうためだ。あそこの周辺に生えている木が私の戦闘スタイル的にいい感じだった。

そして森に入ってさっそく移動しようと思って木に登った時に叫び声が聞こえてきた。

「何かな？」

私は声がする方へ向かうと、初心者っぽい格好をした2人組が3匹の狼に囲まれているのを見つけた。

「んー……いきなり狼3匹は辛いよね……」

見つけてしまったものは仕方ない。それに杖を持った方は座り込んでしまっているし……あれじゃやられるのも時間の問題だよね。見捨てるのもなんだし、私は彼らを助ける事にした。

「ひぃぃっ⁉」

1匹の狼が2人組の内、立っている方に襲い掛かろうとする。

少し距離的に間に合わないのでここは……。

「『アースシールド！』」

「キャゥンっ⁉」

私は立っている方の彼の前に土壁を出すと、狼は土壁にぶつかって倒れ込む。

そして私に近い方の狼がこちらに気付いて襲い掛かってくると、癖《くせ》でつい首を狩ってしまいそうになるが、この狼は彼らの獲物なので加減をしないと……。

私は狼の突進を避けて、そのまま首根っこを掴んで横っ腹に脇差を刺す。狼は苦しそうにするが、まぁ1発程度ならまだやられないだろう。

瀕死になった狼を座り込んでいる彼の方に投げて言う。

「その狼早く殴って倒して！」

「はっはいっ！」

座り込んでいる彼は必死に狼を杖で殴る。そして狼のＨＰがなくなって消滅した。これでドロップは彼らの物だね。

残った狼は分が悪いと判断したのか逃げようとする。

このまま逃がしてしまうとＭＰＫ扱いにされてしまうかもしれないので、私は全力で追いかけて首を刎ねにいく。

そして狼を２匹倒した後、彼らの下に戻るとお礼を言われた。

「助けてくれてありがとうございますっ！」

「あっありがとうございますっ！」

「どういたしまして。でも第２陣なんだよね？」

「はっはいっ！」

「だったらこの森より、北の草原の方が見通しがいいからそこで慣れてからの方がいいよ？」

「はっはいっ！」

「わっわかりましたっ！」

うんうん。こう素直な子たちの方がいいよね。

まぁ私もこう素直な子たちに対して、「じゃあ あとは頑張って」と言うほど厳しくはない。彼らがこの森から出られるように付き添ってあげた。

森を出ると彼らは私にお礼を言ってそのまま街へと向かうことにした。

さてと、私も行くとしようかな。そう思って再度森に入ろうとすると誰かが声を掛けてきた。

「やっと見つけたわよ！」

うぇー……。

後ろを振り向くと、そこには昨日絡まれたネットアイドルとその取り巻きの姿があった。

「まだ何か……？」

「昨日はよくもこの海花を無視してくれたわね！」

「それでまた追ってきたの……？　暇なの……？」

「暇じゃないわよ！　あなたが逃げたからいけないんでしょ！」

そんな横暴な……。

「それで……何をすれば納得するの……」

「ふっ！　決まってるじゃない！　あなたがあたしにひれ伏せばいいのよ！」

……何を言ってるんだろうこの子は……。

「えっと……どういう意味……？」

「えーっと……そのー……海花様はアリスさんにPVPを申し込むということで……」

取り巻きの内、第1陣の彼が申し訳なさそうにネットアイドルが言った意味を説明してくれた。

「えっと……それは私とその子のタイマンってこと……？」

「いえ……僕たち全員と……ということで……」

……バカなの？　なんでタイマンじゃなくて取り巻きとも戦わなきゃいけないの……？

「別に逃げてもいいのよ？　お人形さんみたいなあなたにはそれがお似合いだろうけど」

「あっあの……海花様……あんまり挑発するようなことは……」

「別にこんだけ人数がいるんだから勝てるんだしいいのよ！」

「いっいえ……その……彼女は……」

なんか昨日の事も含めてカチンと来た。

「いいよ。やってあげる」

「あら？　受けるんだ。いい度胸ね」

「さっさとＰＶＰ申請して」

「ふんっ」

彼女が私にＰＶＰ申請をした。ＰＶＰは申請された側がルールを決めることが出来る。ルールと言っても戦闘方式や範囲、それに時間ぐらいだけど、私がルールを決めたいから相手に申請させた。

ルールはデスマッチ方式で範囲はこの森を含める直径１キロ、そして時間無制限。

「はい」

「ふーん……デスマッチでいいんだ。リーダーデスマッチじゃなくていいの？」

「構わない」

「じゃあ始めましょうか」

「いいよ」

お互いに同意したことにより、ＰＶＰ開始のカウントが始まる。

第１陣の彼が私が指定したルールを見て青ざめていたがそんなのはどうでもいい。だって、もう始まっちゃうもん。

『試合開始っ！』

ＰＶＰ開始のアナウンスが鳴った瞬間、私は森へと入った。


「あっ待ちなさいっ！」

「海花様お待ちください！」

第一陣の彼があたしの腕を掴んで止めた。

それとは別に、あたしのファンたちは意気揚々と森へ続々と入っていった。

「何するの！　あなたもさっさとあの子を追いなさい！」

「駄目です！　彼女と森で戦ってはいけません！」

「どういうことよそれ！」

「彼女は……いえ……アリスさんは【首狩り姫】と呼ばれた第1陣のプレイヤーです……」

「首狩り……姫……？」

「はい……。彼女は確かに対人に向いたようなスキルはほとんど所持していません……。ですが……フィールドが森になった瞬間、彼女の脅威度は一気に撥ね上がります……」

その瞬間、森から歌が響いてきた。

「この歌は……？」

「海花様っ！　耳を塞《ふさ》いでください！　早くっ！」

あたしは何が何だかわからないけど、彼が必死で言っているからそれに従って耳を塞ぐ。

しばらくすると彼が耳を塞ぐのをやめていいという合図をしたので、あたしは耳を塞ぐのをやめる。

「今のは……？」

「首狩り姫の所持スキルの1つです。おそらくこれから……っ⁉」

「どうしたの⁉」

「………1人……殺《や》られました……」

「えっ⁉」

あたしも自分のＰＴ一覧を見てみると、こちらも1人ＨＰゲージがなくなっているのが確認できた。

つまりこれは……。

「少なくとももう3人はやられているでしょう……」

「そんな……この短時間で……いくら第1陣が相手だとしてもこっちは20人ぐらいいるのよ！　それが何で⁉」

「首狩り姫は1撃で相手を倒せる【切断】スキルというのを持っています。判定はシビアでほとんど成功しないのですが……」

「それを成功させて……あたしのファンを倒してるっていうの……？」

嘘よ……そんなの嘘……あたしはこんなことを簡単にやってのける相手に喧嘩を売ったってこと……？

「なんですぐ教えなかったのよ！」

「もっ申し訳ありません……」

あたしは彼に対して怒りをぶつける。昨日の時点で教えてもらえれば今こんなことにはなってなかったのにと。

すると今度は森の一部が暗くなっていく。

「今度は何っ⁉」

「まずい……こう暗くなってはバラバラになって……急いで森から出る様にＰＴチャットを打ってください！」

「わっわかったわ！」

あたしと彼は急いでPTメンバーに森から出る様にチャットを打った。この際、あたしと彼のPTに所属していない三つ目のPTは諦める。

「うぁぁぁぁぁぁ」

「ぎゃぁぁぁぁぁ」

「どっどこからっ……がっ⁉」

「ひぃぃぃぃぃ」

そして今度は森から悲鳴がどんどん聞こえてくる。あたしは咄嗟《とっさ》にPT一覧を見るとPTメンバーのHPがどんどんなくなっているのがわかった。

すると彼があたしに報告してくる。

「……こちらのPTは……全滅しました……」

「嘘……こっちも全滅……」

あたしたちを外して18名……それがたった10分そこらで全滅したって言うの……？

「いくらあたしたちが初心者だからと言ってそんなことになるの……？」

「相手が魔法職だったらこうなる事もあり得ますけど……普通……近接職相手ならこうも短時間では……しかも森となるともっと時間が掛かります……」

「これが……【首狩り姫】の実力ってことなの……？」

「森での戦闘に限って言えば……そうなります……」

その瞬間あたしは崩れ落ちた。喧嘩《けんか》を売る相手を間違えたと。ネットアイドルで有名になったからと言って自惚れていたということを……。この世界じゃあたしなんてただの1人のプレイヤー……肩書きなんて誰も気にしていない……。

「海花様っ⁉」

「ふふっ……あたしは……勘違いをしてたのね……」

「そうだよ」

「「⁉」」

森から声がしたのでそちらを振り向くと、着物を着てところどころに血を付けた少女が刀を抜いて現れた。綺麗だった少女の銀髪も血で朱に染まり、彼女が本当にあたしのファンを全滅させたんだと再認識させられる。

「あ……あ……」

あたしは涙目になって後ろに下がろうとする。でもうまく動けない。正面にいる少女が恐ろしくて身体が動かなかった。

「あなたに言いたいことが2つある。まず1つ、あなたがどんな存在であろうとも、この世界じゃ関係ない。あなたはただのプレイヤーの1人」

彼女はゆっくりと近づいてくる。

「2つ、別にあなたがどんな態度でプレイしようが正直どうでもいい。でも……」

彼女は冷たい表情でこちらを見つめてくる。

「街の人たちに何かしたら、私はあなたたちを絶対に許さない」

「ひっ⁉」

歯がガチガチいって止まらない。そして彼女は冷たい表情のままあたしの目の前で立ち止まる。

「それで？　残りはあなたたちだけなんだけど、どうする？」

「どっどうするとは……」

「このまま首を刎ねて終わらせてもいいんだけど、あなたには昨日逃がしてもらった恩もあるからそこら辺を含めてどうしようかなって」

するとと隣にいた彼は武器を仕舞って少女に土下座をする。

「今回の件については、第1陣の僕が止められなかったことが原因です。ですから僕に責任があります」

「あなた何をっ⁉」

「ですので、海花様の降参を受け入れてください。僕は首を刎ねられても構いません。どうか……お願いします……」

「…………」

少女はただ無言で彼を見つめている。

「……はぁ……。逃がしてもらった上にこんな事されたら何もできないよ……」

「ありがとうございます……。海花様……降参してください……。システムにあるはずです……」

「わっわかった……」

あたしは震える指で何とかシステムから降参の申請を出した。

「あなたも降参申請して」

「よ……よろしいのですか……？」

「次はないと思って。皆、私みたいに優しくはないと思うし。はぁ……昨日リンに言わなければよかったかなぁ……」

リンが誰かわからないけど、彼女がため息を吐くほどの相手ということだろう……。もしそのような相手に知られたらあたしは……。

「あっそうだ1つ言い忘れてた事あるから付け足していい？」

「なっ何を……？」

未だ歯がガチガチと鳴り続けるが、彼女の話を聞く以外あたしに選択肢はなかった。

「とりあえず、今後はこういうことはしない方がいいよ。それと第2陣向けの掲示板あるから見る事。わかった？」

「え……？」

「……聞いてる？」

「はっはいっ！」

「よしっ。2人の降参申請許可するから、多分この辺りに取り巻きの人たち飛んでくるはずだよ」

彼女はそう言ってあたしたちの降参申請を許可したのだろう。そしてPVPが終了したのか、次々にあたしのファンたちがリスポーンしてきた。

「それじゃあ私行くから。もう迷惑掛けないでね」

そう言って彼女はまた森に消えていった。


はぁ……。面倒だった……。

でもまぁ初心者ばっかりだったから、狩るの自体はそこまで大変じゃなかったからよかったけどね。

これで初心者狩りとか言われたらどうしよう……。でもあっちが喧嘩売ってきたんだからあっちの責任だし……。私は悪く……ないよね……？

あれで心を入れ替えしてくれたらいいんだけどなぁ……。そんな単純にはいかないと思うけどね。

そもそも説教は私のキャラじゃないと思うんだけどなぁ……。

まぁそれはさて置き、クラー湖着いたら少し水浴びさせてもらおっかな。少し返り血が付いちゃったし。レヴィに洗ってもらうのもいいけど水浴びもしたいし。

んー……先にレヴィに血を落としてもらって、その後湖で水浴びの方がいいかな？　とりあえず水浴び楽しみだなぁ。こっちだと夏だしきっと気持ちいいよね。

そうだ！　今度リンやショーゴたちも呼んでみようかな。そろそろ探索範囲も広がってきただろうし、銀翼に所属したリンを通じて周りに言ってもらえれば、イカグモさんたちに乱暴はしないと思うし。そして皆がクラー湖に来れる様になれば……うへへぇ～皆でバカンスだー！

【さぁ】スキル情報まとめPart23【発言しよう】

1：名無しプレイヤー
http://******************　←既出情報まとめ

56：名無しプレイヤー
次スレ作成　＞＞980

57：名無しプレイヤー
あー魔法の派生の相性わっかんねえ！

>>56今わかってるのが土と闇で重力、水と風で氷、風と雷で嵐、水と光で聖、火と水で霧、水と嵐で渦だけだからな

58：名無しプレイヤー
>>57土関係が全くないからそこら辺も取って探さないといけないな

59：名無しプレイヤー
>>58そう思って基本魔法7種全部取ったやつがいるんだけどな……

60：名無しプレイヤー
>>59おいやめろ　それ以上はやめてあげるんだ

61：名無しプレイヤー
>>60なんかあったのか？

62：名無しプレイヤー
>>61最初にあげた火水風雷の四種類の複合派生（氷、嵐、霧、渦）は出たんだ……しかしそっから土光闇を上げても複合派生が出てこなかった……あとはわかるな……？

63：名無しプレイヤー
>>62ということは基本魔法7種の内最大でも4つまでしか反映されないということか？

64：名無しプレイヤー
>>63そういうこっちゃ　人柱のおかげで複合派生は基本魔法4種類までということはわかったが、本当に使いたいと思ってる魔法以外は不用意に取るなよ絶対だぞ

65：名無しプレイヤー

うっわっ……人柱に感謝せねば……（-人-）

66：名無しプレイヤー
（-人-）

67：名無しプレイヤー
そういうことで検証組も各々取る魔法を決めて今上げてる最中なのよ

68：名無しプレイヤー
こういうのって意外なところから派生魔法が出るんだよな……

69：名無しプレイヤー
そういや闇関連でネクロマンサーとかできるんかね？

70：名無しプレイヤー
＞＞69どうなんだろうね　でも住人とかからしたら印象悪くなりそうだけどな……

71：名無しプレイヤー
使う死体が仕舞えたりできたらいいんだが、もし出しっぱなしじゃないといけないとなると……

72：名無しプレイヤー
街に入れねえのか……（白目

73：名無しプレイヤー
＞＞72お前ゾンビが町中徘徊してて良い印象持つか？

74：名無しプレイヤー
＞＞73ノーセンキューです　帰って　どうぞ

75：名無しプレイヤー
ベストタイミングかにゃ？　それに関連するかもしれない情報手に入れたにゃ
76：名無しプレイヤー
＞＞75おっ口調戻ってる　もうするんじゃねえぞ
77：名無しプレイヤー
＞＞76もう反省してるにゃ……　それより今の話に関連する話にゃ
イジャードで住人に【操術】っていうMPを使って物を操れるスキルを教えてもらったのにゃ
そしたら【傀儡《くぐつ》術】っていうスキルが取得可能になったにゃ
その取得条件が【操術】スキルと【道具】スキルの所持なのにゃ
もしかしたらこの【操術】スキルと何かでネクロマンサーができるかもしれないにゃ
78：名無しプレイヤー
＞＞77おおおお！　あざすっ！
79：名無しプレイヤー
なるほど……確かに傀儡って人形とかのことを言うし……それで道具か……
80：名無しプレイヤー
やっぱりある程度条件は関連させてるんだな
81：名無しプレイヤー
ということは浪漫の陰陽師スタイルもいつかはできるということか！
82：名無しプレイヤー

＞＞81なんか色々条件厳しそうだががんばれ

［熊に］エアスト西の森スレPart6［注意］

1：名無しプレイヤー

http://*******************←既出情報まとめ

次スレ作成　＞＞980

164：名無しプレイヤー

いやぁ……着物を着たお姉さんに助けてもらえたわ……

165：名無しプレイヤー

名前わからなかったけど小動物的な人だったわ

166：名無しプレイヤー

＞＞164＞＞165よかったじゃないか　でも着物ってことは第1陣だよな？　まだエアスト付近に勧誘以外でいるのか

167：名無しプレイヤー

＞＞166いやぁ凄かったっすよ　突っ込んできた狼を土壁で守ってくれたり、避けて首根っこ掴んで刀で横っ腹刺してこっちに止めを刺させてくれましたし

168：名無しプレイヤー

………なぁそのプレイヤー銀髪じゃなかったか？

169：名無しプレイヤー

＞＞１６８えぇ、銀髪で着物を着た少女っぽい方でしたよ
１７０：名無しプレイヤー
銀髪……着物……刀……森……うっ……頭が……
１７１：名無しプレイヤー
＞＞１７０えっと……どうかしたんですか……？
１７２：名無しプレイヤー
＞＞１７１気にするな　＞＞１７０は頭痛が起こっただけだ
１７３：名無しプレイヤー
はぁ……？
１７４：名無しプレイヤー
ともかく初心者は他のスレに第２陣用の注意書きがあるからちゃんと見る様に
１７５：名無しプレイヤー
＞＞１７４わかりました　ありがとうございます
１７６：名無しプレイヤー
すまん俺も初心者なんだが、いきなり森で歌が聞こえたんだがこれってなんかのバグなのか？
１７７：名無しプレイヤー
＞＞１７６とりあえず森で歌が聞こえたら耳を塞げ　まずはそれからだ……ってもう手遅れか
……
１７８：名無しプレイヤー

>>177えっ!?　俺手遅れなの!?
179：名無しプレイヤー
>>178とりあえずまずは落ち着いて来たであろう道を戻れ　もし他のプレイヤーに会ったら街の方角を聞いて戻れ
てか君も第2陣用の注意書きを見てなかったのか……
180：名無しプレイヤー
>>179うっ……すみません……
181：名無しプレイヤー
まぁそれについては首狩り姫にも非はあるからな……てか今の彼女に歌うほどの相手は森にいないと思うが……
ちょっと別スレ見てくるからもし聞きたいことがあったら書き込んどいてくれ
182：名無しプレイヤー
>>181あざす　いってらです

[荒らしと]【首狩り姫】アリスちゃんに関するスレPart2［転用禁止］
1：名無しプレイヤー
http://******************←アリスちゃんまとめ
次スレ作成　>>980
371：名無しプレイヤー

なんかアリスちゃん第2陣に絡まれてたな

372：名無しプレイヤー

ん？　それどこで？

373：名無しプレイヤー

昨日街で絡まれて今日またその第2陣に絡まれてる

374：名無しプレイヤー

場所は？

375：名無しプレイヤー

森近く

376：名無しプレイヤー

解　散

377：名無しプレイヤー

つかその第2陣はあいつら用の注意書き掲示板みてなかったのか？

>>376はええよｗｗｗ

まぁ絡んだってことはそういうことだろ

378：名無しプレイヤー

あっPVPするっぽい

379：名無しプレイヤー

さぁお前らどっちに賭ける

３８０：名無しプレイヤー
アリスちゃんの方に魂を賭けよう
３８１：名無しプレイヤー
アリスの方に魂を賭けよう
３８２：名無しプレイヤー
＞＞３８０＞＞３８１お前ら結婚しろｗｗｗ
３８３：名無しプレイヤー
＞＞３８２更にリンの魂も賭けよう
３８４：名無しプレイヤー
＞＞３８３あっ……
３８５：名無しプレイヤー
＞＞３８３お前……終わったな……
３８６：名無しプレイヤー
＞＞３８４＞＞３８５すいません冗談です許してください
３８７：名無しプレイヤー
＞＞３８６おうあく暴風のところ行って土下座してこいよ
３８８：名無しプレイヤー
それよりよりによって森でか……
３８９：名無しプレイヤー

んでタイマンなら何秒持つかな……

390：名無しプレイヤー

あっタイマンじゃなくてアリスちゃんVS第2陣複数（15~20名程？）だわ

391：名無しプレイヤー

各員に告げる！　【童歌】スキルを使うと予想される！　森周辺に近づこうとするプレイヤーたちに注意勧告を！

392：名無しプレイヤー

＞＞391サーイエッサー！　街から出てくるプレイヤーに伝える！

393：名無しプレイヤー

まーた森に血の池ができるのか……

――この後アリスがどう殺戮ショーをするかや賭けについての話が続く――

435：名無しプレイヤー

ふっざけんな！　なんだよあの女！　なんで1撃でやられんだよ！　チートかよ！

436：名無しプレイヤー

＞＞435その発言からするとお前森でアリスちゃんと戦ってたプレイヤーだな

437：名無しプレイヤー

＞＞436だったらなんだよ！　くそっ！　あの女通報してやる！

４３８：名無しプレイヤー
＞＞４３７お前ＮＷＯは初めてか？　力抜けよ　てかホントに注意書き見てないんだな

４３９：名無しプレイヤー
＞＞４３８は？　注意書きってなんだよ！　んなもん知らねえよ！　それよりなんであんなチート女そのまんまにしてんだよ！

４４０：名無しプレイヤー
こいつぁなかなか香ばしいな

４４１：名無しプレイヤー
いやぁアリスちゃんこんなのに絡まれたのか　可哀想に

４４２：名無しプレイヤー
自分の理解の追いつかないものはチートってお前可愛いな

４４３：名無しプレイヤー
ふっざけんな！　そもそも20人相手にして倒せない方がどうかしてんだろ！

４４４：名無しプレイヤー
＞＞４４３舐めるなよ初心者《ルーキー》　おまえ達は生まれたばかりの赤子だぞ　そして彼女は森での戦闘に特化したプレイヤーだぞ　しっぽも取れぬ赤子のカエルが、蛇を目の前にして勝てるとは笑える冗談だ

４４５：名無しプレイヤー
＞＞４４４あんまりいじめてやんなって　まぁ確かに初心者20人ぐらいなら1人で倒せるやつら

は結構いそうだけどな　まずタンク陣に魔法使い勢……それに近接タイプも場合によるがたぶんいけんだろ　……あれ？　普通に多くね？

446：名無しプレイヤー

＞＞443まぁ1つアドバイスしてやる　このゲームは今までお前がしてきたような物とは全然違う

武器と防具と数を揃えれば勝てるってもんじゃない　問題はスキルとPSと相性だ　そこがないとどうしようもない

447：名無しプレイヤー

まぁとりあえず頭を冷やして第2陣用の注意書きを見てこいって

448：名無しプレイヤー

くそっ！　どいつもこいつもあの女擁護《ようご》しやがって！　ふっざけんじゃねえ！

449：名無しプレイヤー

とりあえず荒らすならスレチだから別んとこでやってくれ　ちなみに復讐とか考えてるならやめといたほうがいいぞ　本当に怖い人を怒らせることになる

450：名無しプレイヤー

＞＞449まぁそこは自業自得ってことでいいんじゃね？　やられなきゃわからないってこともあるし

451：名無しプレイヤー

＞＞450親切心で言ったんだけどな……

［冒険前に］第二陣向け注意書きスレ［見ること］

1：名無しプレイヤー

①：この世界ではＮＰＣは生きているため今までのゲームのように思わない事。また、流通もあるので素材が足りなくなっても文句を言わない。

②：生産系スキルは上位スキル（○○師関連）を持っている住人やプレイヤーから教えてもらうとＳＰを使わないで取得できる。ただし、相手にも都合があるので無理にはお願いしない事。

③：初心者はまず戦闘に慣れるために北の草原やダンジョンに行くこと。西の森は戦いにくいので注意。

④：スキルレベル10のスキルが5個未満ではデスペナがないため、初心者はまず戦闘に慣れよう。

⑤：魔法系スキルは一気に取らず、1～2種類で止めておくこと。一気に取ると複合派生魔法が取得できなくなる可能性がある。

⑥：お金集めをするならギルドでの依頼がよい。素材はギルドの依頼とは別に集めること。

⑦：こうすれば絶対勝てるというのがないため、ちゃんと考えて戦闘する事。

⑧：もしわからないことがあれば掲示板などで質問すれば大抵は答えてもらえるから丁寧に質問する事。

⑨：他のプレイヤーに喧嘩を売らない方がいい。特に注意するべきギルドやプレイヤーもいるので気を付ける事。

ギルド編

・銀翼：NWO最大のギルドと評されている。特に闘技イベントの4位までが3人所属しているため注意が必要。
・ウロボロス：廃人集団。その割には人数が多めで下手に手を出すと粘着される危険性がある。こちらから手を出さなければ特に干渉はしてこない。

プレイヤー編
・銀翼団長バルド：闘技イベント準優勝者。怖い。以上。
・銀翼副団長エクレール：闘技イベントベスト4の魔法使い。
・リン：闘技イベント優勝者。イベント後、銀翼に所属。【暴風】の二つ名を持つ魔法使い。
・アルト：闘技イベントでは団長に敗北したものの、実力はトップクラス。【高速剣】の二つ名を持つ。
・ウェンディ：闘技イベントベスト4の魔法使い。

――この他にもプレイヤー名が書かれる――

別の意味で注意が必要なプレイヤー
・アリス：【首狩り姫】の二つ名を持つ皆のトラウマ少女。絶対に森では彼女と戦うな。これさえ守ればだいぶマシになる。【切断】スキル持ちの一撃必殺型プレイヤー。あと歌が聞こえたら耳を塞げ。
とりあえず第1陣には喧嘩を売らない方がいい。これだけは守れ。マジで。

それから私はクラー湖へ向かったが、やはりＡＧＩが上がっているためか、かなり移動時間を短縮することができた。おかげで苗木を集めてエアストに戻るのに半日も掛からず、日が沈む前に戻る事が出来た。

私が街に戻る為に森から出ると、何人かのプレイヤーが集まっていた。何事かなと思ったが、よく顔を見てみると朝私に絡んできたネットアイドルたちだった。

だけど朝より人数が半分以上減っているけど、何かあったのだろうか？

「あっ戻ってきたわね」

「まだ何か用なの？」

「えっと……その……」

なんだろう？　口をもごもごさせながらこちらをチラチラと見ている。何か言いたいことでもあるのかな？

すると取り巻きの第1陣の彼が1言声を掛けると、彼女は頷いて私の方を見る。

「朝の時はごめんなさい！」

「え？」

彼女が私に頭を下げると、他の取り巻きの人たちも一斉に頭を下げる。

私には何が何だかわからないが、彼女はそのまま説明する。

「ネットアイドルで有名になったからって、このゲームの世界まで偉いと勘違いしてあなたに迷惑をかけてごめんなさい！」

「うっうん……」

「それで……その……反省してるから許してください！」

許すも何も……あれは朝に方が付いたから、私としては終わってた内容なんだけどなぁ……。

「そういえば随分人数減ってるけど何かあったの？」

「ここにいないファンたちは今朝の一件であたしから離れていったわ……。あたしといれば美味しい思いが出来るっていうファンもいたようだし……」

確かにアイドルの彼女といれば何かしら優遇されることもあっただろう。そういうのを理由に彼女の取り巻きとしていたのだろう。でも彼女にそんな待遇などないことがわかって見限った。そういうことだろう。

別にゲームをするスタイルは自由だから口出しできないけど、その人の立場を利用してまでする事ではないと思う。あくまで私の考え方だけど。

とは言っても、私もリンとかに頼ってる部分があるから何とも言えないんだけど……。

「でも、そんなあなたにもまだファンが残ってる。それって嬉しい事じゃないかな？」

彼らの中でも純粋に彼女を思っているファンだっている。第1陣の彼だってその1人だ。

すると彼女は目に涙を溜めて突然泣き始めた。

いきなり泣き始めたので私もあたふたしてしまう。

「わっ私何か言った⁉　いきなり泣かないでよっ⁉」

「泣いてないっ！」

「でもそんなに……」

「泣いてないってばっ！」

んー……ここで言い続けても多分否定するだろうし、しばらく大人しく見てようかな……。

しばらくすると彼女は泣き止んで、再びこちらを見た。

「それで……しばらく1人で行動しようかなと思ってるんだけど……その……」

彼女は腕を手前に寄せて、人差し指同士をツンツンとし始めた。しかもなんだか……顔も少し赤い

……？　夕日のせいかな？

彼女の後ろでファンたちが「海花様っ！　頑張ってっ！」と言っているが、何を頑張るのだろう……。

「別に1人で行動するのは悪くはないと思うよ。私だって1人で行動してるし」

「そっそうなの……。じゃあPTとかって組まないの……？」

「んーまぁ一緒に行動するなら組んだりするかな？」

「そう……。……じゃあその……1つお願いしたいんだけど……」

私にお願い？　なんだろう……。

「その……あたしと……ぱっパーティを……組んでほしいんだけど……」

「……えっ？」

私とPTを組みたいってこと？　その事を伝えた彼女は茹ダコみたいに顔が真っ赤になった。なんかその様子見てたらタコ食べたくなってきた。

「だっだからっ！　あたしとPT組んでほしいのっ！」

「えーっと……理由は？　そこのファンの人たちとじゃだめなの？」

別に私と組まなくてもファンの人たちがいるし、彼らじゃだめなのかな？

「あたし自身がちょっと今はファンと距離を置きたいっていうのがあって……。皆には悪いとは思うけど……」

そう聞いて後ろの彼らを見たけど、特に誰も不満はなさそうだった。

と言うことは彼らは納得して距離を置くということなのか。でもそれでなんで私なんだろう？

「それは今朝の事とファンがいなくなったことが原因？」

「まぁ……そうかな……。チヤホヤされてた分、裏切られた……とまではいかないけどショックな部分があったからね……。それにあたしも心を落ち着かせたいっていうこともあるし……。……この世界じゃあたしは『海花』っていう、1人のプレイヤーだってことを受け止めなきゃいけないしね……」

「そこで現実でも関係のない私ならってこと？」

「本当に自分勝手なことなのはわかってる……。それに女の子だから……その……あんまり気を遣わなくていいかなって……」

まぁ、彼女のファンを見た感じ男性しかいないし……。多分女の子の知り合いなんて学校とかぐらいしかいないいんだろうな。私も人の事言えないけど……。

「まぁ私も特にやることないし……」

「じゃっじゃあっ！」

「ただしっ！」

その瞬間、彼女の表情がぱぁっと明るくなった。

「っはいっ！」

「付き合うのは昼頃に告知が来たイベントまでの1週間ね。それまでに色々受け入れる事。いい？」

「うんっ！　ありがとうっ！」

「わっ⁉」

突然彼女に抱き着かれて、そのまま後ろに倒れ込む形になった。それほど嬉しかったのか……。

でもこのまま地面に寝っ転がったままは嫌だから、無理矢理剥がして身体を起こす。

「それで？　私はあなたの名前聞いてないんだけど」

「あっそういえばそうだった。あたしのプレイヤー名は海花。昨日から始めた第2陣です」

「私はアリス。第1陣だよ」

まぁ自己紹介は基本ということでしておきます。一応戦った仲だけどね。

「それともう口調戻していいよ。なんか堅っ苦しくてめんどくさい」

「なっ⁉　人が謝ろうと思って丁寧に話してたらその言い方って何よっ！」

「あー……でもその言い方もめんどくさいかも……」

「じゃあどうすればいいのよっ！」

でもなんかしおらしくしてるのも変だと思うしなぁ……。

「友達と話す感じの口調でいいよ」

「っ……」

あれ？　急に海花が黙った。地雷を踏んじゃったかな……？

「まっまぁ普段通りでいいや……」

「うんっ……」

たぶん私と一緒であんまり友達できなかったんだろうなぁ……。今後そのネタで話すのはやめておこう。私もダメージ食らうし。

彼女とPT組むのはいいんだけど、さすがに初心者に夜の森で狩りをさせるのはどうかと思うので、活動は平日は毎日夜7時頃から10時頃までにしようと思う。その事を伝えると彼女も了承した。まぁイベントが来週の土曜日の昼からだから、それまでにどれぐらい戦闘に慣れさせられるかかな？

そして彼女の戦闘スタイルを聞いてみた。まぁ予想は付いたがやっぱり魔法職を目指すようだ。そして私も魔法を使うが、使い方が随分特殊だ。なので、彼女にどう戦い方を教えればいいかがいまいち思い浮かばない。どうしよう……。

その事を彼女に話すと。

「あれからあたしも掲示板を見てアリスの事調べたけど、まぁ……随分特殊ってことはわかってたから……」

と言った感じに顔を逸らされたので、そこまでは期待されていないのだろう……。くそぅ……。少しは先輩面してみたかった……。

そして彼女のファンたちは合流した時に備えて、各々鍛えてくるらしい。海花、良い人たちに囲まれてるじゃん。彼らはその内、海花の親衛隊ギルドでも作るらしい。ただ、今回みたいな事が起きないようにメンバーは厳選するらしい。まぁそんなんで海花が酷い目に遭うのもなんだしね。

とりあえず武器はともかく、防具は早いうちにどうにかしたほうがいいからリーネさんのところに向かおう。でも絶対混んでるだろうなぁ……。先にメッセージ送っておこっと。

「……アリスってやっぱり凄い人なの？」

「何故……？」

「掲示板とか見てるんだけど、闘技イベントの優勝者をあと一歩まで追い詰めたんでしょ？　ってことはアリスってやっぱり結構強いんだよね？」

んー……そう言われるとちょっと誤解が……。別に私自身はそこまで強くはないんだよね。ただ【切断】スキルという一撃必殺スキルがあるから、それを当てればどうにでもなるっていう感じなんだよね。

リンとの戦いにしても、私の所持スキルを知られてなかったから戦えた部分があるし、単純に運がよかったところもある。もし本当に格上と当たったら、きっと私は一方的に倒されるだろう。

そう考えると、やっぱりこのまま森での戦闘に特化した方がいいんだよねきっと……。今更どんな地形でも対応できるようなスキルを揃えたとしても中途半端になりそうだし……。

となると、掲示板で見た派生魔法……。この中で土と闇に関連して良さそうなのを探さないといけないのか……。って言っても、まだ情報がないから取ろうとは思わないんだけどね。

そういえば海花も、魔法については光だけ取って他は武器と補助スキルを取得したそうだ。まぁここでいきなり4種類取った、とか言われても私は困るけどね……。

でもまずは戦闘に慣れさせる意味で色々させようかな。ふふっ。さぁどう慣れさせようかな～？

「うっ……なんだか寒気が……」

そして、当事者の海花は1人震えていた。

「まぁ気のせいよね……」

この1週間、彼女の身に何が起こるかを知らずに。

「こんばんはー」

「おっおじゃまします……」

私と海花は、時間が掛かるであろう海花の装備をお願いするためにリーネさんのお店へと入った。

一応メッセージで先に言ってはあるので、たぶん大丈夫だとは思うけど……。

「アリスちゃん待ってたにゃー。それでその子が噂のネットアイドルかにゃ？」

すっかり口調が戻ったリーネさんが、お店の中で出迎えてくれた。というか海花、噂になってたんだ……。

「うっ海花です。よろしくお願いしますっ！」

「大丈夫よく知ってるにゃ。アリスちゃんに森で喧嘩を売った命知らずの子たちって掲示板で載ってたにゃ」

「うぅっ……」

なんで今朝の事なのに、もうそんなに知れ渡っているのか……。これだから掲示板の人たちは……。

「まぁそこは置いといて、防具は綿でいいかにゃ？」

「はっはいっ！」

「それで要望としてはどんなのがいいかにゃ？」

「要望ですか……」

「さすがに混んでるから、アリスちゃんが着ているような着物までは無理だけど、ワンピースとかそういったのなら平気にゃ」

「じゃあワンピースでお願いします」

「私としてはメイド服とかもいいと思うけど時間が足りないからにゃぁ……」

「えっ遠慮しますっ！」

あー……確かに海花ならメイド服とかいいかもね。意外に似合うかも。今度私がお金出して無理やり着させようかな。

「残念だにゃぁ……。じゃあ値段はアリスちゃんの紹介ということで少し負けて5000Gでいいにゃ。代金は受け取りの時にお願いにゃ」

「わかりましたっ！」

「それとアリスちゃんに1つお願いがあるのにゃ」

私にお願い？　まぁリーネさんだからろくでもないことだと思うんだけど……。

「アリスちゃんって、【漆黒魔法】スキル持ってるよね？　それでちょっと覚えてほしいスキルがあるのにゃ」

「まぁ持ってますけど……何を覚えるんです？」

「その名も！　【操術】スキルにゃ！」

「【操術】スキル……？」

リーネさんの説明によると、MPを使って物を操るスキルらしい。そしてリーネさんはこのスキルと【道具】スキルで【傀儡術】というスキルを取得可能になったとのことだ。そして、【傀儡術】ということで、もしかしたらネクロマンサー系のスキルが手に入るのではないか、という考えで私に【操術】スキルを覚えて試してほしいらしい。

でもスキル修得には派生されていなければいけないのかと思ったが、【操術】スキルに関してはそういった縛りはないらしい。ということで海花も一緒に修得させるために一緒に講義を受ける。

ぎゃあぎゃあ言ったが、スキルを取得可能になっとくだけでもいいからやる。と脅したら素直に頷いた。やっぱり素直が一番だよね。

「と言ってもMPは初心者でも一応あるからすぐできると思うにゃ」

そう言ってリーネさんは、机の上に糸をそれぞれ1本ずつ置いた。

「まずは見ていてにゃ」

リーネさんも糸を自分の目の前に置いて、手を糸に翳《かざ》した。しばらくすると糸が少し発光し始め、全体を覆うと糸がゆっくりだが動き始めた。

「ふぅ……。これで【操術】スキルの見本は終わったにゃ。あとは2人が動かせれば修得できるはずにゃ」

リーネさん曰く、MPを糸に込めるようなイメージでやるらしい。私は目の前の糸に意識を集中させ、MPを込めるようなイメージをする。すると徐々に糸の中心から発光し始めた。

あと少し……あと少し……。

発光部分は徐々に全体に広がり、遂に糸全体が発光した。

「その状態で糸を動かすイメージをするのにゃ。そうすると動くにゃ」

糸を……浮かべるイメージ……。イメージ……。

すると糸がゆっくりと浮かんだ。

―INFO―


【操術】スキルを教わったため【操術】スキルがSP不要で修得可能になりました。

スキル解放の条件を達成したので【付加】スキルが取得可能になりました。


おっ、これで私も【操術】スキルが取得できるようになった。ではさっそく【操術】スキルを取得してっと。そしてついでに【付加】スキルの取得条件も解放したようだ。

―INFO―

【漆黒魔法】【狩人】【操術】スキルを取得したため【死霊魔術】スキルが取得可能になりました。


おやおや？　これはリーネさんが言ってたネクロマンサー系のスキルかな？　ともかく伝えないと。

「リーネさん。スキル出ましたよ」

「おー！　流石アリスちゃん！　それでそれでどうだったのにゃ？」

「えーっと、リーネさんが言った通りに【死霊魔術】スキルっていうのが出ました。それで条件が……【漆黒魔法】【狩人】【操術】スキルですね」

「【漆黒魔法】と【操術】は予想していたけど、まさか【狩人】スキルとは思わなかったにゃ……。

確かに死体が残ってないといけないからってよりによってそれかにゃ……」

まぁ……死体を操る操らない以前に解体とかしないといけないもんね……。

そして海花も無事【操術】スキルを取得可能になったようだ。そうだ。いいこと考えた。

「海花」

「どうかした？」

「海花の戦闘スタイルをネクロマンサーにしよう」

「は？」

何言ってんだこいつみたいな表情を海花がするが、私は話を続ける。

「だって海花ってアイドルでしょ？」

「まぁそうだけど……」

「だから人侍らすの好きでしょ？」

「まぁ好きだけど……」

「だからネクロマンサーやろう」

「なんでよっ⁉」

「だって人侍らすじゃん」

「人違いでしょ！　人は人でもあたしが侍らすのは応援者《ファンたち》であって、死人じゃないの！」

「どっちも人じゃん」

「アリスの外道っ！」

んーいいと思ったんだけどなぁ……。【狩人】スキルだったら私がすぐ教えられるから取得できるし。

そしてリーネさん、何故苦笑いしてるの。

「だったらあたしは【傀儡術】の方取りたいわよっ！」

「やっぱり、海花って家では人形で……」

「うっあっ……」

「海花ちゃんってそういう感じの子だったのかにゃ？」

「あっ……あっ……アリスのばかあああ！」

ちょっといじめすぎたようだ。泣き出してしまった海花を抱きしめて頭を優しく撫でてあげる。しばらくすると落ち着いてくれたのか、泣き止んでくれた。

「ひぐっ……」

「海花ごめんね。ちょっと言い過ぎちゃった」

「アリスの……ばかぁ……」

「でも海花ちゃん……アリスちゃんをいじめようとすると、もっと怖い人が来るから注意するのにゃ……」

あれはリーネさんの自業自得だしなぁ……。さすがのリンも初心者にそんな酷いことは……しないよね……？

「まぁともかく、海花もスキル構成は考えていた方がいいかもね」

「ぐすっ……うん……」

んー……やっぱりもう少し落ち着くまで待機かなぁ……。まぁ明日の夜にログインっていうことは言ったし、まずは狩りの練習をさせることにしようかね。とりあえず狼から始めようかな？　北の街道はきっと混んでそうだし、森でいいよね。

そして翌日……。

「ホント……アリスってなんなのよ……」

「何って何が？」

そう言って私は、新たに捕まえた狼の手足を片方だけ【切断】スキルで切断して、その場に狼を捨て置いた。

「本気で言ってる……？」

「本気も何も……海花が狩り苦手って言うから……」

「だからってモンスターの手足切って、私に的当てさせるやつがいるっ⁉」

「ライオンは子供に狩りの仕方を教える時は、まず足を折った鹿を捕まえさせるしね」

そう。私は海花を戦闘に慣れさせるために、近づいて来た狼の手足を切って攻撃させている。とりあえずまずは私がお手本見せたんだけど、参考にならないって言うから自分でやってみてと言ったところ、うまく魔法が当てられないとのことで、じゃあ足を止めさせればいいじゃない。と思ったので今行っていることをしているのだ。

「アリスが皆のトラウマって言われている理由が少しわかった気がするわ……」

「えっ？」

「なんでもないわ……。それにしても結構スキルが上がるの早いのね」

「初期スキルは結構上がるの早いよ。派生になると一気に上がりにくくなるけど」

「まぁイベントまでに少しは上げておきたいからよかったかな？」

イベントかぁ……。この前は闘技イベントだったから、今度は落ち着いた感じなのかな？　でも第2陣も参加させようとしてることからそこまで厳しくはないよね？　それにイベントではスキル取得制限が掛かるということなので、取りたいスキルがあるなら取っておくべきなんだけど……。

正直取るようなスキルが思いつかない……。もっと森での戦闘を得意にするために他の魔法を取るべきかなぁ……。【霧魔法】もたぶん身を隠すような感じで使えそうな気がするんだけど、掲示板を見た限りでは4種類が限度っていうし……うーん……悩ましい……。

あれから3日。

海花もなんだかんだで戦闘には慣れたようだ。わざと狼と近接戦をさせたり、海花対狼複数をさせたりしたら、ダメージを食らうということにも多少慣れてきたようだ。まぁもちろん海花は怒ってたけど。

でもそろそろ熊と戦わせてもいい頃かな？　ということで少し奥へ向かうことにする。

「ねぇアリス……まだ着かないの……？」

……ちょっとおかしい……。普通ならこんぐらい歩いていれば熊はともかく、狼ぐらいは出てくるはずなのに……。

それにこの少し焼け焦げた臭いは一体……。誰か火系統の魔法で戦ってたのかな？　でも、森で火系統を使うと火事になって自分も被害を被る可能性もあるから、あまり使わないと思うんだけどなぁ……。

すると、こちらに向かって小石が飛んできているのが見えた。

「誰かいるのかな？」

その瞬間、小石は木に当たって爆発した。

「きゃぁっ⁉」

この爆発、きっと偶然じゃない！　となると……魔法っ⁉　それにまた小石が複数飛んできてる！

私は海花を抱えて上に逃げようとする。すると今度は、上から大きめの石が複数降り注いでくるのが見えた。

「しまっ⁉」

これは罠だっ⁉　私は咄嗟に海花を地面に投げ飛ばした。

「きゃっ⁉」

空中では回避行動は取れない。その事がわかっているから敵は私を空中におびき寄せたんだ。

でも攻撃が爆発なら……！


「きゃっ⁉」

一体なんなのっ⁉　爆発が起こったと思ったらアリスに抱えられて、そしたらすぐ放り投げられて……。ってアリスはっ⁉

あたしが上を見ると同時に、アリスのいた辺りで大きな爆発が起こった。そして周囲に何かが散らばる。

「あっ……あっ……」

べちょっと周囲に散らばったモノは、焼け焦げた肉片だった。

「うっ⁉」

あたしは吐き気を催して吐いてしまった。

「はぁ……はぁ……」

でも上から肉片が飛んできたってことは……まさか……。

「アリ……ス……？」

嘘でしょ……？　あのアリスがこんなあっさりとやられるの……？

あたしが放心していると、誰かがこちらに歩いてくる音が聞こえてきた。

「ハハハハハっ！　やったぞっ！　このヴィズルが【首狩り姫】を森で仕留めたぞ！」

現れたのは少し背が高めの男性で、左腕を前へ伸ばして鼻筋へ左手の人差し指を合わせ、右肩をあげて右手をピーンと伸ばしたポーズを取っている。

「フンっ！　たわい無いものよ。これが森での戦闘で恐れられた【首狩り姫】の実力とはな」

そして彼はあたしの方をぎろっと見つめる。

「後はそこの初心者ただ1人。これなら……」

その瞬間、彼とは違う方向から声が同時に聞こえてきた。

「「赤子を殺すより楽な作業よ」……とでも言うつもりかな？」

あたしは彼とは違う方向から聞こえた声の方を見ます。するとそこにいたのは……。

「アリスっ！」

「なっ!?　バカなっ!?　きっ貴様はっ!?」

「あの爆発に巻き込まれて死んだはず、っていうところかな？」

「あの爆発に巻き込まれて……ハッ!?」

アリスは頬や服を少し焦がしてはいるが、特に大きな傷は負ってないように見えた。

しかも相手の言おうとしている言葉まで先読みしてる……！　もしかしてアリスって読心術とかそ

ういうのもできるの⁉

「かっかっこいい……」

つい呟いてしまったが、これは仕方のないことだろう。絶体絶命かと思っていたら、何事もなかったかの如く現れるんだもん。こんなのアリスがもし男性だったら……。ってだめだめっ！　アリスはただ手伝ってくれてるだけのフレンド……。でも……。なんだかアリスがキラキラして見える……。

うーん……。相手が◯ョジョ立ちしてて、◯トレイツォっぽい台詞言ってるから、それらしいこと言ったらなんか驚いてるなぁ……。それに海花もなんか私を見る目が変わってる気が……。

それに何で無事だったかと言うと、咄嗟に上に【収納】の中に仕舞われてる熊とかの死体を投げたんだよね。後はイカグモの糸をワイヤーっぽく使って別の場所に逃げただけっていうね。よかった。こういう移動用の道具作っといて。

まぁ爆発も音とかは凄かったけど、威力的にはそこまで高くなかったし、たぶんＩＮＴをあんまり上げてなかったんだろうね。

「フンッ！　まぁ生きているならば仕方ない。だがっ！　貴様は私に近づくことはできんっ！」

「一応聞くけどなんで？」

聞けばきっと答えてくれるでしょう。この手の人は。

「何故ならば私の周囲には設置型の【爆魔法】が敷き詰められているからだっ！」

なるほど、あの爆発はやっぱり魔法だったのか。ってなると効果は、物を爆発物にさせるっていう感じかな？

ちょっとトラップとして利用できるかも。候補の1つとして考えておこっと。

「だから貴様は私には近づけないのだっ！　そして！　もし逃げる様ならば尻尾を巻いて逃げたということとなる！　さぁ！　どうするっ！」

別に海花がいるから逃げてもいいんだけど……。海花、その目はやめて。期待されてるようですっごいめんどくさい。とは言っても……。お返しはしないといけないもんね。

ということで、私は海花の側に寄る。

「海花、立てる？」

「はい……」

なんか海花がうっとりした目でこっち見てるけど……ホントどうしたの……。

でも立てるっていうことなので、片手で海花を抱き寄せる。

「なるほど！　私が近づいて来るのを待つつもりか！　だがっ！　私はここから貴様たちを嬲り殺しにすることができるっ！」

そう言って彼は手に持った石を爆発物に変えたのか、こちらに投げようとする。

その様子を見て海花がぎゅっと目を瞑るが、ここで暴れられると大変なので落ち着かせないと。

「大丈夫だよ海花、私に任せて」

海花は不安そうにこちらを見るが、まぁ心配いらないだろう。設置物と言っても誘爆はするだろう。

幸い相手との距離は10ｍを切っている。だったら私の魔法の射程内だ。

「『グラビティエリア！』」

「ぐあっ⁉」

私が魔法を唱えると、私の周囲1ｍを除く直径10ｍに重力が掛かる。その重力で彼は手に持っていた爆発物の石を周囲に落として地面に倒れ込む形となる。

『グラビティエリア』は私が闘技イベントで使った『チェンジグラビティ』とは違って、対象が選べないが周囲に重力を掛ける魔法だ。なので私がこの場から動くと、私にも重力が掛かってしまう。ようは飛び道具対策だね。と言っても、これは最近使えるようになったんだけどね。

「きっ貴様ぁっ！　他の【重力魔法】も使えたのかぁっ⁉」

「まぁそうだけどさ、そんな事言ってる暇あるのかな？」

「なっ何をっ⁉」

「その爆発物、設置型じゃなくて接触型なんでしょ？　でも普通、接触型でも時間は決められてるもんだろうからおそらくあと数秒だね」

いくら接触型だとしても、自由に起爆させれるようになるまではきっとまだスキルレベルは足りないだろう。でも爆発物作製ってだけでも結構強いと思うけどね。

そして数秒が経ち、爆発物にした石が徐々に光を帯び始めた。そろそろ時間だろう。

彼は重力に抗ってこちらに顔を向け、悔しそうな表情を浮かべる。

「くっそぉぉぉぉぉ！」

「さようなら」

魔法を解除して私が海花を抱えてその場から離れた瞬間、石が爆発し設置していたであろう爆発物に誘爆し、彼のいた場所が消し飛んだ。

私は海花を降ろし、周りを見渡す。

「他には罠はないっぽいかな？　でも今回は帰った方がいいかな？　海花、どうする？」

「はい……アリスお姉様……」

……ん？　お姉様……？

「海花、大丈夫？」

「あたしは大丈夫です……」

「ところでそのお姉様っていうのは……？」

「お姉様はお姉様です……」

さっきの恐怖でおかしくなったのかな？　とりあえず深呼吸させよう。

「海花、深呼吸して」

「はい」

彼女はゆっくり時間をかけて深呼吸をした。よし、これで戻っただろう。

「じゃあ海花、戻ろうか」

「はい、お姉様」

だめだ……。直らない……。そもそも海花っていくつなのっ⁉　確かに背丈はそこまで変わらないけどさっ！　どうしたらああなるのっ⁉

「海花、ちなみに今いくつ？」

「今年で19です」

年下だった……。やばいマジでどうしよう。こんな状態の海花をファンたちに見られたら私恨まれ

るじゃすまないよね絶対⁉

「海花、真面目にこの後すぐログアウトして精神落ち着かせて。お願い」

「わかりました。お姉様」

よし、さっさと森を出よう。そして翌日には海花が元に戻ってる事を祈るだけだ……。


あれから数日、海花との活動はなかった。別に海花が来なかったということではなく、私がログインした時にメッセージで、しばらく落ち着きたいので1人にさせてください。というのが来ていたのでそれに従うことにした。

まぁ私としても、あの状態の海花とどう接したらいいかがわからなかったし、ちょうどよかったのかな？

とは言え、もうイベント当日だ。今回のイベントに関しては、集合地点に参加者を集めて転移させて行うということで、私はエアストに来ている。だけど、流石に第2陣もいるので人が多い。これだと第三陣とかも来たらもっと混雑するだろうなぁ……。

っと、ぼーっとしてたらいけない。ルカを探さないと。

昨日辺りにルカからイベントでPTを組もうとメッセージが来て、特にそういう話は誰からも来てなかったので二つ返事で返したのだ。ということで探してるのだが……。

人が多すぎて見つからない……。

そう思ってキョロキョロしていると、突然誰かが右腕に抱きついてきた。ルカかな？　と思って向いてみると、そこにいたのは……。

「…………」

「……海花、どうしたの？」

「その……お姉様の姿が見えたので……」

「見えたので？」

「だっ……抱きつきたくなって……つい……」

おぉぅ……。海花……、本当に大丈夫なのかな……？

すると今度は聞き慣れた声が聞こえた。

「アリス、探した」

「ルカー、こっちも探したよ」

「ところで、それ……誰？」

「えっと……この子は……」

「初めまして。あたしは海花って言います」

「そう。私はルカ。よろしく」

……ん？　なんか空気が重くなったような気がするぞ……？

「ルカさんですね。それで、あなたはお姉様とどのようなご関係で？」

「……お姉様……？」

一瞬ルカのこめかみがぴくっとなった気が……気のせいかな……？

「……アリスは大切なフレンド」

「そうですか。あたしはお姉様が体を張って助けてくださる仲ですけどね」

「……私はアリスに膝枕してもらえる仲」

「なっ⁉　うっ羨ましい……」

今度はルカがドヤ顔して海花が悔しがっている……一体なんなんだ……？

「お姉様！」

「はっはい⁉」

「こっ今度、あたしにも膝枕してください！」

「べっ別にいいけど……」

その瞬間、今度は海花が勝ち誇った表情をし、ルカが悔しがっている。何の勝負をしているんだ……。

「あら～面白そうな話をしてるわね～」

すると今度は背後から声が聞こえた。この声は……。

「リン」

「久しぶりねアリス～」

私が振り向こうとした瞬間、ルカが私の左腕にしがみついてきた。

「どうしたのルカ？」

「ここは譲れない」

「リン……噂の暴風ですね……」

「あら～私のことを知ってるのね～」

「えぇ、お姉様に関することはこの数日で調べていましたから」

「あら～アリスとＰＶＰしてから随分変わったのねぇ～」

「うぐっ⁉」

あっ、何かが海花に刺さった音がした。ってかリンもなんか様子が……。

「そっそれも過去の話です。お姉様に助けてもらってからあたしはお姉様を尊敬しているのです」

「あら～尊敬している割りにはスキンシップが随分なようだけど～？」

「これはただの愛情表現で……あっ！　いやっ！　違うんですお姉様！　これはっ⁉」

とりあえず落ち着いて海花。本当に今日は３人ともどうしたの……？

「うふふ～」

「…………」

「ぐぬぬっ……」

そして３人で火花を散らしているような……。

「それにしても私のアリスがお世話になってるようね～」

「いえいえ、あたしのお姉様は頼りになる人ですから」

「私のアリスは私にとっても優しい」

なんか更に火花が激しくなったような……。

「そっそれよりそろそろ時間だよね……？　リンと海花は待ってる人のところに戻らないと……」

「そうねぇ～……そろそろ戻らないとねぇ～……」

「おっお姉様ぁ～……」

２人は名残惜しそうに離れていった。ふぅ……これで落ち着くかな……？

さて、さっさとルカとＰＴを組まないと！　私はルカにＰＴ申請を送ってＰＴを組む。これであとはイベントが始まるのを待つだけだ。

しばらくすると時間になったのか、私たちがいる場所が光り始めてアナウンスが聞こえてきた。

『これからイベント参加者を転移させます。参加されない方は地面が光っている場所から移動してください』

どうやら予想より範囲が広かったのか、何人かのプレイヤーが光っている場所から出ていった。

やっぱりイベントに参加しない人もいるんだなぁ。そして……。

「ルカ、まだしがみつくの？」

「転移するまで、ダメ？」

んまぁ別に問題ないからいいかな……？　私は頷いて了承する。

そして地面が更に光って咄嗟に目を瞑ってしまう。目を瞑った時にポータルを使った時のふわっとした感覚がしたので、転移したのだとわかった。

そして目を開くと映った景色は緑が一杯の森だった。

「すっごい……」

「広そう」

すると今度はモニターが現れ、社長の姿が映る。

『プレイヤーの皆さん、イベントに参加してくれて感謝する。今回のイベントのタイトルは夏のキャンプだ。皆も知っての通り、この世界では3倍の早さで時間が進んでいる。ということで、この世界では今は夏になるのでそれに合わせたイベントにしたということだ。なお、システムからログアウトがなくなっているのは仕様のためだ。もしすぐにイベントをリタイアしたければ、システムの方に自殺機能を今回付けたので、そこを押せば本当にリタイアするかの確認が出てくる。この場合は特に痛みなどなく死亡するので痛みの心配はしなくていい。なお、このイベントに限り、どのような方法で死に戻ったとしてもデスペナルティにはならないから安心してくれ』

キャンプかぁ……。ということはサバイバル生活をするってことかな？　そういえば時間はどれぐらいなのかな？

『それとイベント時間は7日間だ。なお、イベントの時間は通常の時間では1時間程となっている。時間に関しては気にしないで十分に楽しんでくれたまえ。それとイベント内では何種類かの幼獣の幻獣や幼獣のモンスター、それに特殊なユニークモンスターもいる。うまくいけばペットとすることができるだろう。また、このイベントマップに関しては特殊ダンジョン扱いのため、一部のモンスターたちを除きリポップするようになっている。では皆、楽しんでくれたまえ。以上だ』

モニターが消え、周りも盛り上がったようだ。

ほほぉー、それはいいことを聞いた。これで皆に幻獣が行き渡れば、自然にレヴィも外に出せるもんね。

「じゃあ、アリスどうする？」

「キャンプってことだから、まずは寝床と食料かな？」

とはいえ、ルカは【伐採】と【木工】それに【道具】も持ってるので、拠点の作製はルカにお願いしようと思う。【鑑定】のある私は、森を散策して食べれそうな物を探すとしましょうか。

周りを見てみると、一部はもうどこかへ消えており、他の生産職系の人たちは次々に道具を出しているのが見えた。しかし、この場に残っている戦闘職に限ってはこういった場面での対応力不足が否めないのか、各生産職に声を掛けているのが見えた。

「こうなると生産職が有利なイベントってことなのかな？」

「生活に関して言えば。でも鍛冶とかは鉱石が必要。そこにモンスターいたら倒せないかも」

確かに、戦闘と生産を半々にしている人もいるが、あくまでサブとしてほとんど育てていない生産職も多いだろう。その場合はやっぱり物々交換とかなのかな？

「そういえばルカ、拠点はどんなのつくるの？」

「キャンプと言えばログハウス。だからまずはそこらへんの木を大量に伐採」

「となると窓ガラスの材料になりそうな、えーっと……」

「珪砂？」

「それはどこらへんにありそうかな？」

「たぶん山脈辺り」

「じゃあそれの方角も探すためにちょっと周り見てくるね」

私は苗木を邪魔にならないような場所に1つ植え、スキルを唱える。

【急激成長】

私がスキルを唱えると苗木は一気に成長し、そのまま森を見渡せる程の大きさまで成長する。私はいつも通りに掴まって上まで登って辺りを見渡す。

えーっと……、北に山……というか山脈に、西に川……かな？　それで東に……ちょっと見えにくいけどあれは……遺跡かな？　そんで南には……畑っぽい感じで広がってるなあ。こうなると食料は南でルカが欲しいのが北になる感じなのか。そういえば私、採掘系持ってないから掘れないや……。

私は木から降りてルカに報告する。

「どうだった？」

「北に山脈で、西に川、東に遺跡っぽい建物に南に畑とかあったよ」

「真逆なんだ」

「それに私、採掘系持ってなかった……」

「なら窓ガラスは後々追加」

「でもルカ1人で大丈夫？」

さすがにルカ1人に家1つ造らせる訳にはいかないし……。

「だいじょうぶ。手伝いがいる」

「手伝い？」

そう思っていたのだが、ルカが後ろを向いて手招きをする。

「ごめんね～2人とも～」

「ご迷惑をおかけします……」

「レオーネ？　クルル？　どうしたの？」

なんと、ルカが手招きしたのは2人だった。

「いやぁ……その……お恥ずかしながら私たち戦闘職はこういったキャンプに対応しておらず……」

「拠点も食料も作れないのよ～……」

「あー……」

そういえばショーゴのPTって全員戦闘職だったし、生産系も取ってないって言ったような……。

そもそも料理できる人だったら【料理】スキル取ってそうだしね……。

「あれ？　そういえば他の3人は？」

「いますよ……そちらに……」

私が振り向くと、そこには土下座した3人の姿が見えた。

「雨風凌げる小屋でいいです！」

「そちらの家が出来て暇な時で構わん！」

「どうかお慈悲をっ！」

おいおい男衆よ……何故そこまで必死になっている……。男性たちってこういう時ってヒャッハーキャンプじゃーって喜んでるもんじゃないっけ……？

詳しく話を聞いてみると、最初はそのつもりだったのだが、女性陣に何日滞在するのかを再確認させられ、7日間はやばいと察したのか、誰かに助けを求めたということらしい。

確かに1日ぐらいなら野宿とかでもいいけど、1週間だもんね……。

「ルカ、どうするの？」

「働き次第」

「「「ありがとうございますっ！」」」

まぁ6人いれば大丈夫でしょう。ってこれもしかして私が7人分の食料確保しろと？　ちょっと待って。さすがに1人で7人分の食料を用意ってどれぐらい採ってくればいいの⁉　私の方が負担多くない⁉

ぐぬぬ……。誰かを連れていくにしても私のAGIに追いつけそうなのが……ショーゴかシュウぐらいか……。

「ちなみに食料確保についてきてくれる人。AGI高い人で。というか2人しかいないと思うけど」

「まぁ……」

「そうだよね……」

「それで、私のAGIぐらいで【採取】スキル持ってるのはどっち？」

「「…………」」

うん。期待はしてなかった。……頭が痛い……。これは本当に美味しい物探さないと割に合わない……。とりあえず2人を睨んでおく。2人は顔を逸らしたけど本当に人数分集められるのかなぁ……。

もしかしたらモンスターがそういう設備系アイテム持ってたりするのかな？　だとするとそこらへん

流石にオーブンとかそういうのはないからなぁ……。

んを誰かに狩ってもらったほうがいいかな？

「じゃあ2人に指令を言い渡す」

「「はっはいっ！」」

「たぶん運営も戦闘職用に設備系アイテムを落とすモンスターを配置していると思うから、出来る限り集めて来て。もしオーブンとか竈とかそういうのが見つかったら連絡して」

「「イエス、マム！」」

よし、これで少しは負担も減るだろう。あとは本当に見つかってくれることを祈るのみ……。一応満腹度は転移した時に何故かMAXになってたから、最悪夜まで食わなくても大丈夫だろう……。主に他のメンバーが……。

「ということで行動開始。ガウルは男1人だからしっかり力仕事手伝ってね」

「任せろ」

「よっしゃ行くぞシュウ！」

「寝床と飯のためだあぁぁ！」

2人も爆走していったので心配はいらないだろう。さてと、私も南に移動っと。幸いマッピングは空白だったが、私たちが最初にいたこの地点は登録されたようで、マップを見れば場所がわかるようになっていた。このマップもイベント専用なんだろう。どうやら私たちは南寄りの中心側にいたようだ。ということは他の3か所にそれぞれプレイヤーが分けられたのだろう。……ショーゴたち、私たちと一緒の場所でよかったね……。

そういえばリンと海花大丈夫だろうか……。いや、リンは銀翼全員が戦闘職ではないだろうし……多分大丈夫でしょう。問題は海花だ……。あそこは本当に初心者の集まりだし、生産系のスキルが揃ってないかもしれないし……。まぁ、助け求めてきたら少し助けてあげることにしよう。さすがに私も20人程の料理を用意できるわけないからね……。そんな無責任に、助けてあげるからこっちおいでなんて言わないよ？　共倒れしそうだもん……。というか私の負担がやばくなる。本当に。

さて、私の足で2時間程で南の農業エリアっぽいところに来ることができた。途中何人も抜かしてたからやっぱり私のＡＧＩが高いってことかな。さて、その事は置いといて、まずは食料を集めないと……。一応ダンジョン扱いだから自動的にリポップするって言う話だから一杯採っても平気だよね？　よし！　まずは小麦だぁっ！

ザクッザクッザクッザクッザクッ。

なんだろう……。ゲシュタルト崩壊起こしそう……。っと、そんな事言ってないでさっさと収穫収穫！

7人分ということで1時間程小麦を刈り続けた。このぐらいから私が追い抜いたプレイヤーたちも増え始めたのか、小麦が刈り取られてはリポップを繰り返していた。さてと、私は小麦を取るのはこれぐらいにして他にも何があるか見ようかな。

少し回った感じでは、玉ねぎ、カボチャ、ピーマン、アスパラ、ナス、キャベツ、レタス、人参、とうもろこし、ジャガイモ、葱《ねぎ》、トマト、ニンニク、きゅうりといった基本的な野菜類があった。

まぁキャンプって言うからにはバーベキューとかに使いそうな素材は揃えてるよね。まぁ全種類一定量は確保したんだけどね。とりあえず喉《のど》が渇《かわ》いたのもあったので、採れたてのきゅうりを齧る。

うーん、みずみずしくて美味しいなぁ。これで味噌《みそ》もあったらいいんだけど……。まぁ贅沢《ぜいたく》は言えないよね。

もう少しまわってみたが、やはり小麦と先程収穫した野菜がランダムに植えられている感じだった。

んー……もう少し歩いたらそろそろ拠点に戻ろうかなぁ……。

そう思って少し歩いた私はその場で足を止めます。何故ならそこには……。

「なっ⁉　これって……⁉」

木の葉が枯れ落ちたような色になっている作物は……まさか……⁉

私は恐る恐る、その枯れ落ちたような色になっている作物に付いている物を収穫する。すると……。

大豆【消耗品】

ヤッタァァァァ！　これで味噌作りが出来る！　いやいや！　味噌だけじゃない！　醤油にきな粉に豆乳、それに確か大豆の油もあったから揚げ物だって作ることができる！　もうこのまま刈りつくしちゃうぞぉっ！　調味料はこれで解決できる！　もう何も怖くないっ！

その後、大豆を無我夢中で収穫している姿を他のプレイヤーに見られ、アリスが謎の大豆美少女と同一人物ということが判明した。

あぅ……少し我を忘れて夢中になりすぎた……。気持ちが落ち着いて周りを見たら、他のプレイヤーがこっちをじっと見てるんだもん……。恥ずかしくなってつい森の方まで逃げてきちゃったよ……。

それにしても大豆が採れたのは嬉しかったなぁ……。あとはどこか畑を借りて栽培できれば、調味料が……ふふっ。あっ、そうすると発酵させるのに【醸造】スキルが必要なのかな？　まぁそれはイベント終わってからでいいよね。

「――――」

食料も集め終わったので、拠点に戻ろうと森へと足を踏み出そうとした時、微かに何か声のようなものが聞こえた。【感知】スキルを使ってみるが特に敵モンスターやプレイヤーの反応は感じられなかった。

気のせいだったのかと思ったが、再度聞こえたので気のせいではないと判断した。

私は微かに声のようなものが聞こえた方向へ向かうと、音が少し大きく聞こえてきた。私は草をかきわけて進むと、次第に声の下へとたどり着いた。

「これって……？」

体長は20㎝程で、頭に小さなつぼみを付けた人型で緑色の女の子が、苦しそうに顔色を悪くして地面に倒れていた。

「赤ん坊……？」

いや、足が普通の足じゃなくて根っこのように捻じれた感じの足だ。と言うことはこの子は……。

「モンスター……？」

それにしてもこんな小さなモンスターもいるんだなぁ……。もしかしてこの状況で油断させて私を食べるとかそういう罠？　でも【感知】スキルには反応ないし……。あっ、でも擬態とか隠れる系のスキルだと反応しないこともあるし、そういうので反応しないだけかな……。とはいえ……。

「――」

いくら罠でも、こんなに苦しそうにしてるのを演技とは思えないしなぁ……。

私は少し悩んだ結果、この子を助けることにした。念のためにレヴィを先に呼んでおいてっと……。

「キュゥゥ！」

「レヴィ、もし私に何かあったら助けてくれる？」

「キュゥ！」

「ふふっ、ありがと」

私は恐る恐る小さなモンスターを手に持って支えるととても軽くて柔らかく触り心地が……。っと、そんなことをしている場合じゃない。植物系のモンスターなら苦しそうにしてる原因って……水か太陽か栄養だよね？

ここは……日は十分当たる。栄養……ちょっとわからない。水……周りに無し。となると水不足かな？　とは言っても私も手持ちに水分関係はないし……。きゅうりを食べさせるわけにはいかないよね……。

となると……。

「レヴィ。少し水出してくれる？」

「キュゥ！」

レヴィは水魔法で水を水鉄砲みたいに少し出してくれた。それを私は手で受け止めて、水に濡れた指をモンスターの口に当たるように移動させる。すると、重力に従って水は指の先端に集まり、やがてモンスターの口に落ちていった。

「――――」

モンスターは口に水が当たるのがわかったのか、その水をコクコクと飲み続けた。それを何回か続けると、苦しくなくなってきたのか、顔色も少し良くなってきた。

とはいえ、ここにまた放置しても同じ事を繰り返すだろう。だったら、何かの縁だし私が西に見えた川まで連れてってあげようかな。幸いまだ時間も余裕があるし、私のＡＧＩなら行ける自信がある。なのでこの子を私の着物の胸元に入れることで隠し、ただ移動しているだけのように見せる。さすがに生きているモンスターをアイテムボックスとかには入れられないらしいので、このような方法しかないのだ。

とはいえ、普通に移動している分では時間が掛かってしまうので、一定時間は木を思いっきり蹴って移動して時間を短縮する。ＳＴＲも十分育っているので、その位強く蹴っても私に反動ダメージは来ない。

実はＳＴＲは筋力を上げるということで、身体も鍛えていることになっているらしく、【重力魔法】を受けてる最中でも結構影響があったのだ。だから私も本気で耐えようと思えば、重力２倍ぐらいならギリギリ動けるか動けないかまでいけるのだ。主に武器まで重くなるせいで動けないんだけど。

じゃあバリバリＳＴＲを上げてそうな重装備には使えないと思うだろう。でも考えてみてほしい。いくら身体が強くなったとしても、荷物までその倍以上重くなれば持てるかどうかということだ。おそらく無理だろう。

では逆に軽装備でＳＴＲを上げているプレイヤーはどうなるだろう。元々軽い装備が倍重くなったとしても、動きにはそこまで影響がないと思う。しかし、そんな軽装備するならＳＴＲを上げるよりもＡＧＩなどを上げるだろう。つまり、【重力魔法】に対抗するには軽装備でＳＴＲが高いといった、関係性のないスキルを持ってないといけないのだ。

っと、まるで私が異端みたいに思うがそれは違う。私はただ食べ物が一杯ほしいからＳＴＲを上げているだけなのだ。だからたまたまこういうことを知っただけである。それに、こういうのは自分で調べることに意味があると思うので内緒にしてる。というか、あまり対抗策を知られちゃうと私が辛くなる。

しばらく森を疾走していると、川が見えてきた。一応位置を確認してみると、まだ西寄りの南西側だ。となると、川は少し斜めって流れているのかな？　もしくは川が分かれているのかな？　ともかく、この子を降ろしてあげないと。

私は森から出て川辺で近づく。周りにプレイヤーは見当たらなかったのは運がいい。ではこの子を胸元から出してあげる。やっぱり移動に疲れたのか、少しぐったりしてる。だけど、水を見た途端元気になったので、やっぱり水不足で間違いなかったようだ。

私はこの子の身体の横を押さえてゆっくりと足を水に浸けてあげる。後はこの近くにいれば大丈夫だよね。私はこの子を足だけが浸かるような川辺に置いてあげて立ち上がる。

「じゃあ私はもう行くから、気を付けてね」

「――」

まぁあそこなら、水も太陽も栄養もありそうだから大丈夫だよね。それでいきなりボスモンスターになったらどうしよう……。まっまぁその時はその時だよね！　戦闘狂の人だっているし！　大丈夫大丈夫っ！

私はそそくさと誰かに見られる前に、その場から去って行った。

「――」

最後にあのモンスターから悲しそうな声が聞こえたが、あんまり情が移しすぎると倒すときに辛くなっちゃうから……。

「キュゥ……」

「んっ……大丈夫だよ」

レヴィも慰めてくれてるのか、頬を少し舐めてくる。とはいえ、あんまり出してると他の人に見られちゃうかもなので、仕舞っておこう。

「レヴィ、少し戻ってて」

「キュゥゥ……」

レヴィは召喚石に戻った。やっぱりレヴィは優しいなぁ……。早く自由に出してあげたいなぁ……。

私が拠点に戻ったのは、もう夕方になっていた。ショーゴとシュウも既に帰ってきており、私にメッセージを送っていたらしい。正直すまなかった。

とはいえ、2人はこのイベントに限り使える調味料セットに容器セット、それにオーブンやバーベキューに使えるコンロを手に入れていた。2人にしては上出来かなとは思う。とはいえ、私も夕方に戻ってきたからそこまで凝った料理が作れるわけじゃない。ということで初日だけどバーベキューということにしよう。

肉は私が持っている肉を特別に使ってあげよう。皆、感謝するのだ。

まぁ私としては、ルカが仕上げたログハウスの方が凄かったと思うんだけどね。ちゃんと完成したから入らせてもらったら、女性陣四人の部屋もちゃんと出来ててベッドも完備されてた。窓については、やっぱりガラスの材料がまだ手に入らないから取り付けられてないが、十分凄いと思う。私はルカに凄いと言って抱きしめると、ルカも私に食べ物ありがとうと言って抱きしめてくれた。

でも気になったのは、外で疲れ果ててるガウル、レオーネ、クルルの3人だ。一体どれぐらい働かせたんだろうか……。

皆もお腹を空かしているとのことなので、少し早めに料理の支度をする。と言っても、コンロはアイテムがあるので、実質材料を食べやすいように切り分けているだけだ。串はルカが作ってくれたのを使うつもりだ。これであとはバランスよく材料を刺してっと。一応肉は塩コショウとタレで分けておく。好みもあるもんね。

まぁ予想は付くだろうが、そっからはもう皆飢えた獣状態だった。できた端からモリモリ食っていくので、最初は私は食べる余裕がほとんどなかった。でもルカが適当なタイミングで私に食べさせてくれていたので、まぁ大目に見るとしましょう。まったく、ルカを見習いなさい。

中盤から反省したのか、私を食べる側に回して他は焼く側に回った。まぁ私が食べている最中は余っているのを取り合っていたけど。

そんなこんなで、食事も終わったので、後片付けをしてさっさと寝るとしましょう。明日もきっと早くなる事だし。

そうだ、メッセージ整理しとかないと……。そう思ってメッセージを整理していると、ショーゴとシュウ以外からのがあった。海花からだ。

「えーっと何々……？　ちょっと変なの見つけちゃったから助けてくださいお姉様……だって……？」

……あの子……何してるの……。まぁとりあえず、明日の朝起きたら南寄りの拠点に来なさいとはメッセージを打っておいた。ってことは昼前までは動けずじまいかなぁ……？　でもまだ6日もあるし、のんびりしていこう。たまには競争もないイベントっていうのもいいもんだね。

ということで、私は自分の部屋のベッドに横になってそのまま目を閉じた。

そして、他のプレイヤーたちも続々と眠りに入っていった。

ズルッ……ズルッ……。

「――」

何かがこの拠点に近づいていることにすら気づかずに。

「キュウ！」

「――？」

「キュウゥ！」

「――！」

んー……。なんだか少し騒がしいなぁ……。てかこの声は……レヴィ……？　私いつの間に出したんだろう……？

私はまだ覚醒《かくせい》していない脳を働かせて、その声がする方へ目を向ける。まだ窓ガラスのない窓から見える月明りが随分と綺麗で、つい見惚れてしまう。

そしてその窓から顔を覗かせる者が現れた。きっとレヴィだろう。

「レヴィ、早く戻って。皆に見つかっちゃうよ」

「――！」

いつもとは違う声。一体なんだろうと思ってよく見てみると、そこにいたのはレヴィではあったが口に咥えているものがある。

「え……？」

「――！」

そう。レヴィが口に咥えていたのは、人型の小型モンスターだった。というか頭からではなく、足から咥えていたのだ。そのせいで、人が足から丸呑みされているような映像が、寝起きの状態の私の目にダイレクトに映った。

「っ～～～～!?」

咄嗟に口を押さえて悲鳴を押さえ込むが、びっくりしてベッドから落ちてしまう。

「いたっ！」

するとレヴィが口で咥えていたモンスターを離し、そのモンスターが私のところへ飛んできた。

「――――！」

「っ！……って……あれ……？」

そのモンスターは私に襲い掛かる事なく、私のお腹辺りにスリスリと顔を擦りつけていた。幸い、この騒ぎに誰も気づかないほど熟睡してたのか、部屋に来る様子は見られなかった。

私もスキルを暗視効果がある【猫の目】から派生した【梟《ふくろう》の目】に入れ替えて、そのモンスターをよく見てみる。

「ってこの子……」

「――――！」

モンスターの正体は、森であった人型のモンスターだった。

「もしかして私を追ってきたの？」

「――――！」

頷いたっていうことはそういうことなのか……。でもここまで懐くとは……。そういえばあの時はこの子の事を調べてなかったし、ついでに調べておこうかな。

私は【鑑定士】スキルを使ってこの子を調べる。

名前：アルラウネ【幼体】

―ステータス―

【成長Lｖ1】【土魔法Lｖ1（弱体化）】【植物魔法Lｖ1（弱体化）】

【成長】スキル：スキルレベルが上がる事で身体が成長する。Lｖ50で成体となり、スキルが消え他のスキルが解放される。

ほほう、アルラウネか。スキルにレベルがあるってことは通常モンスターなんだよね？　でも弱体化が付いているって事は成長させてからが本番って感じかな？

っと、まだ私がこの子をペットにすると決めたわけじゃないのに気が早かった。とはいえ……。

「――……？」

そんなうるうるとした目はやめてほしい……。もう……。

「はぁ……。わかったよ、君は私がペットにする。いい？」

「――!!」

幼体のアルラウネは嬉しそうに私にすりすりしてくる。っと、レヴィも呼ばないと。

「レヴィ」

「キュゥ？」

「これから一緒に行動するアルラウネの…………ちょっと名前はまだ未定で。仲良くしてあげてね」

「――！」

「キュゥ！」

そうだよ……名前決めないと……。アルラウネ……アルラ……アル……って女の子だからそれっぽい名前を……。えーっと……アウネ……ネウア……ラウネ……ネウラ……。

うん。安直だけどネウラにしようかな。私はレヴィと楽しくしているネウラに声を掛ける。

「ちょっといいかな？」

「——？」

「あなたの名前決まったよ」

「——！」

「あなたの名前は『ネウラ』だよ。よろしくね、ネウラ」

「——!!」

その瞬間、ネウラの身体が光に包まれ、その光が消えると緑色の宝石が私の手に収まっていた。

ネウラの召喚石【非売品】
契約者：アリス
このアイテムは売ることが出来ず、また奪われる事も壊れる事もない。

これで契約みたいなのは成立した感じだね。さてと。

「ネウラ、出ておいで」

「——！」

私は再度、ネウラを呼び出す。

「じゃあ3人で寝よっか」

「キュウ！」

「――――！」

その後、2匹の召喚獣は私にしがみついたまま離れず、夜が更けていった。

さて……朝食のために起きねば……。【料理】スキル持っているの私しかいないんだし……。ぐぬぬぬおぉぉー……。

私は重たい身体を起こしてリビングに向かう。っと、その前に私の2匹の召喚獣を仕舞っておかないと。

ネウラは、昨日助けたら懐いて追ってきた、という言い分で納得するかもしれないけど、そうするとレヴィをどうするかという話になる。それでレヴィだけ出さないのも可哀想だもんね。ということでごめんね2人とも。

私は2匹を召喚石に仕舞ってリビングに行く。とは言っても私もまだ【料理】スキルのレベルは高くなくそこまで凝ったのは作れない。ということで朝ごはんはパンと簡単な野菜と肉を薄く切ってベーコンっぽい物にしようかな？　卵があったらよかったけど、見つかってないし……。

ってしまった……。誰も起きてないから【水魔法】使える人がいない……。

「…………」

周りをキョロキョロしても誰もいない……。今の内にボウルとかに水を溜めれば……！

「レヴィ、起きてる？」

「キュウウ？」

「ちょっとそこに置いてあるボウルとかに水入れてくれる?」

「キュゥ!」

レヴィは近くに置いてあるボウルに水を入れてくれている。よし! あとは誰も起きてこなければ
……!

「……アリス、おはよう」

「…………オハヨウ、ルカ」

後ろから目を覚ましたルカの声が聞こえた。レヴィも咄嗟に動きを止めてるしきっと大丈夫……。

ですよねぇー!?

「ところで、その蛇何?」

「えっと……その……この子は……」

「昨日捕まえたの?」

「うっうんーそうなんだー……」

「そう」

あー! ついパニくってネウラのための言い訳がー! これだとネウラの説明どうすればいいの!?

同じ言い訳で通用するのかな!?

「まぁいいや、朝ごはん何?」

「えっと……パンと野菜にベーコンっぽく焼いた肉……」

「手伝う?」

「だっ大丈夫……」

「わかった」

私はこの後どうしようかと考えながら料理を続け、レヴィもどうしようといった感じで私の肩に巻き付いたまま固まっていた。

「ねぇアリス」

「はっはい！」

「その蛇の名前は？」

「えっと……レヴィって名前だけど……」

「よろしく、レヴィ」

「キュッキュゥ……」

「あとそこにいるとアリスの邪魔だから、こっちおいで」

レヴィは、ルカの提案にどうすればいいかわからず私の方を向くが、私は行っておいでと軽く身体を叩いてあげた。レヴィは恐る恐るルカに近づいて膝の上に乗った。

「蛇だから肌がぬめっとしているけど、少し硬い。それに私に粘膜《ねんまく》が付いたりしない。面白い」

まぁ肌が硬いのは元々がドラゴンだからねぇ……。もう……こっちはヒヤヒヤしちゃうよ……。

「アリス、この子さっき水出してたけど、水蛇なの？」

「うっううん、海蛇らしいよ」

「そうなんだ」

ルカはレヴィをじーっと見つめる。レヴィ！　お願いだから我慢して！

そして更に厄介な事に、ぞろぞろと他のメンバーが起きてきた。

「おーっす」

「おはよう、皆」

「ちーっす」

「お姉さんまだ眠いわぁ～……」

「私もです……」

「おはよ」

「……オハヨウ……」

皆がぞろぞろとリビングに入ってくると、ルカの膝の上にいるレヴィに驚愕する。

「うおっ⁉　なんだそりゃ⁉」

「もっモンスターか⁉」

「ルカちゃんから離れやがれ！」

「へっ蛇⁉」

「爬虫類は苦手なんですー！」

まぁ普通はこの反応だよね……。って⁉　そんな悠長にしてられない！

「皆っ！　その蛇はっ！」

「アリスが昨日捕まえたペット、レヴィ。可愛い」

「「「「は……？」」」」

「あっ……」

「「「「ペットォォォ⁉」」」」

その後、朝食の場で質問攻めに遭うことになりました。もう隠しててもめんどうなので、ネウラも一緒に出したら更に驚かれました。失敗した……失敗した……失敗した……失敗した……。

朝食後は、私は海花を待つということでこの拠点で待機する形になり、ルカとショーゴたちはそれぞれ北と東に向かった。

私は今どうしているかと言えば……。

「ネウラ、冷たい？」

「――――！」

「そっか。レヴィもありがとね」

「キュゥ！」

今2匹は、私が【大地魔法】で空《あ》けた深さ30㎝、直径1m程の穴に水を溜めて簡易的なプールを作った。もちろんネウラが溺れないように、半分程土を埋めて浅くしている。私も足だけ入れて涼しんでいる。

適度に水を吸いつつ日光を浴びてれば、ネウラの【成長】スキルも早く上がると思うし、どうせ海花が来るまではやることないからちょうどよかったかな？

ということで私は簡易プールから足を出して、ルカが作ってくれたサマーベッドのようなベッドに少し横になる。そして私のペットたちが遊んでいる様子をここから見る。あー癒されるなぁ……。

おっ海花からメッセージだ。もう少しで着くっていうし、結構早起きしたのかな？　んー何か作ってあげとこうかなぁ……。ってことで、人数を教える様にメッセージを送った。まぁ10人分ぐらいパンでも作っておけばいいでしょ。

私はベッドから起き上がり、2匹に一言言う。

「じゃあ、私はちょっとパン作ってくるからレヴィはネウラの面倒見てあげてね」

「キュウ！」

「――――！」

さてと、皆に作った普通のパンでいいよね。ハチミツとかも集めないといけないなぁ。掲示板とかにそういう情報載ってないかなぁ？

「お姉様ー！」

おっ、海花たちが到着したようだ。さてさて、一体あの子は何を持ち込んだのでしょうか。

私は、焼いたパンを持って海花たちのところへ向かう。肩にはレヴィと、レヴィに巻き付かれて支えられたネウラがぶらぶらとぶら下がっている。レヴィ……ネウラ落とさないでね……。

「お待たせ、海花。これパン焼いたんだ……けど……」

「あっお姉様……」

「い、いその子……誰……？」

海花の隣には、白いワンピースを着た小学生ぐらいの女の子がじっと立っていた。

「海花、その子は誰？」

とりあえずもう1度聞く。うん、だって海花が小学生ぐらいの女の子連れてきてるんだもん。これは通報も待ったなしかな？

「えーっと……その……お姉様……この子は……」

海花が説明しづらそうにしていると、彼女の取り巻きの第1陣の彼が前に出た。

「詳しくは私から説明させていただきます」

「えっとあなたは確か……」

「セルトと言います。そういえば自己紹介をしてませんでしたね、アリスさ……ま？」

「……さんでいい。それでセルトさん、何があったの？」

名前がセルトって言うなんて知らなかったよ……。言われてみれば名前聞いてなかったけど……。

てかなんであなたまで私の事を様で呼ぼうとしたの……。

「私たちは初日に東の方へ探索に行きました。そこで、少し北東になるのですが小さい遺跡を見つけまして、探索しようと思ったのですが……。そこで海花様が走って中に入ったところまではよかったのですが……」

「……海花……」

「すっすみませんお姉様！　つい気が高ぶってしまって……」

そういう遺跡には普通罠とか仕掛けられてるだろうに……。ホントよく死ななかったね……。

「そこで海花様がある部屋に入って探索しようと真ん中にいった途端、その部屋の床が崩れてしまったのですよ」

「はいっ!?」

「幸い少しダメージを負った程度で済んだのですが、さすがの私たちもロープなどは持っておらず、どう救助すればよいか相談していたところ……」

「海花がその子を連れて戻ってきた……ってところかな？」

「はい……」

頭が痛い……。とりあえず補足させるために海花に説明させる。

「えっと……あたしが穴に落ちてからの話ですよね……？」

「うん」

「えーっと……あたしは穴に落ちてからしばらく進むと2つに分かれた道に出たんですけど、それぞれの道の奥に宝箱とこの子が見えたんです」

「それで海花はその子の方の道に行ったと？」

「あたしとしてもその時に何故この子の方に向かったかわからなかったんですけど、何故か魅かれた感じがあったんです」

んー……本能とかそういうのが反応したりしたのかな？

「それでしばらく道を歩いていると、後ろが塞がれて戻れなくなったのでそのままこの子の下へ行って、この子に触ってみたところ急に起き上がってあたしに付いて来たってところですね。あっ帰りはいつの間にか遺跡の入り口に転移してました」

となると、その遺跡は宝箱かその子を連れていくと自動的に転移される形のダンジョンってところか。とはいえ宝箱も当たりという保証がないし、行くのは少し危険だよね。

「それで海花は私にどうしてもらいに来たの？」

「お姉様は確か鑑定系のスキルが高かったと思ったので、この子を調べれるんじゃないかと思いまして……」

なるほどね。海花たちだとまだスキルレベルが足りなくて調べられないって感じなのか。まぁいいでしょう。
私は、白いワンピースを着た少女に対して【鑑定士】スキルを使用する。
名前：上位機械人形《ハイオートマタ》【制限中】
―ステータス―
【武器対応】【傀儡術】【命令術】【強化魔法（弱体化）】【感知】【隠蔽】【状態異常耐性】【自動修復（弱体化）】【ＭＰ上昇＋（弱体化）】【ＩＮＴ上昇（弱体化）】
特殊スキル
【人形作製】【配下強化（弱体化）】【思考伝達（使用不可）】
【制限中】：リミッターが掛けられている状態。解放する事で弱体化や使用不可状態のスキルが解放される。
【武器対応】：あらゆる武器を使うことができる。
【命令術】：配下やペットに対して命令した通りに動かせる。
【強化魔法】：対象を強化する魔法。効果は使用した魔法によって異なる。
【状態異常耐性】：状態異常に対する耐性。
【自動修復】：ＭＰを使用してＨＰと欠損部位を修復する。
【人形作製】：材料を使用して配下となる人形を作製する。

【配下強化】：自分の周囲にいる配下の人形を強化する。距離が近ければ近いほど強化値は大きくなる。
【思考伝達】：言葉を発する必要なく、対象にテレパシーで伝える事が出来る。

ねぇ海花、この子ユニークモンスターじゃないの。しかも指揮官機系スキル持ちの。

「……海花」

「はっはい！」

「この子、ユニークモンスターだから頑張ってね」

「え？」

さてと、面倒事になる前に川でも行こうかなー。そう思って近くに置いてあったテーブルにパンを置こうと歩き始める。すると、海花が私の腰にしがみついて来た。えぇぃ！　私はもう面倒事は嫌なんだー！

「お姉様ぁぁぁ！　見捨てないでくださいぃぃぃ！」

「そんな強そうな子連れてきといて何言ってるの！　あとは海花の問題でしょ！」

「そんなこと言われましてもー！」

私と海花が争っていると、機械人形の少女が肩まである黒い髪を揺らして近づいてきた。

「失礼。マスター、よろしいでしょうか？」

「「は……？」」

えっと……海花の方を向いてマスターって言ってるから、海花でいいんだよね？

「えっと……マスターってあたしのこと……？」

「イエス。マスターは私の事を目覚めさせてくれた。故にあなたが私のマスターです」

「ちょっちょっと待って！」

「イエス。何か問題でもありましたか？」

「あなたを目覚めさせたって……あたしはただ……」

「イエス。私はマスターの『想い』を受け取って目覚めました。故に私はマスターの『想い』を叶えるために最善を尽くします」

「想いってまさかっ⁉」

突然海花が顔を赤くしてその場にしゃがみ込んだ。一体何をしたというの……。

「お願いだからあれは内緒にしてっ！」

「イエス。マスターの仰せのままに」

とりあえず相談事は終わったらしい。でもあの子が完全に海花を主と認めている以上、他のプレイヤーが手に入れることはできないし……。……はぁ……。

「海花、その子と契約しちゃって」

「契約……？」

「もうほとんど契約できてるみたいだから、あとは名前を付けてあげれば完了すると思うよ」

「名前……」

海花は、自身のペットとなる機械人形の少女をじっと見つめる。

彼女も主である海花をじっと見つめている。

「……あなたの名前は『黒花』よ。黒い花と書いて黒花。いい？」

「イエス、マスター。あなたから頂いた名前、大切にします」

その瞬間、黒花の身体が光に包まれ、その光が消えると黒い召喚石が海花の手に収まっていた。

「えっと……」

「それで契約完了だよ。ちょっと見せて」

「はい、お姉様」

私は、海花が持っている黒い召喚石に対して鑑定を掛ける。

黒花の召喚石【非売品】
契約者：海花
このアイテムは売ることが出来ず、また奪われる事も壊れる事もない。

うん。ちゃんと契約者が海花になってるね。でもこの名前って……。

「海花ってもしかして、自分の気に入った物に自分の名前の一部あげたりしてる？」

「っ!?　そっそんなことありませんよお姉様っ！」

動揺してるってことはそうなんだろう。

「まぁともかく、黒花を再度出してあげなきゃね」

「えっと……どうやって出せば……」

「名前を呼んで出てくるように言えば出てくるよ。この子たちみたいに」

私のペットたちは嬉しそうに声を上げる。

「それがお姉様のペットたちですか？」

「そうだよ。蛇の方がレヴィ、緑色の人型の子がネウラ」

「キュゥゥ！」

「――――！」

「ではあたしも呼ばないといけませんね。……黒花、出てきて」

海花が呼ぶと、黒花が白いワンピースの裾を指先で軽くつまんで一礼しながら出てきた。所謂メイドさんがするような挨拶だろう。

「黒花、参上致しました。ご用件を、マスター」

「えーっと……そういうのはいいんだけど……」

「了解しました、マスター。以後気を付けます」

「べっ別に叱ったわけじゃなくて……」

さすが機械なだけあって真面目なんだね。っと、そうだそうだ。

「レヴィ、ネウラ。黒花に挨拶して」

「キュゥ！」

「――――！」

「これはご丁寧にありがとうございます。私は黒花と申します。以後お見知りおきを」

うぉ……。対応が本当に人間っぽい。運営さん力入れすぎじゃないですかねぇ……。すると海花が私の裾を引いて来た。

「どうしたの？」

「その……あたしスキルどうしたらいいですか……？」

「…………」

いや、それは私に言われても……。黒花を活かす形で戦闘スタイル組んでもいいと思うけどなぁ……。例えば……一緒に【傀儡術】取って人形操って戦う……とか……？　そもそも人形って自動《オート》なのか手動《マニュアル》なのかでも変化してくるのかな？　というか、自動で動く人形って作れるものなの……？

「黒花、ちょっといい？」

「イエス、なんでしょうか？」

「黒花って自動で動く人形って作れるの？」

「イエス。材料さえあれば可能です」

作れるんかいっ！　となると黒花は手札が揃ったら強くなるタイプかぁ……。

「ですが、自動で動かすためにはコアが必要です」

「コア？」

「私たち機械人形を作製する上で必須の材料です。指揮官機である私にも【強化魔法】が付加されたコアが埋め込まれております」

「ちなみにそれはどこに……」

「もしかしたら私が眠っていた場所にあるかもしれません。しかし、マスターの発言から道はもう閉ざされてしまっているため、取りに行くことはできないと思われます」

海花、どんまい。そういえば機械人形になった場合はペット扱いになるのだろうか？　でも黒花が上位機械人形だから、その可能性は高いよね。しかも黒花みたいに【自動修復】とかあるとも限らないから、その修理分の材料も集めないといけない感じになるのか。海花、がんばれ。

あの後、海花は私にこの後の予定を聞いてきたが、特に予定はないけど西の川でペットたちを遊ばせたいという旨を伝えると、残念そうにしていた。

どうやら一緒に冒険したかったそうだ。でも私にはこの子たちと遊ぶという使命がある。それに東の遺跡でもしかしたら、機械人形の材料拾えるかもしれないからいいじゃん。

ということで、海花たちは再度東の遺跡に挑戦するらしい。がんばれー。

さてと、私も西の川に向かうとしますか。

やっぱり歩いてて思うけど、調合とかの材料になりそうな野草が一杯見える。薬草に毒草、それに麻痺草に混乱草とかいうのも生えてる。つまり適当に採って食べたりすると、状態異常とかになったりするのか……。

するとネウラが、そこら辺に生えていた草をもしゃもしゃと食べていた。

「って！　ネウラ！　そこら辺の草食べちゃダメでしょっ！　ぺっしなさい！」

「――――？」

しかし、ネウラの様子は特に変化がなく、美味しそうにその草を食べ終える。でもその草……調べたら毒草だったんだけど……。

正直に言うと、ネウラの食べ物がちゃんとわかっていない。少なくとも、水と土の養分があれば成長はするようだ。だが、植物系モンスターだけあって、たまには植物を食べたいらしい。なので、そういう時は薬草を与えている。

しかし、今の様子を見ている限り、薬草よりも毒草の方を美味しそうに食べているように見えた。確かにアルラウネはマンドレイクと一緒にされる場合があって、マンドレイクには神経毒があるとか言われているけど……。

とはいえ、自分のペットに毒物を食わせるのはどうも気が引ける。でも、ネウラが美味しそうにしているなら仕方ないかな……？

しばらく森を歩いていると、猪《いのしし》を見つけた。そういえば猪って食べたことなかったな……。ついじゅるりと涎を垂らしそうになったが、ここは気を引き締めないといけない。

猪もこちらに気付いたのか、後ろ脚を蹴りあげてこちらに突進しようとしてくる。とはいえ、今ペットを出しているこの状況ではあまり激しい動きはできない。ということで簡単な対処法をしよう。

「『地形操作――穴）！』」

私は、近づいて来る猪の進行上に落とし穴を作った。猪は勢いを削ぐ事が出来ずに、落とし穴へ落下する。

猪は逆立ちのような状態で落とし穴に落ちていた。これは好都合だ。

「『グラビティエリア！』」

私は周囲に重力を掛ける。何故今重力を掛けたかと言えば、猪の状態がちょうどよかったからだ。今猪は逆立ちのような状態で、首だけで身体を支えているような形だ。ということは、重力で首をへし折れば後は勝手に呼吸が出来なくなるとかそんな感じで倒せるだろう、ということだ。

案の定猪は首の骨が折れたのか、ピクピクと身体を痙攣させてゲージがどんどん減少していっている。完全にＨＰが無くなったので、魔法を解除して穴に下りて猪を回収する。うへへー、これで今日は猪のお肉が食えるー。

そんなこんなでようやく川に着いたのだが、プレイヤーも結構いたのでレヴィとネウラを連れている私は少し目立ってしまった。とはいえ、私があまり人付き合いが良くないと思われているのか、話しかけてくる人はいなかったのは幸いだろうか。

だが、川に入るのにこの着物のままでは少し動きにくい。なので私はこの着物を脱いで、耐水性のイカグモの糸製Tシャツとホットパンツの姿になる。

よし、これで準備は万端だ。いざ、川へ。

川の流れはゆったりとしているため、流されるような心配はしなくてよさそうだ。まずは岩場に座って足を少し浸ける。

「んっ……冷たい」

川の水はひんやりとしているが、この暑い日差しの中ではちょうどいい温度だ。

なんか周りの男性プレイヤーがこちらを見ているが、やっぱり私が連れているペットが気になるのだろうか？　まぁ、そんなことを気にしていたら遊べないので、気にしないことにしよう。

まぁレヴィはさっそく川の中に入って涼んでいる。ネウラは流石にまだ小さいので放っておくとどこかに流されてしまうので、私が腰まで浸かれるぐらいの浅瀬に座り込んでネウラと一緒に戯れる。

「――――！」

ネウラも楽しんでくれているのか、小さい腕で水をぱしゃぱしゃとしている。まぁ私の顔や服に水が跳ねてるんだけどね。

しばらく遊んでいると、疲れたのかネウラが眠ってしまった。ふふっ、可愛いなぁ。ネウラも成長したら喋《しゃべ》ってくれるのかな？　そしたら私の事なんて呼んでくれるのかな？　お姉ちゃんかな？　お母さんかな？　少し楽しみかも。

「ふぁーぁ……」

私も眠くなってきちゃった……。少し休憩……。

私はネウラを抱えたまま岩場に寄りかかって目を閉じる。


「んっ……」

なんだろう……何か柔らかい物が下に敷かれているような……。

私は目を開けてみるが、目の前が真っ暗だった。どういうこと？

「あらぁ～アリス起きたの～？」

この声はリンだけど……上から聞こえているということは……。

「私って今リンの膝の上？」

「正解よ～」

私は向きを変えてリンを見上げる。とりあえず、相変わらずリンの胸に付いている2つのメロンが揺れる。くそぅ……。

「それよりアリス～2匹もペット捕まえてたなんて知らなかったわよ～」

あぁ、抱えていたネウラはともかくレヴィも見たんだ。

「まぁ色々あってねー」

「私もペット欲しいわねぇ～」

「リンはどういうペット欲しいの？」

「そうね～とりあえず言うこと聞いてくれる子がいいかしらね～」

確かに、契約しても言うこと聞いてくれなかったら困るもんね。となると大人しい系のペットかぁ……。

「このイベント中に見つかるといいね」

「そうね～」

まぁそれはともかく、今は聞かなくちゃいけないことがある。

「なんで私はリンの膝の上にいるの？　てかなんでリンがここにいるの？」

川の音が聞こえるからまだ川の近くにいるのだろう。そもそも何故私の居場所がわかった。

「ふふっ～それは秘密よ～」

私は身体を起こしてリンの方を見る。リンはニコニコしたまま特に表情を変えない。この状態のリンから聞くのは至難の業だ……。でも、今のリンならば効く手はある。

「リン、銀翼の人たちはどうしたの？」

ビクンッとリンが反応する。こういう反応をするということは、おそらく単独行動なのだろう。もうひと押しだ。

「もし正直に答えるなら、団長さんにリンが私のところに来たのは助けを求めたからっていう、言い訳をしてあげてもいいけどなぁー」

リンの目が泳いできた。あとは時間の問題かな？

しばらくすると、リンが降参してきて事の経緯を説明してくれる。どうやら、掲示板で私が川で着物を脱いで遊んでいるという情報が流れてきて、それを聞いて飛んできたということらしい。しかも、東の遺跡を攻略するための移動中に来たらしい。これはちゃんと怒られた方がいいんじゃないだろうか。

「リン」

「なっ何かしら～……」

「ちゃんと団長さんたちに謝ろう」

「でっでも～……アリスが心配だったから来たわけで～……」

「あ・や・ま・ろ・う・ね？」

「……はい……」

もう私は大丈夫だから、早く団長さんたちのところに戻るように伝えると、しょんぼりしながらリンは飛び去って行った。まったく……幼馴染ながら困ったものだ……。

それにしても、私が着物脱いだだけで掲示板に載るものなのかな？　そこがいまいちわからないんだよね。

まぁいいや。とりあえず今日は遊ぶぞぉー！

イベント専用掲示板雑談編Ｐａｒｔ２

１：名無しプレイヤー

http://******************* ←既出情報まとめ

次スレ作成　＞＞９８０

21：名無しプレイヤー
いやぁ……南に食料が大量にあって助かったわ

22：名無しプレイヤー
＞＞21その様子からすると……やっぱりお前のｐｔもあれなのか……？

23：名無しプレイヤー
＞＞22みなまで言うな　戦闘職の軍団だしな　料理スキルなんてねえんだよ

24：名無しプレイヤー
このイベントで生産職のありがたみを再確認したわ

25：名無しプレイヤー
一応北と東以外はそこまでモンスターいないからいいんだが、そっち方面行くと消耗品が特に足りなくなるしな

26：名無しプレイヤー
＞＞25これでまだ1日しか経ってないんだぜ……？

27：名無しプレイヤー
南で採れた野菜に調味料をかけて齧る生活か……

28：名無しプレイヤー
＞＞27諦めて料理取れよ……イベ中の取得制限はあるがそこまで取らんだろ？

29：名無しプレイヤー
＞＞28おう……ｐｔで相談して誰か取ることにするわ……

30：名無しプレイヤー
つかこのイベントを考えると、ある程度生産系のスキルも持っといたほうがいいんだな

31：名無しプレイヤー
確かに　ＳＰが余るからそういうもんだと思ってたがこういう時のために取っとけってことなんかねぇ

32：名無しプレイヤー
拠点で美味しそうに夜ご飯食べてるｐｔいて羨ましく見てるんご……

33：名無しプレイヤー
こういう時の料理持ちの光り具合　料理倶楽部のやつら大歓喜だろうなぁ……

34：名無しプレイヤー
＞＞33そういや南の畑で大豆見つけたらしくて狂気に満ちた感じで収穫してたぞ

35：名無しプレイヤー
大豆ってことは……なるほどな……

36：名無しプレイヤー
醤油とか味噌が作れるようになるってことか　確かにそれは料理倶楽部の奴らにとっては一大事だな

37：名無しプレイヤー
今まであった調味料が塩ぐらいだったしな　料理の枠が広がるのは良い事だと思うぞ

38：名無しプレイヤー

それより東の遺跡で何かあったか？

39：**名無しプレイヤー**
＞＞38銀翼がこれから調べに行くらしいが、今わかってるだけでポップするモンスターは機械系やスライムとかの無機物系が多いらしいぞ

40：**名無しプレイヤー**
＞＞39機械系っていうと例えばゴーレムとかか？

41：**名無しプレイヤー**
＞＞40ゴーレムの他にも機械人形とかガーゴイル、それにスケルトンとかだな　だから魔法も使うし物理職も必要になってくる

42：**名無しプレイヤー**
でも強さはそこまで強くないらしいで　でも奥に進めば進むほど強くなっていくという話だ

43：**名無しプレイヤー**
まぁそういうのは第2陣用に強さ調整してるんだろうな

44：**名無しプレイヤー**
あとは遺跡内で未稼働の機械人形をペットにできたっていう話もあったで

45：**名無しプレイヤー**
ガタッ！

46：**名無しプレイヤー**
ガタッ！

47：名無しプレイヤー
ちょっと遺跡いってくる

48：名無しプレイヤー
＞＞45＞＞46＞＞47ほんとお前らの流れ好き

イベント専用掲示板ペット編Part1
392：名無しプレイヤー
ぬぉぉぉぉ……ペットたちよぉ……どこにいるのだぁ……

393：名無しプレイヤー
もふもふしたいんご……

394：名無しプレイヤー
しかし周りにはちょろちょろ手に入れているプレイヤーたちが

395：名無しプレイヤー
どうやって捕まえたか聞いてみると大抵がたまたま出会ったなんだよなぁ……

396：名無しプレイヤー
たまたまで見つけられるもんなんですかねぇ……？

397：名無しプレイヤー
［速報］【首狩り姫】がペットを2体手に入れている

398：名無しプレイヤー

＞＞３９７ふぁっ⁉

３９９：名無しプレイヤー
＞＞３９７なん……だと……⁉

４００：名無しプレイヤー
＞＞３９７ちなみに……どんなペットだった……？

４０１：名無しプレイヤー
えーっと……蛇と……なんだろう？　緑色した人型のちっちゃいモンスターかな？

４０２：名無しプレイヤー
＞＞４０１お、おう……？

４０３：名無しプレイヤー
＞＞４０２蛇かぁ……

４０４：名無しプレイヤー
それより人型のモンスターだろ！　そっちが重要だ！

４０５：名無しプレイヤー
緑色をした人型のモンスター……予想ではトレントとかシルフとかドリュアス、アルラウネとか
そこらへんかねぇ？

４０６：名無しプレイヤー
でも羨ましいんご……

４０７：名無しプレイヤー

【首狩り姫】とスキンシップを取れるペット……いいなぁ……
408：名無しプレイヤー
あの子って知り合いとかには普通に接してる感じがあるがどうなんだ？
409：名無しプレイヤー
んー……どうなんだろ？　あんまり他のプレイヤーと喋ってるところを見ないからなぁ……
410：名無しプレイヤー
ハッハッハ　持たざる者たちよ　何の話をしているのだ
411：名無しプレイヤー
＞＞410おう　その口ぶりだとペット手に入れたのか　あく晒すんだよ
412：名無しプレイヤー
＞＞411よかろう！　私が手に入れたペットはこれだ！
http://*******************
413：名無しプレイヤー
＞＞412これは……カーバンクルっていうやつか？
414：名無しプレイヤー
＞＞413その通り！　とっても懐っこくて可愛いぞ！　でもスキルレベルがないんだがどういうことなんだろう？
415：名無しプレイヤー
＞＞414え？

416：名無しプレイヤー
>>414どういうことだ？
417：名無しプレイヤー
俺がペットにした機械人形ちゃんはスキルレベルちゃんとあったぞ？
418：名無しプレイヤー
もしかしてユニークとユニーク以外で分かれてるんかねぇ？
419：名無しプレイヤー
ちょっと2匹ペット持ってる【首狩り姫】に聞いてきてくれる人いませんかねぇ……
420：名無しプレイヤー
>>419自分で行って　どうぞ
421：名無しプレイヤー
>>419別に喧嘩売ってないんだから聞くぐらいいいだろ　俺は怖いから嫌だけど
422：名無しプレイヤー
てか【首狩り姫】どこで見かけたんだよ
423：名無しプレイヤー
>>422西の川　いつもの着物脱いで初期装備っぽいのだけで遊んでるで
424：名無しプレイヤー
>>423それって……まさか……下着姿ってことじゃ……
425：名無しプレイヤー

＞＞424いや、普通にTシャツ着てるからな？　下着だけになるようならシステムがブロックするだろ
426：名無しプレイヤー
しかし……【首狩り姫】のTシャツ姿……見たい……
427：名無しプレイヤー
あっ、ペットとお昼寝し始めた。やばい、可愛い（真顔
428：名無しプレイヤー
くっそおおおお俺もみたいいいいいいい
429：名無しプレイヤー
ホントこのスレの人たち欲望に忠実だな。てかリンさんが凄い勢いでどこかにいったが……まさかな……？
430：名無しプレイヤー
＞＞429あっ……（察し
431：名無しプレイヤー
解散
432：名無しプレイヤー
さてと、ペットの話に戻るか。とりあえず検証かぁ
433：名無しプレイヤー
せやな。とりあえず各自わかった事があったらまた教えてくれ

さてと、せっかく川に来たことだし魚でも獲って戻るとしよう。さっきまではネウラの事もあって潜れるぐらい深い方に行けなかったけど、今はネウラが寝てるからついてくる心配はない。一応レヴィにはネウラを見てもらってるけどね。

んー……深い方もそこまで流れは速くないね。十分私でも泳げるぐらいだ。っと、そんなことより魚を見つけないと……。

私はキョロキョロして辺りを見渡すと、群れで川の中を泳いでいるのを見つけた。ここで脇差を使って斬ってしまうと、魚が即死してしまうどころか内臓とかを傷つけかねないので、手で捕まえてぱっと【収納】の中に仕舞うことにする。こうすれば【収納】の中では時間が経たないので、新鮮な魚のまま解体することができる。ということで、獲って獲って獲りまくる！

よっと！　これで16匹目っと。私は一旦息継ぎのために川の中から顔を出す。そして息継ぎを完了させて再度潜る。魚はこれぐらいでいいと思うので、今度は川の中の探索をする。もしかしたら海藻や貝類が手に入るかもしれないからである。

案の定海藻や貝を見つけたので回収する。すると、岩と岩の間に薄く光る物が見えた。

「(なんだろあれ？)」

今の私には警戒心よりも好奇心が強かったため、何も警戒することなく岩の方へ近づいた。すると、岩と岩の間に青色の丸い水晶玉みたいなものが挟まっていた。

私はそれを両手で掴んで思いっきり引っ張る。

「(ふぬぬー！)」

あまりに力を入れすぎたせいか、口から空気が漏れて少し苦しくなる。だがここで負けてはいられない。

私は口から空気が漏れるのも構わず、思いっきり引っ張る。すると青い水晶玉は、岩と岩の間からするっと抜けて私も勢いよく後ろへ流される。

これを鑑定しようかと思ったが、流石に空気が漏れすぎたため一旦息継ぎも兼ねてネウラたちのところへ戻ることとした。

「ぷはぁー」

「――――!」

私が川から顔を出すと、ネウラがレヴィに乗って私の方に向かってきていた。どうやら置いてかれたと思ってレヴィに乗せてもらったようだ。

「レヴィ、私も戻るからそのままUターンして戻って」

「キュゥ!」

「――――!」

まったく、ネウラは仕方ない子だなぁ。でもそこが可愛いけどね。

私が川から上がると、レヴィから降りたネウラが飛びついてきた。そんなネウラの頭を私は優しく撫でてあげる。

「ごめんね、ちょっと川の中潜ってたの」

「――――!」

ネウラは置いてかれた事に腹を立てたのか、小さな腕でぽこぽこと私を叩く。まぁしばらく叩かれてるとしよう。置いていったのは確かだもんね。

しばらくすると機嫌も直ったのか、ネウラは私の膝の上に座って身体を私に預ける。やっぱり和むなぁ……。

っと、ネウラの事で忘れてた。さっき拾った水晶玉を鑑定しないと。

私が先程手に入れた水晶玉を実体化すると、急にネウラがレヴィの方に逃げて行った。

「ネウラ？　どうしたの？」

「――――！」

「キュゥ！」

反対にレヴィはこの水晶玉を実体化した途端、急に興奮しだした。一体これはなんだろう？

そう思ってこの水晶玉を鑑定してみる。

ペット用初級スキル取得玉（青）【消耗品】
使用回数：1回
ペットに対してスキル取得が行える。玉の色によって使えるペットが異なる。各ペットに対して各級毎に一回ずつしか使えない。

…………ふぁっ!?　何なのこれ!?　ペットのスキルを増やせるってどういうこと!?

私が唖然としていると、レヴィがスキル取得玉に向かって飛びついて来た。そしてそのままレヴィはそれを丸呑みしてしまう。

「あっ⁉　レヴィ！　何してるの！」
レヴィは美味しそうにスキル取得玉を飲み込んでいる。
もう……ちゃんと調べないといけないのに……。

―INFO―
レヴィがペット用初級スキル取得玉（青）を取り込んだため、スキルを取得できるようになりました。

いきなりインフォが鳴ったから何だと思ったら……あれって取り込んだの⁉　どう見ても丸呑みして食べてたよね⁉　でもレヴィの様子に異常はない。となると、本当にあの玉はレヴィに対して有益な物だったってことなのかな？　とはいえ、一応レヴィのステータスを見てみよう……。

名前：レヴィ【封印状態】
―ステータス―
【牙】【封印中】【紺碧魔法】【紅蓮魔法】【物理軽減（弱体化）】【封印中】【偽りの仮面】【隠蔽（弱体化）】【水術】【環境適応】【ＭＰ上昇＋（弱体化）】【自動回復＋】【封印中】【空き】
特殊スキル
【体型変化】【封印中】

うん。やっぱり何度見てもこの性能は酷いと思う。これに更にスキルが増えるっておいおい……。

とはいえ、何が取得できるのかを確認せねば……。

えーっと……ステータス上昇系に各種初期魔法……それにサブスキル……ってこれ、初期に取れるやつばっかりじゃん。あー……そういえばあの玉も初級ってあったもんね……。

道理でイベントで手に入れられるはずだよ。とはいえ、スキルが増えたのはいいとしてレヴィは何が欲しいかな？

「レヴィ、新しいスキル何が欲しい？」

「キュゥ……」

まぁレヴィに聞かれても困るよね。とは言っても、攻撃系に防御系、更に環境系も揃ってるレヴィからしたら他の手札は何かいるかなぁ？　レヴィが得意なのは水中戦だし、これ以外で取るとしても初級で使えそうなのはないしなぁ……。

となると、素のステータスを上げる意味でステータス系かな？　たぶんＨＰについては膨大だろうからいらないとして、ＩＮＴかＡＴＫかな？

「レヴィ、取ろうと思ってるのはＩＮＴ上昇かＡＴＫ上昇なんだけど、どっちがいい？　右手がＩＮＴ、左手がＡＴＫね。どっちも嫌なら首振ってね？」

「キュゥ……」

レヴィは首を左右に振りながら少し考え、私の左手に顔を寄せた。

「レヴィ、別に今すぐ決めなきゃいけないことじゃないし、悩んでるならまだ取らなくてもいいんだよ？」

「キュゥ！」

レヴィが私に向かって催促するように鳴き声を上げる。こういった風に鳴くってことはレヴィも納得していることなんだろう。私はその意思を尊重する。

私はレヴィの空きスキルに【ＡＴＫ上昇】を選ぶ。

名前：レヴィ　【封印状態】
―ステータス―
【牙】【封印中】【紺碧魔法】【紅蓮魔法】【物理軽減（弱体化）】【封印中】【偽りの仮面】【隠蔽（弱体化）】【水術】【環境適応】【ＭＰ上昇＋（弱体化）】【自動回復＋】【封印中】【ＡＴＫ上昇（弱体化）】
特殊スキル
【体型変化】【封印中】

今取ったばかりの【ＡＴＫ上昇】に弱体化が付いたということは、ユニークペットの場合はスキルレベルがないためこういった形で補正が入るんだろう。となると、中級と上級では【封印中】になる場合もあるってことかな？　それはそれで新しくスキルを取った意味があんまり……。

それにしても、ネウラがあんなに嫌がったってことは、自分に合うスキル取得玉じゃないと拒否反応みたいなのが起こるってことかな？　それはそれで確認しやすいけど、黒花みたいな表情が出ないタイプだとどうなるんだろう……？　少し見てみたいかも……。

っと、それはともかく、レヴィだけっていうのも贔屓みたいだからネウラ用のも探さないといけないなぁ。

ということで、再度潜って探してこよう。後はネウラが怒らないように説得しないと……。

結果的には見つからなかった。1時間ぐらい川に潜って探してみたけど、それらしき玉は見当たらなかった。これが物欲センサーというものなのか……。恐るべきセンサーだ……。でもまだ5日あるし、その間に見つかればいいよね。

さてと、そろそろいい時間だし拠点に戻るとしましょうかね。ショーゴやルカたちは充実した2日目を送れたのかな？　帰ってきたら聞いてみよっと。

私はレヴィとネウラを召喚石に戻して拠点へと向かった。


拠点へ戻るために森を歩いていると【感知】スキルが反応する。モンスターかなと思って辺りを見渡すが、特にそういった影は見られなかった。ネウラの時のようにモンスターの幼体かと思って耳を澄ましてもみるが、やはりそういった音は聞こえなかった。

すると、木の陰から1人の男性が姿を現した。

「嬢ちゃん、こんな森を1人で歩いてると危ないで」

「……誰？」

「そういや自己紹介がまだやったな。自分はジャックっちゅーもんや、よろしゅう」

「私はアリスです……」

姿を現した男性は、頭から目元にかけてバンダナで隠していてイマイチ顔の全体像がわかりづらい。でもバンダナからはみ出ている髪が金色なので、おそらく金髪なのだろう。

「それで、私に何の用ですか？」

「いーや、女の子が1人で歩いてるのは危ない思ってな。よかったら送ってこうかとな」

「別に大丈夫です」

なんか子供扱いされた気がする……。少しむっとしたので、そのまま彼の横を通り抜けようとする。するとと私の首にナイフが構えられた。

「……何のつもりですか……」

「だから言うたやろ？　危ないって」

「あなたはＰＫか何かですか……？」

「さーって、どないやろうな」

彼は私の首に構えたナイフを腰に仕舞う。まるでさっきの事を悪びれた様子もなく。つい私は彼を睨み返す。

「そんな怖い顔せんといてや。せっかく可愛いんやから」

「…………」

「とはいえ少し気ぃ抜きすぎちゃうんか？　もしほんとに自分がＰＫだったら君、死に戻りしてたで？」

確かに少し気を抜きすぎていたかもしれない。心のどこかで、ＰＫがイベントに参加するわけがないと思い込んでいたのだろう。だから今の彼の動きに反応できなかった。

「さてと、注意勧告は済んだし自分もう行くわ」

「……勝手にしてください……」

「そう機嫌悪くならんといてやー。ちょっとした冗談なんやからー」

この人……嫌い……。

私はそのまま彼を無視して拠点へ向かって歩き始めた。


「何をしているんですか」

アリスが去った後に、ジャックが寄りかかっている木の上から声が掛かる。

「いやぁーちょっと女の子ナンパしてただけや」

「あれがナンパなら、世の中の犯罪者はナンパで通りますね」

「カニス君ちょっと自分に冷たくない？」

「当初の計画通りにしなかったですからね。あれじゃあ彼女絶対に入ってくれませんよ？」

「気が変わったんや」

「はい？」

ジャックは、姿を見せないカニスに対して淡々と答える。

「確かに最初はあの子を口説く気もあった。でもあの子の目を直に見て気が変わったんや」

「目……ですか？」

「あの子はぶれない。そう、良い意味でも悪い意味でもな。だから勧誘するだけ無駄と思ったんや」

「そんなのが勧誘しない理由だったと？」

「それに、あんな危うい子をうちに入れとく方が危ないわ。確かにスキルからしてうちにピッタリやけどな。でもそれだけや。だから勧誘しなかった」

「んー私からしたらただの女の子のように見えましたが……」

ジャックはカニスの発言にため息を吐く。

「カニス君、普通の女の子があんな人を始末するだけのようなスキルを取り続けるわけないやろ？」

「ですが、そういったのも効率を重視してというのもありますし……」

「効率だけなら確かに有り得る。でもあの子の闘技イベントの1試合目見てみぃ」

「……すいません、勉強不足です」

「あの子……笑ってたんやで？　一瞬の事でちゃんと見ないとわからんけど、首を切断した瞬間に薄すらとな。あれを見た瞬間、自分鳥肌が立ったわ。それでも効率重視って言えるんかいな？」

カニスは反論できなかった。効率重視ならそういうスキルも取っているだろうとは思っていたが、相手を倒した瞬間笑みを浮かべる猟奇的な部分については気づかなかった。

「とは言っても、あの子が笑ったのは1試合目以降見てないがな。まぁ大方対戦相手が怒らせるようなことをしたんやろうな」

「怒らせた相手にはそういう部分が出てくると？　そういうことですか？」

「まだ憶測やけどな。まぁ、おそらくは敵と認識した相手には容赦がないタイプや。……なぁカニス君、そんな子を暗殺ギルドに入れられるか？」

「……考えが及ばす……申し訳ありません……」

「別に説教っちゅーわけやない。ただ、注意しといたほうがええで。七つの大罪のやつらも動き始めてるっちゅー話やからな。遅かれ早かれあの子とぶつかるやろ」

「では我々グリムリーパーはどのように……」

「傍観や傍観」

「それでよろしいのですか？」

「少なくとも今うちとあっちが当たるメリットはない。だったら傍観しかないやろ。それに……」

「それに？」

「あの子はまだ牙を隠しとるだろうしな、触らぬ姫に祟りなしっちゅーことや」

ほんま、首狩り姫とは妙な事を言うたもんや。姫は姫でもあの子は冷女と書いて『ひめ』やないかと思うけどな。敵対者には容赦しない冷酷なお姫様ちゅーほうがな。


はぁ……。せっかく楽しかった気分が一気に落ちた……。確かに私も不用心だった部分もあるけど……。んー！　やめやめ！　こんな顔ルカたちに見せたら心配させちゃう！　あんな人の事なんかもう忘れよう！

私は顔をぱしんと両手で叩いて気持ちを切り替える。

その後、私が拠点に着いたのはちょうど夕方ぐらいだった。しかし、まだ誰も帰ってきていないようなので1人で食事の支度をしようと思う。

今日のご飯は魚の塩焼きと野菜炒めにしようかな？　キノコとかがあればホイル焼きとかでもいいんだけどね。ってアルミホイルがなかった……。そもそもアルミホイルの原料はアルミニウムだった気がするけど……。アルミニウムってそのままあるのかな？

まぁ、ないものを強請っても仕方ないし、早いところ野菜炒め作ろうかな？　とはいえ、もっと遅くなると困るしどれぐらいで戻ってくるか連絡してみよっと。

それぞれに連絡をすると、ルカからはすぐ返事が戻ってきた。どうやらそろそろ拠点に着くとのことだ。ショーゴの方も連絡が来て、もう少し時間が掛かるらしい。とはいえ2時間以内には戻れるとのことだ。

じゃあルカが戻ってくるまで少し待ってようかな？

しばらくするとルカが戻ってきた。

「あっルカーお帰りー……？」

「ただいま」

「……もしかしてルカも……？」

「何が？」

「何って……その肩にいる子蜘蛛の事なんだけど……」

朝は海花で夜はルカか……。ホント私の知り合いのペットの遭遇率凄いな……。

するとルカがその子蜘蛛が付いて来た経緯を語り始めた。

「あれは北の山脈に到着して、適当に鉱石を掘ってた時、子蜘蛛を見つけた」

「いきなり話がぶっ飛んだね……」

「それで子蜘蛛が攻撃してこないから、ネウラと一緒なのかと思った」

「なるほど……」

「それで連れてきた」

「うっうん……」

つまりルカもペットが欲しかったってことだよね……？　まぁペットいると楽しくなるし、気持ちはわかるよ。

「それでその子蜘蛛はなんていうモンスターだったの？」

「土蜘蛛」

「……ん？」

土蜘蛛……？　土属性の蜘蛛ってことだよね？　まさか妖怪の土蜘蛛とか言わないよね？　一応確認しないと……。

「ルカ、土蜘蛛って土属性の蜘蛛ってことだよね？」

「土蜘蛛ってなってた。たぶん妖怪のやつ」

「ちっちなみにスキルレベルはあった……？」

いやいや！　まだわからない！　スキルレベルがあればきっと土属性の蜘蛛のはず！

「スキルレベルない。それに幼体って書いてあった」

幼体はともかく、スキルレベルがないってことは……。ユニークモンスターじゃないですかやだー……。

てか幻獣って妖怪もいるの……？　ってことは鵺とか天狗とかも出てくるってことなんだよね……？　それならそれで妖狐とかがいいかなぁ……尻尾もモフモフしてみたい……。

とはいえ、土蜘蛛の幼体かぁ……。何食べるんだろう……？　やっぱりお肉かな……？　てか絶対ショーゴたち驚くよね……。はぁ……今日は厄日なのだろうか……？

「それで、その土蜘蛛はもうペットにしたのか？」

「一応。アレニアにした」

ルカが土蜘蛛の名前を呼ぶと、前足を上げてアピールする。とりあえず声は出せないようだ。そういえば蜘蛛って発声器官がないとか聞いた気がするし、やっぱりモンスターによっても変わってくるよね。

そしてクルル、そう怖がらないであげなよ。爬虫類とか虫が苦手なのはわかるけどさ……。

まぁ予想はしてたんだけど、アレニアは生きた生き物が好みらしい。ということで新鮮な魚を与えると、その魚に牙を突き刺した。すると何かが溶かされるような音が聞こえてきたので、おそらく毒で溶かしてるんだろうなーっと思って食事の支度をしていた。

まぁ、そういう予感はしたのでクルルを遠ざけといて正解だった。その場にいたら多分気分が悪くなっていただろう。私、グッジョブ。

とまぁそこは置いといて、本日の夜ご飯は魚の塩焼きと野菜炒めだ。明日には卵も探さないとなぁ。

私たちが食事をしていると、何人かのプレイヤーがこちらに近づいて来た。

「いきなりすみません。こちらの料理を作ったのはどなたでしょうか？」

「私だけど……何か……？」

私が答えると、彼らはヒソヒソと相談し始めた。しばらくすると相談が終わったのか、再度こちらに顔を向ける。

「もっもしよかったら私たちのギルドに入りませんか！」

「……はい？」

その発言にルカとショーゴが待ったを掛ける。

「そこは譲れない」

「訳もわからないところにアリスを入れるとでも思ったか？」

何言ってるの２人とも……。てかショーゴ、あなたは私のお父さんかなんかなの？

「すっすみません！　私たちはギルド、料理倶楽部の者です！」

ほほぅ、料理倶楽部とな。それは少し興味がある。

「それで今同志を募っていて……よかったらどうですか！」

「んー……」

料理倶楽部に入れば色々な食材情報が入ってくる。その点ではメリットは大きい。でも、私が知らない人が多いところで喋れるかと言われるとちょっと厳しい。少しの人数ぐらいなら平気にはなってきたけど、まだ大人数となるとちょっと無理な気が……。ということで申し訳ないけど断ることにしよう。

「えーっと……すみません」

「そうですか……ですが何かありましたら連絡してください。いつでも歓迎しますよ」

「ありがとうございます……？」

とりあえずフレンド登録をお願いされたので、登録だけして彼らは去って行った。

んーギルドかぁ……。そういえばショーゴとかルカはどうするんだろ？

「ギルド？　んまぁやるとしたら自分たちで作ろうとは考えてるけどな。と言ってもガッチガチじゃなくてある程度は自由にするつもりだけどな」

「特に考えてない」

ショーゴはともかくルカの回答は予想していた。私よりも人見知りなところあるもんね。

「とはいえ生産系からも勧誘きてんのかよ。他から勧誘来たりしてないのか？」

「特には来てないけど……」

そもそも声を掛けてくる人いないし。だから勧誘とかそういうのもされたことないなぁ……。って、あれ……？　私って実は避けられてる？

「ショーゴ」

「どうした？」

「ショーゴは勧誘とかされたことあるの？」

「んまぁ一応な。断ったけど。つか闘技イベント本選出場者はほとんど勧誘受けてんじゃね？」

「………」

これってやっぱり私避けられてるんじゃ……？

「まっまぁ、女だから声掛けづらいとかあるんじゃねえかっ？」

ショーゴがフォローしようとしてるけど、さっきの話聞いた限りじゃ全く気休めにならない。

「あっアリスさんは高嶺の花ですからっ！　誘うのは気が引けるんですよっ！」

「そっそうだな！」

「おっお姉さんもアリスちゃん誘うのは気が引けちゃうし～」

「それにアリスちゃん可愛いしな！」

クルルたちがフォローをしてくれるのは嬉しいんだけど、なんか無駄に追い討ちになってる気もする……。いっそのことばっさり言ってほしい時もあるんだよ……？

そう思ってルカの方をチラっとみるが、ルカはそっと顔を逸らす。

「……たぶん、怖いんだと思う……」

うん……そうだよね……普通に考えたら首切ってるような人を誘おうと思わないよね……。

私は地面に手を伸ばして付いて土下座のような体勢を取る。そんな私にご飯を食べていたレヴィとネウラがそっと近づいて来た。

「キュゥ！」

「――――！」

きっと励ましてくれているのだろう。うん、私頑張るよ！

食事が終わって片付けをしていると、ショーゴたちが私の方に来た。どうやら今日の収穫物でドロップ以外に拾える物を採ってきたから鑑定してほしいとのことだ。

まぁそれぐらい構わないので、鑑定してほしいのを出してと言ったところ、小さな山が出来るぐらいのアイテムが置かれた。

よくもまぁ集めてきたものだ。しかし誰も採取系は持ってないので、本当に落ちていた物ばかりなのだろう。結構汚れているのが多い。幸い機械部品のようなものはなさそうなので、レヴィにお願いして水で1回丸洗いしてもらった。さてと、何があるかなぁ……？

んー……ロクな物がない……。ただの石ころや鉱石の破片とかばっかりだ。鉱石の破片は個数が集まればインゴットに出来るらしいから別に分けてるけど……。まぁ採取系のスキル持ってなくても鉱石の破片採れるだけマシなのかな？

「キュウッ！」

すると、採ってきたアイテムの山の中に潜っていたレヴィが突然飛び出してきた。

「レヴィ、どうしたの？」

「キュウ……」

んーこの反応……もしかして……。

私はアイテムの山を崩して下の方のアイテムを漁る。破片……石ころ……石ころ……破片……破片
……水晶玉……ってこれだ！

私はその水晶玉を手に取って鑑定する。

ペット用初級スキル取得玉（赤）【消耗品】
使用回数：1回
ペットに対してスキル取得が行える。玉の色によって使えるペットが異なる。各ペットに対して各級毎に一回ずつしか使えない。

まさかこんな物まで拾ってくるとは……。とりあえずショーゴたちを呼ばないと。

「そんなもんがあんのかよ」

「それでどうするの？　誰がこれ持つ？」

「とは言ってもなぁ……」

「確かにユニークペットは欲しいが……」

「ここは女性陣の方がいいんじゃねー？」

「あらぁ〜？　そんな決め方でいいのかしら〜？」

「ですが私たちよりも、今ペットを所持しているルカさんやアリスさんの方がよいのでは？」

んー……でもネウラも嫌がってたから多分適合しないんだよねぇ……。ルカのアレニアはどうなんだろ？

というこでルカを呼んできて、アレニアにスキル取得玉を近づけてみた。だが、アレニアも嫌がるように後ろに下がった。

ということで、私たちが所持しているペットたちには使えない色の玉なのだろう。まぁレヴィは青色っていうことがわかってるからいいとして、ネウラの色は何色なんだろ？　ある程度関連しているなら緑とか茶色かな？

「それで振り出しに戻ったが、誰が所持する？」

「普通に考えたらショーゴたち5人だよね？」

「異議なし」

まぁ、後は5人で相談して決めてね。私たちは寝るとしよう。

…………寝れない……。昼過ぎに会ったあの人の発言が気になっているのだろうか？　少し外に出ようかな……？

私は横で寝ているレヴィとネウラを起こさないようにベッドから出て、音を立てないように注意して外へ出る。

他のプレイヤーたちも就寝しているのだろう。周りに騒いでいるような音は聞こえない。

私は近くの椅子に座って月を見上げる。

「もう2日目が終わっちゃうのかぁ……」

まだ2日しか経っていないのに、色々な事があった気がする。大豆の発見にネウラ、更には海花とルカもユニークペットを手に入れる。この調子だとあと2~3匹捕まえちゃうんじゃないかな……？

それはそれで問題だろうから、運営も私たちの行動範囲外に移動させると思うけどね。

「嬢ちゃん、こんな月明りにどうしたん？」

私は聞き覚えのある声を聞いてぱっと立ち上がる。そして森から出てきた男を睨みつける。

「ジャック、何か用でもあるの……？」

「今回はホンマにただ散歩してただけや。そしたら嬢ちゃん見つけたもんでな、声掛けてみただけや」

この人は平気で嘘を吐く人であろうから、私は警戒して彼を見続ける。

「今はそんな警戒せんでええよ。ホンマに散歩してただけなんやから」

「信用できません……」

「そんなに怒らせてもうたか？　軽いジョークやないか」

「それで……何の用ですか……」

「可愛い女の子と喋りたいっちゅーのに理由なんかいるんかいな？」

「あなたに言われても別に嬉しくないんですけど」

「カニス君にしてもそうやけど、皆自分に対して冷とぅない？」

「自業自得です」

あんなことしといて、優しくしてもらえると思っている方がおかしい。それにちょっと気になる事があるから聞いておこうかな……？　嘘吐かれる可能性あるけど……。

「じゃあ質問を真面目に答えてくれたら、少しは冷たくしないであげます」

「ホンマに？　何が聞きたいんや？」

「あなたは一体何者なんですか……？」

「だから言ったやろ？　自分はジャックっちゅー……」

私は彼をじっと見つめる。すると彼も察したのか、言葉を直した。

「……自分は暗殺ギルド、グリムリーパーの団長やっとるジャックや」

「暗殺ギルド……」

というこ とはやはり彼はＰＫということだろうか……？　でもＰＫならなんであの時、私を倒さなかったんだろう……。

「ちょっと勘違いしているようやから説明するわ。暗殺ギルド言うても、そこら辺のプレイヤーをＰＫするわけやない。依頼を受けてＰＫするんや」

「依頼……？」

「せや。例えばＰＫを受けたプレイヤーがそのＰＫに仕返しをしたいとする。でも実力が足りなくて仕返しできない。そないな時に自分らの出番や。依頼人から報酬の前金受け取って、そのターゲットに報復する。そういった事を目的としたギルドや。一応誰彼構わず依頼を受けるっていうわけじゃないで」

「所謂義賊っていうやつですか……？」

「そんな上等なもんやない。ただ自分らは必殺仕事人みたいなのに憧れて、そういうのが好きな連中を集めてギルド作っただけや」

　おそらく嘘は言っていない。でもならどうして私に注意勧告をしたのかがわからない……。

「嬢ちゃん少し顔に出やすいところがあるな。どうして声掛けたか気になってる顔してるで」

「っ⁉」

　嘘っ⁉　私ってそんなわかりやすい顔してるのっ⁉

「おっ、当たったって顔しとるな。適当に言ってみたけど当たるもんなんやな」

「むぅ……」

　からかわれた事に少し腹が立った。でも確かに、依頼を受けているわけでもなかったのに私に声を掛けた事は気になった。

「まぁホンマは君を勧誘しようと思って声かけたんや」

「私を暗殺ギルドに……？」

「でも気が変わってやめたんや」

「理由は……？」

「そこは秘密や。こっちにも事情があるもんでな」

　まぁそれなら仕方ない……。

「ほな、自分はそろそろ戻るわ」

「わかった……」

「それと、最後に忠告や。ＰＫギルド、七つの大罪には気ぃつけとき」

「七つの大罪……？」

それが私と何の関係が……？

「理由はいくらでも後付け出来るからのぉ。ちゅーことで自分は伝えたからな」

「……ありがとうございます……」

「おっ！　アリスちゃんデレてくれたっ⁉　自分もしかしてチャンスあるんかいな！」

「いえ、それはないです」

「そうきっぱり言われるとキツイもんがあるんやで……？」

「でもまぁ、少しは評価を上げときます。ほんの少しですけど」

そう言うと、彼はにっと笑ってそのまま去って行った。

さてと、私もベッドに戻って寝ようかな。それにしても七つの大罪かぁ……。注意しないとなぁ。


「はぁ……」

「アリス、どうしたの？」

「んー……ちょっとね……」

ジャックと別れた後、さっさと寝たんだけど、あんまり眠れなくて結局明け方には起きてしまった。それで今後どうしようかなと朝食の時間まで考えていたが、まぁすぐにはそんな考えなど思いつかないので、ベッドの上で唸《うな》っていた。

確かに私としても新しい武器は持ったほうがいいとは思ってる。とは言っても、そんなすぐに新しい武器なんか思いつくわけがない。それに、わからないからと言って誰かに聞くというのも少し違うと思うし、それは自分の武器とは言えないと思う。でもなぁ……。

「うーん……」

「さっきから唸ってばっかでどうしたんだよアリス」

「なんか悩み事か？」

「お姉さんたちに相談してもいいのよ～？」

「アリスさん大丈夫ですか？」

皆が心配してくれるけど、これは私が解決しないといけない事だから、大丈夫と伝えた。

ショーゴたちは、今日はまた色々動くというので、拾い物があったら取ってきてと言っておいた。

まぁラッキーでペット用の取得玉だと思うけど。

ルカは昨日私が卵が欲しいと言ったからか、採ってくると気合を入れて旅立った。

ということで拠点にいるのは私１人だ。まぁログハウスの中に閉じこもって考えるよりは、外に出て簡易プールで遊ぶレヴィとネウラを見ている方が何か思いつくと思うし、そっちの方向で考えることにした。

手っ取り早く新しい武器を作るとするなら、新たな魔法を取って派生魔法を取得するのがいいとは思う。しかし、魔法は４種類が限度とされているため、現在２種類取っている私には少し覚悟が必要になる。

「今私が持っているのは土と闇……それと相性がいい魔法かぁ……」

ネウラの持っている【植物魔法】はきっと土と何かの派生魔法だろうから、後は何と相性がいいかを当ててるだけ……。

掲示板を見ても、やっぱり土関連は重力以外見られなかった。でも以前ＰＫに会った時に使われた

【爆魔法】についての書き込みはなかった。まぁＰＫが書くとは思わなかったけど。

それで新しく見つかったのは光と氷で【鏡魔法】と風と闇で【毒魔法】だけかぁ……。

んー……風取って【毒魔法】取ったとして、それをどう使うかとなると……。毒で相手を苦しめて首を斬る……とか？　でも毒となると、毒耐性系のスキル取られると使えなくなるよね……？　それに多分武器にも毒を付けるとかそういう系だから、近距離よりも遠距離が取ったほうがいいスキルだよね。

となると、風は却下ということで他を考えないと……。

では何を取るかとなるんだけど、残りは火、水、雷、光の４種類だ。でも光って支援だよね……？そんな支援している暇があるなら多分斬りに行ってるよ。

雷もせっかくの地形を破壊することになるのでダメかな？　リンを見た限り結構破壊してるし……。また消去法で２種類残ったけど、火と水かぁ……。水はともかく火はダメだと思うんだけど……。森で戦う人が火で森を焼き払うってどういうこと……。

でも水は先に取っておこうかな？　後残り１つはまた今度考えよう。それに、【水魔法】取ってればレヴィが寝てても水使えるもんね。

と言うことでしばらくは【水魔法】のスキル上げかな？　どこかいいところあるかな？　掲示板でちょっと調べてみよっと。

調べてみた結果、それほど敵が強くないが北西側のモンスターが結構美味しいらしい。ということで北西に出発。

中心部から森が広がっているため、相変わらず景色は変わらないが、私としてはこちらの方が落ち着くからいいんだけどね。とはいえ、のんびり歩いていると無駄に時間が取られてしまうので、移動速度を上げる。

しばらく進むと、近くで戦闘音が聞こえた。こっそり木の上から様子を見ていると、4人PTが少し大きめのムカデと戦っていた。見たところ、初期装備の割合が多いためきっと初心者だろう。

とはいえ、確かにそこまで強くはなさそうだ。初心者たち相手でも十分戦えてるところから、やはりそこまで強くはないのだろう。

さてと、私も空いているところを探して狩らないと。

んー……。掲示板で情報が上がっているからか、空いている場所があんまりない。そのため、いつの間にか北西より少し北側に来ていたようだ。

木の上にいる私だからわかるが、山脈に少し近づいていた。ということは山脈にいるモンスターにも遭遇する可能性があるわけか。でも【水魔法】なら土や岩系のモンスターに有効……って相性的に逆なのか……。

でもまぁそこまで強くないと信じて戦ってみよう。

ということでさっそくみーっつけた。えーっとあれは……ハリネズミ？　でもハリネズミにしては少し大きくて、随分針が岩っぽくてごつい……。それに何匹かでモソモソしているから、たぶんユニークペットとかの類じゃないよね？　攻撃して大丈夫だよね？

「『アクアショット！』」

私は比較的手前側にいたハリネズミに向かって【水魔法】スキルの初期魔法を放つ。

さすがに木の上からの攻撃に対しては警戒していなかったのか、私の攻撃が背中に直撃する。とは言っても、削れたのは2割ちょいなので、あと4発ぐらい当たれば倒せるかな？　それにしてもやっぱりエアストの森にいる狼よりは硬いね。まぁ硬そうな背中だったからその分ダメージが下がったのかな？

するとハリネズミは怒ったのか、3匹程残って私に向けて背中の岩の針をいくつも飛ばしてくる。

針の速度はそこまで速くないので、初心者でも十分避けきれるぐらいだ。ということは、私にとっては遅すぎるぐらいだ。

私は木を伝って移動を繰り返す。移動を繰り返していると、ハリネズミたちは視界が狭いのか、私を見失ったのかキョロキョロと周りを見渡している。

「まぁそもそも、木の上から攻撃してくるとは想定してなかったんだろうなぁ……」

なんだかタウロス君にあなただけです。とか言われた気がするけど気のせいだね。うん。

とまぁ、今回は【水魔法】スキルのレベル上げだから他のスキルは極力使いたくないんだよね。

そういえばあのハリネズミたち、背中は硬いけどお腹はどうなんだろ？　少しひっくり返してみようかな。

「『地形操作――隆起《ライズ》！』」

私がさっと地面に降りてハリネズミたちがこちらを向く前に、地面に手を付けて魔法を唱える。

すると、ハリネズミたちがいる場所が小さな山状に隆起し、ハリネズミたちはその山から転げ落ちる。転げ落ちたハリネズミたちは、地面に針が刺さってひっくり返れない状態になった。

そして私はその無防備なお腹に向けて再度魔法を放つ。

「『アクアショット！』」

今度は4割ぐらい効いたので、さっきの2倍ぐらいだね。となると、やっぱり背中が硬い分お腹は軟らかいようだ。ということで、周囲のハリネズミたちにも魔法を放ってHPを全損させる。そうだ、回収前に鑑定しておこっと。

【狩人】スキルのおかげで死体は消えないので、さっさとハリネズミたちを回収する。私はハリネズミを鑑定した。

「えーっと……種族名はロックヘッジホッグ。直訳で岩ハリネズミってところかな？」

ということはやっぱり私は山脈側のモンスターのテリトリーに来ているようだ。でもこれぐらいの強さなら平気だろうし、このまま北寄りでスキル上げの狩りしようかな。

そう思ってハリネズミを回収して立ち上がろうとした瞬間、横から火の玉が飛んできた。

「『アースシールド！』」

私は咄嗟に土壁を作って火の玉を防ぐ。そしてその土壁から少し顔を出して火の玉が飛んできた方を見る。

すると、そこには四足歩行で地を歩く茶色の肌をした大きめなトカゲがいた。

えっと……あれってまさかサラマンダーってやつ？　でも肌が茶色いけど……。でもこれがユニークペットだとしたら、倒したら大変だよね……？　どうしよう……。

そんな私の気遣いなど関係なく、トカゲは火の玉を飛ばしてくる。

私は何重かアースシールドを展開して防ぐ。とはいえ、このままではいけないので、被弾覚悟で近くによって鑑定するしかない。

タイミングは次に火の玉を発射した後っ！

そしてMPが回復したのか、トカゲは火の玉を再度飛ばしてきた。そして、私が展開した土壁にぶつかって相殺された後、私は飛び出してトカゲに接近する。

トカゲは急に接近しようとしてきた私に対して、少し長めの尻尾を横に振って攻撃しようとする。

私はそれをジャンプで避けてそのまま横をすり抜ける。その瞬間、【鑑定士】スキルでトカゲに対して鑑定を行う。そして、その結果は。

「……ロック……リザード……しかもスキルも普通だし……」

サラマンダーじゃないじゃん……。だっ騙されたー！

私は八つ当たり気味でアクアショットを連発してロックリザードを倒した。

まったく！　紛らわしいよっ！　とりあえず茶色の肌をしたトカゲは火の玉出すけどサラマンダーじゃないっと……。注意しないと……。

てか土属性のモンスターでも火を使うのもいるんだなぁ。ってことは土と火って実は相性がいいとかなのかな？　でも森で戦う私としては、火は厳禁なような……。

そういえば火と水で霧だった気がするけど、霧だったら別に森に影響ないよね？　となると、残り1つの属性を火にしてもいいのかな……？

でも……【火魔法】のスキル上げるところどこかあるかなぁ……？　北の草原とかかなぁ……？

もしくはダンジョン？　そういえばダンジョンに入ったことないしなぁ……。今度潜ってみようかな。

でも今は【水魔法】のレベル上げが優先。【火魔法】はその後っ！

そろそろお昼時だ。なんだかんだで、ロックヘッジホッグとロックリザードが結構出てきてくれた。

おかげで【水魔法】のスキルもぼちぼち上がってきている。

それにしても、あんまり山脈側ではプレイヤーを見なかったなぁ。やっぱり採掘持ちとかじゃないと近づこうとは思わないのかなぁ？　まぁ第1陣でも未だに生産系とかそういうのを取ってないし、第2陣なんかはそれ以上にサブスキルを取ってないんだろうなぁ。

でも、このイベントでサブスキルや生産スキルが必要っていうことがわかってきただろうし、生産職も増えてくるのかな？　生産職が増えれば物流も増えてくるだろうし、街の賑わいにも繋がる。それにそうすれば素材の値段も上がってくるはずっ！　ふっふっふー！　そうなればこっそり考えていた私の計画資金の足しになる！

私の計画……それは、マイホームを持つこと！　街の人に聞いてみたところ、セーフティーエリアでなおかつ空き地または空き家であれば土地を購入する事が出来るらしい。でもやっぱり家を建てるとなるとお金は結構掛かるらしくて、最低でも1M（100万）貯めないといけないらしい。

でも実際の家だったら数1000万円は掛かるからまだマシなほうだよね……？　それを10分の1の値段にしてくれてるのは嬉しいところ。

と言っても、やっぱり利便性が高い場所とかは値段が高くなるらしい。まぁそこは現実でも一緒だからわかるんだけどね。

やっぱり実際にできない事をやってみたいっていうのはあるからね。それに専用のキッチンを用意するっていうのも悪くない。

そもそも、私は食べる事も好きだけど、自分で料理を作るのも嫌いではない。てか、食べるのだけが好きだったら皆のご飯なんて作ってない。

ということで、私は自分のマイホームを建てて、美味しい食材を集めて美味しい物を食べたいのだ！　だからこっそりと、ギルドの依頼を結構受けていた。

ギルドの依頼は私からしたら美味しいため、ついつい受けてしまう。そのせいか、ギルドを作るかどうかの話もされたけど、私から作るつもりはなかったので断らせてもらった。でも、作りたくなったら言えば作らせてはくれるとのことだ。

やっぱり人の縁っていうのは大事だよね。

「とまぁ、マイホームはまだ先のことだし今はいいかな」

それより今はご飯だ。出発前に作ったパンを【収納】から取り出す。では、いただきまーす。

私がパンに齧りつこうとした瞬間、森の方から視線を感じた。

ふっとその視線の方を向いてみると、３人組のプレイヤーが羨ましそうにこちらを見ていた。

「………………」

私は手に持ってるパンを動かしてみる。すると、プレイヤーたちもそのパンを追って顔を動かす。その動きで私は察した。彼らはきっとロクな食事を取ってないのだろう。

「……食べます……？」

「「「!?」」」

彼らは勢いよく私の側に寄ってきた。すごい勢いだ……。

ということで、私は彼らにパンを１つずつ分けてあげた。とはいえ、知り合いでもないのにタダで貰えるとは思ってないでしょう。私は彼らにパンと何かを交換するように言った。

彼らも不満はないようで、私の足元にアイテムを１つずつ置いた。えーっと……何かの苗木を３つくれたけどなんだろう……？

聞いてみると、植物系のモンスターを倒したらドロップしたけど、特に使わないため売ろうか考えていたらしい。

そこに私がいて、そういえば試合で苗木使ってたなと思って私に渡したとのことだ。ということで彼らはそのまま森に戻っていった。

さてさて、この苗木も鑑定しないと……。

えーっと……ブルーベリーの苗木に……レモンの苗木に……オリーブの苗木……っと……。

ん……？　オリーブ……？

「オリーブっ⁉」

オリーブってあのオリーブオイルの原料のあれっ⁉　そそそそんな貴重な物を手に入れてしまったっ⁉

あわわわわっ⁉　どっどうしようっ⁉

こっここはりょりょりょ料理倶楽部の人に連絡をっ⁉　でもなんて連絡すればいいのっ⁉

このような調子でしばらく暴走したが、なんとか落ち着けたため料理倶楽部の人にメッセージを送った。

メッセージはすぐ返ってきて、夜伺うので詳しい話を聞かせてほしいとのことだ。

とりあえず植物系のモンスターを倒せばドロップする可能性がある事だけは伝えてあるので、おそらく何種類かの苗木は手に入れられるだろう。

それにしても、ここで採れるってことは近いうちにイベント以外でも手に入る機会があるのだろう。

となると、４つ目の街も見つかるのは時間の問題なのかな？　私は私でクラー湖よりも西の方に進んでみようかな。多分運営の意図的には違うと思うんだけど、私はあえてその意図を無視してみる！　もしかしたら果樹園とかがあるかもしれないし！

でもそういうのの苗木を手に入れたら育ててみたいけど、この前使った畑はギルドのだったけど借りたりできるのかな？　戻ったら聞いてみよう。

さてと、十分休憩したしそろそろスキル上げ再開しようかな。そういえば山脈にはロック系のモンスター、北西には大きいムカデとかの虫系。じゃあ植物系のモンスターはどこにいるんだろ？

北東は小さな遺跡で黒花がいたぐらいで特に植物系を見たって言う話はない。南西は猪とかには会ったけど、他には特に遭わなかったから不明瞭。

では南東はどうかと言われると、まったく情報がない。って……。

「ネウラ、ちょっと出てきて」

「——！」

私が呼ぶと、ネウラが嬉しそうに出てきた。

「ネウラ、あなたって私に会う前は南東方面にいたの？」

「——？」

まぁ……幼体のこの子がそんな事わかるわけないか……。でももしかしたら南東にいたかもしれないし、明日は南東でも散策しようかな。

でも植物系モンスターって、【切断】スキル効くのかな？　植物だから切断というより伐採採取の方が正しい気が……。でもまぁ今は【水魔法】の育成もあるから、やれるところまでやってみればいいよね。

てか私、森での戦いが得意とか言いながら植物系が苦手かもしれないってどういうことなの……。灯台下暗しとはこの事か……。

となると、植物系モンスターに対しての戦い方も覚えといたほうがいいのかな……？　でも、もし有効手がないなら植物系モンスター対策に【火魔法】取っといたほうがいいのかな？　まぁ、本当に取るかどうかは有効手がなかったらだけどね。

ついでに、南東で植物系モンスターに出会って苗木とか手に入るようならば、料理倶楽部の人に連絡入れればいいよね。たぶん皆目の色を変えて狩ると思う。私は相性次第で頑張ることにしよう。

あれから狩りを行い、【水魔法】のスキル上げに努めていた。しかし、戻るのが遅くなって料理倶楽部の人たちを待たせてしまうのは良くないと考え、少し早めに切り上げた。

と言っても、ただ苗木を渡してさようならっていうのもなんだか失礼な気もするので、簡単な野菜スープを用意しておく。コンソメとかはないからトマトをベースにして味付けを行う。あとは適当にちょちょいっとね。

すると、煮込んでいる最中に料理倶楽部の人たちが来たので試食も兼ねて食べてもらった。それで試食してもらったんだけど、皆さん何故か「お嫁さんに欲しい……」とかよくわからないことを言っていた。私ぐらいの料理できる人なんてたくさんいるのにね。変なの。

とりあえず食べ終えたところで、お昼に貰った苗木を料理倶楽部の人たちに渡した。私よりも人数がいて管理が出来る人たちの方がいいよね。一応次の日に、南東へ植物系のモンスターを探しに行く事を伝えた。そこでもし、他の苗木が手に入るようならば自分たちも行くから連絡してくれとのことだ。

そうして彼らは去って行き、入れ替わるようにショーゴたちが帰ってきた。

「あー腹減ったー」

「確かに空腹度がまずぃな……」

「あら、いい匂いね～」

「今日はスープですか？」

「アリスちゃんまじ良妻！」

「アリスはあげない」

いや、良妻って……私まだ結婚してないし……。てかルカ、あげないってどういうこと？

「それで明日南東に行こうと思ってる」

「まぁいいんじゃね？　別にモンスターはそこまで強くないし。遺跡の奥以外」

「ついてく？」

「ルカは自分のやりたいことやっててていいよ。別にそんなに苦戦しないと思うし」

まぁ第2陣でも倒せるような敵になってるだろうし、大丈夫でしょう。苗木手に入るといいなー。

ターゲットが植物系のモンスターなので、昼間より朝の方がたぶん活動も遅いという判断で、私は朝早くに起きた。このまま向かいたいのは山々なんだけど、そうすると他のメンバーが腹ペコになってしまう。なので、朝食と軽食を作ってから出発とする。やっぱり誰かに【料理】スキルを取らせるべきなのではないだろうか……。

朝の森ということで、ほとんど活動しているような音は聞こえない。鳴るのは私が木を蹴って小さく響く音と、小鳥や虫が鳴く声ぐらいだ。それに、日がまだ昇りきっていないためそこまで暑くないし、森の中をすり抜けてくる風が涼しい。

といっても、あんまりのんびり探していても日が昇りきってしまうので少し急いで探すとしよう。

それにしても……まったく見つからない……。一体どこにいるんだろう……？　とりあえず1回地面に降りてみようかな。

そう思って私は木の上から降りて周りを見渡す。【感知】スキルにも特に反応ないし……。やっぱりいないのかな？

そう思って再度木の上に移動しようと足に力を入れようとした瞬間、背後の方で何かが地面をするように動く音が聞こえた。

敵かと思い後ろを向くが、特にモンスターの姿は見えなかった。気のせいかと思い、再度正面を向くとまた動くような音が聞こえた。

しかし、後ろを振り返っても何もいない。それに、【感知】スキルの反応もない。

あるのは草むらに少し小さめの木に大木だ。しかし、そんなところに隠れているなら私の【感知】スキルに反応があるはず。実際ネウラにも反応したのだ。ならば草むらに隠れていても反応するはず。

ということは別の何かがいる……？　隠密性に優れたモンスターとなると……幽霊系のモンスターとあとは……擬態が出来るモンスター……？

葉に擬態したり、背景の色と同じになって身を隠すといったカメレオンみたいなのとか。となると、やっぱり今近くには、そういった擬態が出来るモンスターがいるんだよね……？　となると、武器は抜いといたほうがいいよね。

そう思い私が脇差を抜くと、擬態を見破られたのかと勘違いしたのか、少し小さめの木が動き出した。そして擬態をやめたのか、木の表面に目と口みたいなものが出てきた。

「これって……トレントってやつかな……？」

まさか木自体がモンスターとは読んでなかった。でもまだ小さな木なので、移動用の足場には使おうとはしないため、踏んだら敵で捕まったということにはならないだろう。あくまで他のトレントが同じ大きさならばの前提だけど。

「ヴォォォォ！」

トレントが叫ぶと、自身から生えている太めの枝を操りこちらへ振ってくる。さすがに木が相手では私の【切断】スキルも反応しないようだ。ということは、私自身の実力で枝を切るしかないということだ。

私は枝を避けつつ、相手の動きを見極める。幸い腕として使えるのは両側に生えている二本の枝だけのようだ。

しかし、いつその枝を操って小枝が飛び出してくるかわからない。なので牽制として、遠距離攻撃を仕掛ける。

「『アクアショット！』」

私が唱えると、水弾がトレントに向かっていく。しかし、トレントは片方の枝を防御として射線上に置く。さすがに弾道を操作できるわけではないので、そのまま水弾はトレントの片方の腕に当たる。

しかし、HPゲージはあまり減少していないので、当てるとしたらやはり本体となる。

「ヴォォォォォォ！」

攻撃されて怒ったのか、トレントは攻撃用の枝を更に振り回す。攻撃が2本の枝から1本の枝になったため、避けるのは簡単になった。

しかし、トレントもそれをわかっているのか、枝から小枝を私に向けて矢のように飛ばしてきた。

「っ！　『アースシールド！』」

私は避けきれないと判断し、咄嗟に土壁を作る。しかし、その防御に回った時に、トレントは防御用の枝をこっそり私に近寄らせ、動きが止まった私の足に絡み付かせる。

「やばっ⁉」

まずいと思って私はその枝を切断しようと思って脇差を振ろうとする。するとトレントは、私の足を掴んだ枝を振り、私を振り回す。その衝撃で私は脇差を手放してしまう。

それを見てトレントはニタァっと笑みを浮かべ、私を後方へぶん投げた。

「きゃぁっ⁉」

ぶん投げられた方向は大木側。このままだと大木に当たった衝撃で打撲状態になるかもしれない。

私はイカグモの糸を使って勢いをなんとか殺せた。

「うぐっ⁉」

打撲状態にはならなかったとはいえ、ダメージを食らった事は確かだ。

トレントは自分が優勢と判断しているのか、ニタァっと笑みを浮かべたままだ。

確かに今私の手元には武器はない。圧倒的にトレントが有利だ。でも、私が脇差しか武器がなければの話だけどね。

「それにしても、草木系のモンスターにここまで相性悪いとはねぇ……。ちょっと舐めてたかな？」

「ヴォオオオオ！」

「まぁ、良い教訓にはなったかな？」

せっかくだし、試合で使わなかった技でも使おうかな。そう思って私は右足を少し上げる。

その姿を見て、トレントは不思議そうな表情を浮かべる。

そして私はその魔法を唱える。

「【大地・重力複合魔法】『ガイアショット！』」

その瞬間、私の右足は光を帯びる。そしてその光った足を地面に思いっきり踏み下ろす。

そしてトレントのいる場所までその光が伸びていき、次の瞬間、トレントが打ち上げられた。

この複合魔法の効果は対象を打ち上げる魔法だ。私の足を引き金として、対象まで伸びる光が導火線。そして、打ち上げられる対象が弾丸という形だ。打ち上げる対象には一時的に重力が反転して浮かびやすくなる。効果時間は大地と重力といった効果が残るタイプの複合魔法というだけあって、一瞬ではなく10秒程対象を打ち上げようとその場に効果が残っている。欠点としては、導火線となる光が到達するまで相手が地面に接触していないといけないという点だ。

そのため、常に動いているような相手には有効な魔法ではない。しかし今回は、地面に根を張っているトレントだ。本体の動きとしては鈍いため、逃げることはできない。

トレントは自分が打ち上げられないように、両方の枝を地面に突き刺す。

範囲外ならば魔法の効果が及ばないためだ。しかし、今それをするのは決定的なミスである。

「そうやったらもう私の攻撃防げないよね？」

「ヴォォォォォ！」

「『ダークランス！』」

私は無防備なトレントの胴体に向かって、【漆黒魔法】の中でも威力のあるダークランスを複数放つ。そして、トレントは漆黒の槍を防ぐ事が出来ず、複数の槍で串刺しにされる。それと同時にガイアショットの効果が切れて光が消えた。

魔法の効果が無くなったトレントは、大きな音を立てて地面に落ち、力なくその場に倒れた。


さてと、倒したトレントを回収しないと。苗木出るといいなー。って、トレントの場合は【伐採】スキルで解体するのか【解体】スキルで解体するのかどっちなんだろ？

一応モンスターだから【解体】スキルだとは思うけど……。とりあえず試してみよう。

私は試しに脇差を回収してトレントを解体しようと太めの枝を切ろうとするが、硬くてうまく刃が通らなかった。ということは、トレントなどの樹木系モンスターの解体には【伐採】スキルが必要ということだろう。

これは戻ったらルカにお願いする感じかな？

ということで、再度トレントを【収納】の中に仕舞う。

「さてと、狩りを続けたいところだけど、今回の目的はトレントとかから苗木が採れるかの実験ということだから1回戻ろうかな？」

別に何匹か倒してから戻ってもいいんだけど、なんというか……有効手が少なすぎて少しめんどくさい……。

いっそのこと、このまま【火魔法】スキルも取っちゃおうかなと思う。

森を得意としてるのに、その対抗策がないのは不味いと思うからだ。それに、レヴィもいるので火事になるぐらいの火が出ても、レヴィに掛かればすぐ消えてしまうのだ。

ということで、【火魔法】スキルも取得っと。さて、派生魔法は鬼が出るか蛇が出るか……。

っと、拠点に戻る前にルカがどこにいるかを聞いておかないと。これでいなかったら戻ってもやることが特にないからなぁ……。

ルカ今どこにいるーっと。あとは返信が来るのを待つだけ……ってもう返ってきた⁉　ちょっと早すぎじゃないの⁉　えっと……色々作ってるから拠点にいる……ね。

じゃあ戻っても問題ないね。ということで一旦戻ろっと。

「ただいまルカ」

「アリス、お帰り」

私が戻ると、ルカが出迎えてくれた。

物作りはいいのかな？　そう思ってルカが来た方角を見ると、ログハウスにガラス窓が付いているのが見えた。

「あれっ？　窓ガラスできてるけど素材集まったの？」

「うん。さっき作って付けた」

「よくガラスなんて作れたね」

「【道具】の他に【鍛冶】も取ってる。加工できるように」

なるほど、道具と言っても銅や鉄を使う物もある。それを使えるように【鍛冶】を取ったということか。やっぱり皆考えているんだね。っと、窓ガラスの衝撃で忘れてた。

私は【収納】からトレントの死体を出した。

「ルカ、このトレント解体できる？　とりあえず【解体】スキルじゃ無理だったんだけど……」

「ちょっとやってみる」

そう言い、ルカは斧を取り出して太い枝に向けて振り下ろす。すると、その太い枝は私の時とは違い、あっさりと切断された。ということは、私の仮説通りでトレントなどの樹木系を解体するときには【伐採】スキルが必要ということが立証された。

そのままルカに解体できそうなところを解体してもらって、各パーツ毎に分けてみたのだが、苗木の種は見つからなかった。

やっぱり昨日の彼らはたまたま手に入れただけなのだろう。【狩人】スキルを持っている私の場合、死体がそのまま残るので、それを解体することで素材が一杯集まった。

今回、そうやって死体を丸ごと1匹連れてきたため、ドロップアイテムを逃すはずがないのだ。

「アリス、昨日の苗木探してるの？」

「アリス、私思った」

「そうだけど……？」

「何が？」

「死体が残るのと、レアドロップが出てくるのは違うと思う」

……え？

「死体が残れば素材回収放題。でも、普通落とさないドロップアイテムを持っている敵いても、おかしくない」

言われてみればそうだ……。どれも丸ごと1匹解体しても、お金が出たり、レアな武器防具がドロップした事はなかった……。

って……あれ……？　その理論で行くと、私はドロップでしか落ちないアイテムを手に入れられないんじゃ……。

「うそ……でしょ……」

ということは私じゃ苗木を手に入れることができないの……？　私は地面に土下座をするような姿勢で地に伏せる。

「アリス、どんまい」

「うぁぁぁー……」

この後……どうしよう……。

とりあえず料理倶楽部の人たちに、【狩人】スキルを持った人にはトレントとかの植物系モンスターは倒させないようにとメッセージを送った。私のような被害者を増やさないためだ。

それにしても本当に盲点だった。【狩人】スキルがあれば確かに素材の点ではメリットは高い。しかし、もしドロップ限定のアイテムを狙うのであれば、外すことができない【狩人】スキルは邪魔になってしまう。

そういうのがどうしても欲しくなった場合は露店や、持っている人に交渉ってなるのかな……？

まぁ、手に入れられないんじゃ仕方ない。あとは料理倶楽部の人たちにお願いするとしよう。

ってことで、一気に午後がフリーになってしまった。どうしよう……。

再度北の山脈側に行って【水魔法】のスキル上げでも再開しようかな？

そう思っていると、ルカが私の側に寄ってきた。

「どうしたの？　ルカ」

「たまにはのんびり」

のんびりかぁ……。確かにのんびりしようって言いながら結局収穫したり、モンスターと戦ったりばっかしてた気がする。

「ルカものんびり？」

「うん」

「わわっ⁉」

ルカは正面から私に抱き着いた。私はそのまま後ろへ倒れ込む。

「今日は甘えん坊だね、ルカ」

「今の内にポイント上げる」

私はルカの黒いショートカットの髪を梳かすように撫でる。てかポイントってなんだろう？

まぁ、たまにはこういう感じで過ごすのもいいかな。そうだ、レヴィたちも呼ぼうっと。

「おいで、レヴィ、ネウラ」

「キュゥ！」

「――――！」

レヴィとネウラは私に呼ばれると、すぐさま私にすり寄ってきた。なんだろう。〇ツゴロウさんになったみたい。

するとルカもアレニアを呼んだ。てっきりアレニアは私かルカの上に乗ってくるものだと思っていたのだが、そんなことはなく、地面に降りて寝転んでいる私の頭の近くでじっと待機している。

理由はわからないけど、もしかしたら私がクルルみたいに怖がるかもしれないと思っているのかもしれない。それが本当かどうかはわからないけど、一応声を掛けておく。

「アレニア、私は別に怖がったりしないから大丈夫だよ」

しかし、アレニアは私に近寄らずに先程の位置から動いたような音は聞こえなかった。

まぁさっきの考えが当たっているとは思ってなかったけどね。

「ふぁーぁ……」

「アリス、眠い？」

「んー……朝早くから出たからね」

「じゃあ一緒に、寝よ」

「ここで？」

「うん」

「まぁいいけど……」

そういうとルカが更に私にスリスリと顔を擦り寄せてくる。私はそんなルカの頭を撫でてあげる。

次第に眠気が襲ってきたのか瞼が重くなってきた。ルカの方も先程から動きがなくなり、小さな吐息が聞こえてきた。おそらく眠ってしまったのだろう。

「すぅ……」

とはいえ、私も結構やばい。お日様の暖かさで本当に……寝そ……う……。

「――ス」

んー……なんだろう……。声が聞こえる……。

「――リ――」

まだ眠いのぉー……。あと5分ー……。

「起きろ、アリス」

「んにゅ……？」

頑張って重い瞼を開けると、目の前にショーゴがいた。一体どうしたんだろ……？

「おはよ……」

「おはよじゃねえよ。もう夜だぞ」

「へー……」

あれ……？　そういえば私にくっついていたルカは……？

「アリス、おはよ」

「ん……おはよ……ルカ……」

「アリス、よく寝てた」

「やっぱり疲れてたのかな……？」

体感的には疲れはそこまで感じなかったけど、見えない疲労が溜まってたのかな……？　それに夜ってことはご飯作らないと……。

そう思って立ち上がろうとすると、ルカに止められた。

「アリスはゆっくりしてていい」

「え……？」

「私たちが作る」

「ルカたちが……？」

でもルカって【料理】スキル持ってなかったような……。

「実はこっそり料理取ってた」

「いつの間に……」

「アリスだけに負担掛けるの、やだったから」

「ルカ……」

「それに、サバイバル用のスキル持っといたほうがいいから」

まぁ確かに、今回のイベントのようにサバイバルだと食料確保は大事だからね。取っておくことに越したことはないからね。

それに食料が確実に確保できる時じゃないと、そういうスキルを上げるタイミングが難しいもんね。

だから他の5人も手伝いじゃなくて料理しているわけか……。

「うおっあっちっ⁉」

「うっうまく切れん……」

「まさかゲームの中で料理をすることになるとはな……」

「さすがにスキルレベルが低いから難しいのは無理ねぇ～……」

「ここで料理ができるように腕を磨いておけば……」

男性陣はまぁ思ってた通りうまくできてなさそう。女性陣はレオーネが少し慣れてる感じかな？

クルルは……うん、得意じゃない感じだね。

「ルカは料理は得意な感じ？」

「少しはできる」

そう言ってルカは魚と玉ねぎを取り出して調理し始めた。魚を刺身ぐらいの厚さにして、玉ねぎを薄くスライスしているのは見えた。後はなんかもぞもぞとしていて見えなかった。

魚と玉ねぎで作る料理ってなんだっけ……？　まぁ楽しみにしてようかな。

しばらくすると料理が完成したのか、皆が私を呼ぶ。

ということでテーブルに着くと、皆の料理が置かれていた。

「アリス、どうぞ」

「私からでいいの？」

「だいじょぶ。皆了承済み」

皆の方を見ると微笑みながら頷いていた。

「じゃあ……いただきます」

まずは手前に置かれていた、玉ねぎと魚のマリネを頂く。

「あむっ」

「…………」

ルカがじっと見てるけど、たぶんルカが作ったんだよね。

「美味しいよ、ルカ」

「よかった」

じゃあ次は……このお肉と野菜炒めを頂こうかな。ところどころ少し焦げてるけど美味しそう。

「あむっ」

「「「…………」」」

今度は男性陣か。ちょっと味が濃いめだけど野菜とかもちゃんと火が通ってるし、良い感じだと思う。

「うん、美味しい」

「「「ほっ……」」」

ってことはこのポテトサラダはレオーネとクルルってことだよね？

「あむっ」

「「…………」」

うん、そんなに祈るようなことしなくて大丈夫だよクルル。ちゃんと美味しいから。

「どれも美味しいよ」

「よかったです……」

「だから自信持ちなさいって言ったのよ～」

皆料理のできに安心したのか、それぞれの料理に手を伸ばし始めた。

「それにしても料理がこんなに大変とはなー。かーちゃんって大変なんだな」

「確かに。料理が出来る男子はモテるというのが少しわかった気がする」

「今日やってみてやっぱ俺には料理無理だなーーとは思ったけどな」

「お姉さんは１人暮らしだから料理できないとダメなのよ～」

「私は料理を練習しないと……」

「それにしてもアリスは凄い」

「えっ？」

何が凄いのだろう？　料理ぐらい慣れてしまえばそこまで苦労するものではないと思うけど。

「料理もできて、美人。勉強はどうなの？」

「あー……アリス結構成績いいぞ。リンには負けるが」

「美人で頭が良くて料理もできる……羨ましいです……」

「それだけスペックが高かったら彼氏とかいたんじゃないのか？　ショーゴ、そこら辺はどうだったんだ？」

彼氏かぁ……。残念だけどできたことないんだよね。

「んなこと聞くなよ……。つっても1度もアリスに彼氏はいなかったな……」

「でもショーゴとリンはそれぞれ彼女彼氏いたよ」

「ショーゴォォォ！　てめぇアリスちゃんとリンちゃんがいて他の女に行くとはどういう了見だこらぁぁぁ！」

「落ち着けシュウ！　付き合ったっつっても1ヶ月も付き合ってねえよ！」

「やっやっぱりアリスさんやリンさんが魅力的で、他の女性では相手にならなかったから別れたと!?」

「クルルも女の子ね〜。やっぱりそういう恋バナ気になっちゃうのね〜」

シュウとクルルが食い気味でショーゴに迫ってるが、私はご飯を食べていよう。

するとルカがこっそりと私の横に座った。

「アリス、ショーゴの事好きじゃないの？」

「好きだよ？」

「でも、付き合わなかったの？」

「まぁそうだね」

「リンに気を遣ったの？」

「んー……そういうわけじゃないけど……」

確かにショーゴの事は好きだ。もちろんリンの事も。でもこの好きはＬｏｖｅじゃなくてＬｉｋｅの方の好きなんだと思う。たぶん近くにいすぎたせいで、そういった恋愛感情が私には無くなったんだと思う。

リンの方はわからないけど、少なくとも私からは恋人になろうとは考えてないかな？　まぁショーゴが告白して来たら応えようとは思うけど。

「幼馴染も大変」

「えっ？」

「なんでもない」

大変……なのかな？　そこまで大変じゃないけどなぁ……。まぁショーゴを大学に連れて行くのは大変だけど。

「てめぇアリスちゃんは好きじゃねえのかぁぁぁ！」

「やかましいわ！　お前いい加減落ち着けよ！」

なんだかヒートアップしてるなぁ……。仕方ない、助け船を出してあげよう。

ということで、私は席を立ちショーゴの側へ行く。

「あっアリス、どうしたっ⁉」

「ショーゴー……お腹いっぱいで眠いからベッドまで運んでー……」

「はぁっ⁉」

わざと眠そうに眼を擦って眠いアピールをする。

でもシュウは少しフリーズしてるだけだから、止めるためにはもうひと押しかな？

私はそのままショーゴの正面から首に手を回して軽くしがみつく。これでショーゴも私を運ぶために席をはずすでしょう。

「……はぁ……。ちょっと俺アリス運んでくるから……」

「おっおう……」

ショーゴはため息を吐き、私を抱きかかえる。所謂お姫様抱っこだ。まぁ私がショーゴの首に手を回しているせいなんだけど。下手に肩を貸して運ぶよりも、こっちの方が話を吹っ飛ばせると思うし。

そしてショーゴは私をログハウスの私の部屋まで運んでベッドに降ろす。

「んで、どういうつもりなんだ？」

「助け船のつもり」

「あれが助け船になるのか……？」

「私としてはそう思ったんだけど……」

「まぁお前が助けようと思ってやったってことだな？」

「うん。迷惑だった？」

「んなことはねぇけどさ……。まぁいい、そろそろ戻るわ」

ショーゴはそう言って私から離れようとする。そんなショーゴの服の裾を私はすっと掴む。

「どうした？」

「ショーゴは、リンの事どう思ってるの？」

「どうって……」

「リンの事、好きじゃないの？」

「……好きだよ。お前と一緒ぐらいにな。まぁ幼馴染としてな」

「……そう……」

私はその答えを聞いて、ショーゴの服の裾を離す。

「じゃあ、俺行くからな」

「うん……」

そう言ってショーゴは歩きだす。そして部屋を出る時に私は1言言う。

「やっぱり……あの時の事……気にしてるの……？」

「……あれは俺らのせいだ。お前のせいじゃねえよ……」

「でも……」

「あの時、俺らが弱かったから起こったことだ。それにお前を巻き込んじまった……謝らねえといけねえのは俺らの方だろ……」

「あの時十分謝ってたじゃん……。あの時なんてリンは大泣きしてたし、ショーゴも鼻水垂らしてたし」

「たっ垂らしてねえよ！」

「ふふっ。でもショーゴ」

「なんだ？」

「もう、私の事……気にしなくていいんだよ……？」

「っ……！」

ショーゴはそのまま背を向けてその場を去って行った。

「少し……言いすぎちゃったかな……？」

でも、あの時私が犯した罪は２人の中に残ってしまった。10年以上経っても消える事がない罪。

２人に恋人が出来て、もう大丈夫だと思った。でも、２人はすぐに別れて私の下へと戻ってきた。

２人が側にいてくれることは嬉しい。でも、２人は２人の幸せを求めていいはずなんだ。あの頃のように……。

「……レヴィ……かぁ……」

この世界で私の下にレヴィが来てくれた。レヴィ――レヴィアタンは嫉妬の大罪を司る悪魔。これは偶然だったのかな……？　それとも必然なのかな……？　私の下に大罪を司る幻獣が来たことは……。

でも、私が背負う大罪だったら嫉妬じゃないよね……。私が犯した罪。大罪。それは、――なんだから……。

まぁ、私なんかが二人のことを心配してるなんて傲慢だと思われるけどね。

ふふっ……ホント……私って大罪だらけだなぁ……。だからジャックが言ったように、七つの大罪に狙われるような事になるのかなぁ……？

あれから2日。つまり6日が経ったわけだが、あれからショーゴとはあまり話していない。正確には話してはいるのだけど、2人っきりになった時は話していない。そもそもショーゴが気まずそうにして私を避けているのだ。

原因は4日目の夜の事なんだけど、言うタイミングを少しミスったかなぁと後悔している。

とはいえ、言ってしまったものはどうしようもない。

幸いリンとは会っていないため、そういった異変は知られてはいないようだ。もしリンが知ったら、たぶんまた飛んできてしまうだろう。

それはそれで銀翼の人たちの迷惑になってしまうので、私としては知らせたとしても現実世界でかなとは思っている。

それにしても、ショーゴがあそこまで気にしてるとは思っていなかった。そこが最大の誤算だった。ショーゴであれなんだから、リンなんかもっと気にしているということは容易に想像が付く。

ということで、しばらくはあの話は言わないようにしようと思う。少なくとも2人が…………っと、さっそく思考がネガティブに行きそうになった。気を付けないと。

私の方はあれから南東には行っていない。ルカの推測通りならば、私が無駄に数を減らすよりは料理倶楽部の人たちが倒して苗木を手に入れる方が私としても有益だからだ。

なのでこの2日は、南で野菜を穫ったり、西で魚を獲ったり、北で【水魔法】メインの【火魔法】のスキル上げを行っていた。

東の遺跡は？　と思うが、掲示板を見てみたところ、ソロではなくPT推奨のダンジョンらしい。

確かに遺跡に潜って機械人形を倒して海花に売りつけるというのも考えたが、それでは海花のためにならないのではと思って実行しなかった。

初心者の海花に何でもしてあげたら、それこそ成長の機会が失われてしまう。それによって、海花がこの世界を楽しめなくなってしまうかもしれない。

そもそも、初日にあんなことがあったんだから余計に……。

ということで、海花が助けを求めてきたら少し手助けをしてあげる程度に抑えようと思っている。

私も自分で色々したいことを見つけたので、人に言われるよりは自分で見つけたほうがいいと思っている。

確かにアドバイスも必要だ。でも、そのアドバイスだけを頼りに進んでも、結局は自分で進んだことにはならない。

ＮＷＯは特にスキルとＰＳが影響してくる。そんな世界だからこそ、自分の戦い方を自分で見つける必要がある。

他のＭＭＯＲＰＧみたいに、これをしたらこうする。といったテンプレは確かにあるが、色々なスキルがあるこの世界ではそういったテンプレに縛られるのはもったいない気がする。

だからこそ自分だけの戦闘スタイルを編み出していくのも、ＮＷＯの楽しみの１つじゃないかと思う。

という建前で、海花の手伝いはしないのだ。

だって海花の事だけを手伝ってたら、私がしたい事ができないんだもん。

家を建てて美味しいご飯とかを作りたいし、家を建てることできっとアイテムボックスとかが利用できるようになるはず。そうすれば色々と物を取っておくことができるようになるはず。

今の私は【ＳＴＲ上昇】と【収納】のおかげで、他の人よりは多くの荷物を持つことができる。

でも、その持てる量にも限度はある。特に種類が多くなってしまうと、【収納】で仕舞える量が一気に減ってしまう。

【収納】は同一のアイテムはスタックしてくれるけど、種類が異なると別々のアイテムとなってしまう。これが【収納】の欠点だ。

そういうわけで、空きを作る為に使わなそうな素材は売っていかなきゃいけなくなっている。

私なんかまだマシな方で、普通は戦闘職の人は回復アイテムに武器、それにドロップした物を確保するための枠を毎回考えないといけない。

そういうのが大変ということで、【収納】を取っている人も増えてきているらしい。

まぁ戦闘職の人なら【収納】1つ持ってるだけで全然違くなるけどね。

そういえば聞いた話だけど、リーネさんやウォルターさんといった一部の生産職の人はお店をそろそろ建てられるらしい。

まぁあれだけ色々してたら結構儲かってそうだもんね……。大変だとは思うけど。

ギルドはギルドで、お金を集めてギルドホームというギルド用の広い拠点を造れるらしい。でも、ギルドメンバー全員が使える分値段も高いとのことだ。

まぁ人数が多くても関係なく、お店や家を建てる値段と一緒だったらクレームが来るもんね……。

そういう所はちゃんと調整されているようだ。

私が建てようとしているのは、普通の家かお店かで悩んでいる。別に私や身内だけで楽しむっていうのでもいいんだけど、もし出来がいいのが出来たらそれを販売してみたい気持ちもある。

なので、今のところはお店の方に気持ちが傾いてる。まぁ、コミュ障を治したいという面も少しはある。

接客業ならば、お客に対応しないといけないので、良い訓練になると思うし。

とまぁ、こんなことをぼんやりと考えながら活動していたら、あっという間に最終日の7日目となっていた。

イベント終了の7日目は夕方の5時に終了という形で、その後に元のフィールドに転移させられるとのことだ。

私としては色々と得る物もあったし、充実したイベントだと思う。

欲しかった大豆も手に入ったし、ネウラとも出会ったもんね。

そうそう、ネウラの【成長】スキルのレベルが上がって少し喋れるようになっていたのだ。その時の私はだいぶ興奮していた。

「ぁー！」

「ねっネウラっ！　喋れるようになったのっ⁉」

「ぅー？」

「ネウラすごいすごーいっ！」

「ぁー！」

と言った具合にテンションが上がってしまった。だって仕方ないよね。とっても可愛いがっていたペットたちが成長したんだから。

レヴィも妹分のネウラが喋れるようになったから、とても嬉しそうにしてたし。

でもネウラが喋れるようになったってことは、成体になったら普通に会話ができるってことだよね？

ちゃんと喋れるようになったら、私の事どう思ってるのかをレヴィも含めて聞かせてほしいかも。

幻獣の話と言えば、なんとリンが最終日に幻獣を手に入れたという。

普通にお昼を食べようと支度していたら、リンからメッセージが来て内容を見てみると、幻獣をペットにしたーっということだった。

銀翼でも何人かモンスターはペットにしたが、幻獣はいなかったので、皆に羨ましがられたらしい。

とはいえ、全体の割合で言うと普通のモンスターが九割近くで幻獣が1割だったらしい。

まぁそうぽんぽんと幻獣だらけになっても困るけどね……。

話を聞いてみると、リンがペットにした幻獣はサンダーバードの幼体とのことだ。おそらくリンと同じ雷だから惹かれあったんじゃないかと私は推測している。

とまぁそういうわけで、私たちの中で唯一ペットを持っていないショーゴが悔しそうにしていた。

まぁショーゴもその内ペット見つかるよ。

そんなこんなで、私の7日間のイベントは恙なく……とは言えないが、無事終了を迎えた。

—ステータス—
SP：9
【刀Lv8】【AGI上昇+Lv7】【MP上昇+Lv3】【STR上昇Lv24】【大地魔法Lv6】
【重力魔法Lv5】【感知Lv5】【隠密Lv4】【解体士Lv2】【切断術Lv2】
特殊スキル
【狩人】

控え
【刀剣Ｌｖ30】【童謡Ｌｖ30】【ＡＴＫ上昇＋Ｌｖ１】【料理Ｌｖ21】【梟の目Ｌｖ４】【採取士Ｌｖ６】【童歌Ｌｖ５】【漆黒魔法Ｌｖ６】【ＤＥＸ上昇＋Ｌｖ５】【収納術Ｌｖ６】【鑑定士Ｌｖ５】【山彦Ｌｖ20】【成長促進Ｌｖ８】【急激成長Ｌｖ13】【水泳Ｌｖ28】【操術Ｌｖ１】【水魔法Ｌｖ11】【火魔法Ｌｖ４】【栽培Ｌｖ12】

名前：ネウラ【幼体】
―ステータス―
【成長Ｌｖ７】【土魔法Ｌｖ１（弱体化）】【植物魔法Ｌｖ１（弱体化）】

［ペット］イベント終了まとめ［もふもふ］
１：名無しプレイヤー
おつイベ
２：名無しプレイヤー
おつおつ
３：名無しプレイヤー
おつ　イベどうだったよ
４：名無しプレイヤー
ちょっと待ってろ　感じたことまとめてくる

5：名無しプレイヤー

＞＞4あざす

6：名無しプレイヤー

それにしても今回のイベで生産とかサブスキルの必要性が結構出てきたなぁ

7：名無しプレイヤー

今までなめてた部分あったからな

8：名無しプレイヤー

ホント料理無くて死ぬかと思ったわ……

9：名無しプレイヤー

＞＞8死ぬほどだったのかよｗｗ

10：名無しプレイヤー

今回のイベントの意図としては生産職とサブスキルの重要性の説明ってとこかな？

11：名無しプレイヤー

とりあえずまとめてみた

①：料理スキル取ってなかったことを後悔

②：生産職のありがたさ

③：幻獣とかモンスターの幼獣めっちゃ可愛い

④：敵としてはそこまでは脅威ではなかった

⑤：水着が切に広まればいいなと思った

⑥：遺跡型ダンジョンでレイドボスがあった（巨大ゴーレム）
こんな感じか

12：**名無しプレイヤー**
＞＞11水着ってどういうことだｗｗｗ

13：**名無しプレイヤー**
まぁ川があったからそういうことなんだろ……

14：**名無しプレイヤー**
皆周りの目気にして初期服になろうとしなかったしな

15：**名無しプレイヤー**
まぁ眼福があったけどな

16：**名無しプレイヤー**
＞＞15それ例の人に聞かれたら消されるからやめとけ

17：**名無しプレイヤー**
＞＞16どこの名前を出しちゃいけない人だよｗｗ

18：**名無しプレイヤー**
でも結局水耐性があるような繊維系のは見つからなかったな

19：**名無しプレイヤー**
でも大豆が見つかったから料理はこれから発展しそうだな

20：**名無しプレイヤー**

醤油に味噌か　確かに幅が広がるな

21：名無しプレイヤー
あとペットってどんなのができたんだ？

22：名無しプレイヤー
とりあえず報告にあったのは
カーバンクル、アルラウネ、機械人形、フォレストボア、ロックリザード、蜘蛛、百足、ロック
ヘッジホッグ、サンダーバード、グリフォン、コロポックル、フォレストウルフ、フォレストベ
アー、スライム、ゴーレム、ガーゴイル、海蛇
まだ他にも報告されてないのがあるかもしれんがこんなもんだな
ちなみに幼獣として出現したのもいるから全部成体ということじゃない

23：名無しプレイヤー
結構出てたんだな
それにしてもサンダーバードとかグリフォンなんてのもいたのか
空飛べるのは羨ましいな

24：名無しプレイヤー
俺としては機械人形の方が気になったな
どんな感じなんだ？

25：名無しプレイヤー
＞＞24聞いた話だと普通の女の子っぽいらしい

26：名無しプレイヤー
まじかよ……orz
27：名無しプレイヤー
ちなみにセクハラしようとしたら怒られるからな（報告で聞いた）
あと警告が出たらしい
ということで女性型のをペットにしても気を付けろよ
28：名無しプレイヤー
純粋に可愛がれば問題ないんやで
29：名無しプレイヤー
そんなのを出来たら苦労しないだろ
苦労するから警告が出たんだろ（真顔）
30：名無しプレイヤー
これだから紳士どもは……
31：名無しプレイヤー
俺が！　俺たちが！
32：名無しプレイヤー
紳士だ！
33：名無しプレイヤー
＞＞31＞＞32帰って　どうぞ

34：名無しプレイヤー
それにしても遺跡ダンジョンはなかなか面白かったぞ
35：名無しプレイヤー
奥はちょっと辛かったがボスで結構スキルレベル上げられたから満足だわ
36：名無しプレイヤー
ボスドロップとしては先行配布的なアイテムが多かったな
金鉱石とか銀鉱石とか効果は低いけど属性武器とか
37：名無しプレイヤー
属性武器が出たってことはその内生産職が作れるようになんのかな？
38：名無しプレイヤー
といってもまだ属性を付ける条件とかはわからんしな
現状無属性っていってていいのかわからんが物理だけだしな
39：名無しプレイヤー
属性武器は男の浪漫
40：名無しプレイヤー
あとはレアドロップでゴーレムの核や機械人形のコアと核とだけ書かれたのがあったな
あとはペット用のスキル取得玉か
こういった核やコア系の玉がレアドロップらしかったぞ
41：名無しプレイヤー

わいそれで岩集めてゴーレム作れるか試したら作れたんご

42：名無しプレイヤー

機械人形のコア手に入れたわい　作り方がわからず挫折する

43：名無しプレイヤー

＞＞42機械人形持ってる人に聞いてこい

44：名無しプレイヤー

結構楽しかったんだな

いきゃぁよかったなぁ……

45：名無しプレイヤー

次は絶対参加しよう

46：名無しプレイヤー

でも金鉱石に銀鉱石も見つかるってことは近いうちにミスリルも見つかりそうだな

47：名無しプレイヤー

見つかっても第4の街か第5の街辺りを見つけてからだな　それの方はどうなんだ？

48：名無しプレイヤー

街道を進んでいるやつらがいるからそろそろ見つかるんじゃね？

49：名無しプレイヤー

まぁスキルも育ってるしある程度進めるようになってんだろ

派生してない時に行ったら普通に死んだしな

50：名無しプレイヤー
まぁこっから街探しに移行だしな

51：名無しプレイヤー
ペット持ってない身からすれば幻獣が欲しい……

52：名無しプレイヤー
その内見つかるだろうからがんばれ

53：名無しプレイヤー
【調教】スキルを取るべきか……

54：名無しプレイヤー
そういや幻獣とモンスターじゃスキルレベルの有無があるらしいぞ

55：名無しプレイヤー
＞＞54kwsk

56：名無しプレイヤー
聞いた話なんだが、幻獣――つまりユニークペットの場合はスキルレベルがなくて一定の強さがあるらしい
それに対して、普通のモンスターペットはスキルレベルがあって、育てることで強くなるらしい
モンスターペットの場合は戦わせるために【調教】スキルが必要という話だ
指示は聞いてくれるんだけど戦闘まではしてくれなかったから【調教】スキルを取ったら一緒に戦ってくれたらしい

57：名無しプレイヤー
ようはユニークペットは自立行動をして、普通のペットは愛でる分にはいいが戦闘をさせるには【調教】スキルが必要ということか
58：名無しプレイヤー
それだったらユニークペットの方がいいな
59：名無しプレイヤー
最終的にはスキルレベルがある分、普通のペットの方がスキルが強くなる可能性はあるがな
60：名無しプレイヤー
【調教】スキル不必要で一定の強さを持つユニークペットか、【調教】スキルが必要だけど最終的にユニークを超す可能性があるペットか　ってことか
61：名無しプレイヤー
でもまぁどちらにせよ可愛がることには変わらんけどな
62：名無しプレイヤー
＞＞61そこな
強さがどうのこうのが悪いってわけじゃないが、あの愛らしさを見ていると厳選をしようとか思えなくなる
まぁ気にしないやつならいいんだけどな
63：名無しプレイヤー
＞＞62そこもNWOでは自由だからいいんじゃね

別に他人が縛る事じゃないしな
効率的にするっていうのもあるし
64：名無しプレイヤー
でもまぁ確実に言えることは、ＳＰに余裕があるなら【料理】スキルは取っておけマジで
65：名無しプレイヤー
＞＞64大事な事なので（ry
66：名無しプレイヤー
俺も生産系の他にも取ってみようかな　なんだか聞いてて面白そうになってきた

――この後も雑談が続く――


イベントフィールドから転移され、時間を確認してみると確かにＧＴ13：00で1時間しか経っていないことがわかる。

周りを見てみると、さっそく手に入れたペットを召喚して他の街に転移したり、場所を移したりしている人が目立つ。

なので、私もさっそく呼び出すことにした。

「おいで、レヴィ、ネウラ」

「キュゥ！」

「ぁ――――！」

レヴィは私の肩に寄りそうように、ネウラは私の胸元に収まるように位置を移動させる。とは言っても、ネウラはまだそこまで移動がうまくできないので、レヴィが尻尾を巻きつかせて移動させている。

2人を召喚したのはともかく、この後はどうしよう。

家の資金のためにギルドで依頼を受けるか、もしくは別の街を探すためにクラー湖より更に西に進むか。

その2択で悩んでいると、私に対して声が掛かる。

「おやアリス。こんなところで唸ってどうしたんだい？」

「あっナンサおばあちゃん」

顔を上げると、そこにはナンサおばあちゃんがいた。

どうやら私が唸って悩んでいるのを見かけて声を掛けてきたようだ。

「それで、どうかしたのかい？」

「んー……ちょっとこの後どうしようかなーって思って」

「キュゥ！」

「ぅ――？」

あっそうだ。ナンサおばあちゃんにネウラを紹介しないと。

「そうそう、ナンサおばあちゃん。この緑色の子が私の新しいペットでネウラって言うの。ネウラ、挨拶しようね」

「ぁ――！」

「おや、随分可愛らしい子じゃないか」

「さっきまでやってたイベントで仲間になったの」

「随分ここに人が集まっていたと思ったら、そういうことだったのかい。アリスは楽しめたかい？」

「うんっ！」

まぁ少し嫌な事があったけど、概ね楽しめたから間違ってないよね？

「まぁここで立ち話もなんだ。あたしの家に来なさい」

「あっうんっ！」

確かにこんなところで話しているのも邪魔になるし、私はナンサおばあちゃんの言うとおりにした。

少し歩きナンサおばあちゃんの家に入って、適当なところに座らせてもらう。

「それで、何に悩んでいたんだい？」

「えーっと……実は家を建てようと考えてて、それの資金のためにギルドで依頼を受けるか、レヴィと会った湖よりももっと西に進んで街を探そうかで悩んでて……」

「お前さん、家を建てたいのかい？」

「まぁ家というよりはお店寄りかなって」

「ふむぅ……」

おばあちゃんは少し考える素振りを見せる。私は何に悩んでいるかわからず首を傾げる。

「この街の北西側に畑や空き地が広がってるのは知ってるかい？」

「うっうん。たまに家がぽつんと建ってるのとかは見たことあるけど。そこがどうしたの？」

「うむ。実はそこは異邦人用に土地を売る為に管理されている場所なんじゃよ」

「へぇ〜……。ってことは土地を買うためには管理しているところに話を通すんだよね？　でも聞いた話じゃ100万は必要っていうんだけど……」

「そうだねえ。とは言っても、畑なら借りるのが月額制でそこまで掛からんけどねぇ。さすがに空き地までは無理じゃが」

「へー……」

ということは畑を借りて大豆の栽培とかできるのか……。んー……でもここでお金を使ってまで栽培するのは……。てか月額ってこっちと現実のどっちの1ヶ月なんだろ？　もしこっちなら約10日で月額なのか……。それはそれで更新がめんどそうだ……。

「そこでだ。アリスがさっき言ったように、家がぽつんと建っているのを見たと言っていたな」

「うん」

「その内の1つがあたしの家だよ。まぁ別邸とでも言っておこうか」

「ナンサおばあちゃんって結構お金持ちだったの？」

家2つも持ってるってことは相当お金持ちって事だよね？

「アリス、お前さんは忘れているかもしれないけど、あたしは薬師だったんだよ。だから普通の家と薬草を栽培して薬を作製するための家を持っていたんだよ。でもあたしも歳だ。2軒も行き来するのは大変になってね。それに薬師もほとんど引退してからあっちには行くことが無くなって放置したままなんだよ」

確かに、ナンサおばあちゃんの家は中心に近いと言っても南西側だ。それに対して、作業する家は北西側と距離が少しある。若い頃ならばなんともないけれど、年を取っていくと段々辛くなっていくものだ。

「それで、何でその話を私に？」

「アリスがよかったらあの家を売ってやろうと思ってね。しかも1軒分の畑付きだよ」

なん……だと……!?　つまり家と畑の2軒分ですと!?

私は無意識に喉を鳴らす。

「ちなみに……いくらぐらい……？」

「元々はあたしに弟子が出来て、1人前になった時の記念に譲ってやろうと思ってそのままにしてもらっていた家だ。金なんて取らんよ。弟子だったらねぇ」

ナンサおばあちゃんは意地悪そうに少し笑う。

「むー……」

「ひっひっ。可愛がってる孫みたいな子が弟子になってくれたらあたしも嬉しかったんだがね。アリスが弟子だったら本当にタダで上げようと思ったんじゃよ。なんなら今からでも弟子になるかい？」

「そんな家に釣られて弟子になるような子だったらあげないんでしょ？」

「よくわかってるじゃないか。そもそも、そんな餌に釣られるぐらいの子だったら、あんなお人よしな事はせんよな」

「もうっ……。それで、いくらで譲って貰えるの？」

「んー……そうじゃのぉー……」

ナンサおばあちゃんはブツブツと言いながら値段を考えている。

「まぁ大通りとまではいかんが、ある程度大きな道に接している土地じゃからな。結構高かったんじゃよ。まぁ昔は結構薬を融通してたからのぉ。そのおかげで安くはしてもらったがの」

「うへぇ……」

となると、それが2軒分だから1000万以上必要なんじゃ……。

「まぁ200万と言ったところじゃな」

「え？」

「なんだいアリス。そんな拍子抜けしたような顔して」

「えっ……いやっだって……道に接してて2軒分でしょ？　普通ならもっと高いんじゃ……」

「だから200万と言ったじゃないか。まぁアリスには世話になったから多少は安くしたがの」

いや……絶対かなり値段をまけてるよね……？　普通そんな安く手に入るわけないよね……？

「それにお前さんも異邦人じゃ。家の1つでも持ってて困らん時期じゃろ」

「確かに……家は欲しかったけど……」

「それに使っておらんかった家じゃ。あと内装は好きに変えてよいからの」

「でっでも……」

「おばばからの餞別じゃ。それと代金の方だが、払える時にギルドへ振り込みしてくれ。とは言っても、支払にある程度の制限を付けないといけんからのぉ……。アリス、月にいくらなら払える？」

「えっ？　まぁギルドの依頼とか受ければ10万程度ならギリギリ……」

後は節約すればなんとか……なるよね……？

「じゃあギルドの方に大体月5万程度と連絡をしとくよ。それと、使用者の譲渡の件も申請せんといかんなぁ……。悪いがアリス、一緒にギルドホールまで来てくれるかい？」

「それはいいけど……ホントにいいの？　ナンサおばあちゃん……」

「構わん構わん。それに他のやつらも弟子に譲るように作業場用の家を建ててるからねぇ。それに、今更あたしのところに来やしないだろうしね」

確かに現在活動中の薬師の人ならともかく、引退したナンサおばあちゃんのところに弟子入りに来るようなプレイヤーはいないだろう。というか、そもそも気づかないだろう。

ギルドホールに向かうと言っても、あそこまでナンサおばあちゃんが移動するのは一苦労だ。ということで、ＳＴＲも上昇している私がおばあちゃんを背負って移動する。

最初にあった頃よりも全然力が強くなっているのだ！

それにＡＧＩもかなり上がっているので、ギルドホールに着くまで時間はそこまで掛からなかった。もちろん移動は安全運転だったけどね。

ギルドホールに着くと、以前と比べかなりプレイヤーの人数が多くなっていた。

第２陣も増えてプレイヤーの人数が多くなっているのもあるが、やはり活気が出ている様に見える。

とまぁ、いつまでもナンサおばあちゃんを背負っているのも目立つので、おばあちゃんをゆっくりと降ろす。

「おぉ、ありがとねアリス。最初に会った時よりもやっぱり強くなっているんだねぇ」

「あら～？　アリス～？」

「ん？」

私を呼ぶような声が聞こえたので、声が聞こえたほうを向いてみると、そこにはリンがいた。

リンは私が気付いたのを見てこちらに近寄ってきた。

「あら～ナンサさん、こんにちは」

「おや、リンかい。随分凛々しくなったもんだね」

「はい、おかげさまで。それよりアリス～、こんなところにナンサさんとどうしたの～？」

んー……家の件で来た事を伝えていいのかどうか……。絶対騒ぎになるしなぁ……。どうするべきか……。

そう回答に悩んでいた私を見て、ナンサおばあちゃんは別の回答を答えた。

「ちょっと依頼を頼もうと思ってね。街でアリスを見つけて付き添いをお願いしたんだよ」

「あら、そうでしたか。では邪魔してはいけませんね。失礼いたします。じゃあアリス、またね」

「うん。またね、リン」

リンはぺこりとお辞儀をしてその場を去って行った。

「ふぅ……。これでよかったかい？　アリス」

「うん。ありがと、ナンサおばあちゃん」

「確かにあまり知られていいことじゃないからねぇ。さてと、行くよ」

そう言ってナンサおばあちゃんは受付に向かって歩き始めたので、私はそれについて行った。


「いらっしゃいませ。今日はどのようなご用件でしょうか？」

「悪いがちょいとギルド長を呼んどくれ。あたしの所有してる土地についての話なんだ」

「かしこまりました。そちらの椅子に掛けてお待ちください」

そう言って受付のお姉さんは席をはずして部屋の中に入って行った。

私たちは指示された椅子に座って待つ。

「土地の話ってギルド長じゃないとダメなの？」

「そういうわけじゃないけど、あたしの場合は昔の付き合いでギルド長の方が楽なんだよ」

まぁ若い頃から薬師をやってたって言ってたし、結構ギルドとは付き合いがあるんだね。

そういえば、第2陣の時もナンサおばあちゃん経由で依頼が来たし、そういう信頼関係があるのかな？

そうぼんやり考えていると、部屋から少し年を取ったように見える中年のおじさんが出てきた。

「ナンサさんすいません、お待たせしてしまって」

「別にそんな謝罪はいいよ、イーマン。それで個室に案内してくれないかい？」

「わかりました。それで……そちらのお嬢さんは……」

「アリスっていう子だよ。それよりいいからさっさと案内せんかい！」

「はっはいっ！」

イーマンというギルド長の方は、ナンサおばあちゃんにペコペコして個室に案内してくれる。

てかギルド長に強気に出れるって、ナンサおばあちゃんあの人に何をしたの……？

ギルド長が案内してくれたのは談話室なようで、少し高そうな木のテーブルに椅子が2つずつ対面に置かれていた。

「どうぞ席にお座りください」

「あっはい！」

私は言われた通りに椅子に座る。ナンサおばあちゃんもゆっくりと椅子に座り、イーマンさんが座ったところで再度話を戻す。

「それで、部下から土地の話でいらっしゃったと聞いたのですが……」

「あぁ、そうだよ。この子にあの北西の家を譲ろうと思ってね。その為にギルドに来たのさ」

「ということはそちらの方がお弟子さんということですか？　以前、弟子にやるから土地を寝かせてあるとおっしゃっていましたが……」

「んまぁ弟子じゃないんだがねぇ……」

「アハハ……」

私は少し苦笑いで笑ってしまう。

「まぁそこはナンサさんたちの事情もあるということでしょうから、特には聞きません。それで、必要なのは譲渡の書類だけでよろしいですか？」

「あと振り込み用の書類も頼むよ。弟子じゃないんで一応金を払ってもらうんでね」

「なるほど……。となると、振り込み方法はどのようになさいますか？」

「一括にするとアリスが借金だらけになってしまうんでな、月の支払いで頼む」

「かしこまりました。では書類を持ってくるのでしばらくお待ちください」

そう言ってイーマンさんは席を立ち、部屋を出ていった。

それにしても結構本格的なんだね。

まさか土地の譲渡でそういった書類まで必要とは思わなかったよ……。

てっきりコマンドとかでポーンって思ってた……。

しばらくすると、イーマンさんが書類を持って戻ってきた。

「ではこちらが譲渡の書類となります。ペンはこちらです」

「あいよ。えーっと……土地の番号はなんだっけねぇ……」

「そうだと思って管理書も持ってきましたよ、ナンサさん」

「っふ、イー坊の割には気が利くじゃないか」

イー坊？

私がその呼び方に首を傾げていると、ナンサおばあちゃんが説明してくれた。

昔、ナンサおばあちゃんがまだ現役で絶好調の時に、先任の担当が代わって若手の育成も兼ねて、新人のイーマンさんが後任を任されたらしい。

そん時に色々と説教したりしてたせいで、ナンサおばあちゃんからイー坊と呼ばれるようになってしまったらしい。

イーマンさんも、そのせいでナンサさんにあまり頭が上がらないらしい。

「あたしは書き終えたよ。次はアリスがここに名前を書くんだよ」

「うっうんっ！」

おぅっ！　こういう間違えられない書類を書くときってすっごく緊張する……。

だいじょーぶ……だいじょーぶ……たったカタカナ３文字書くだけだから……。

丁寧に丁寧に……。

「ふぅ……」

「はい、これで譲渡の書類は大丈夫です。では次に、振り込みの書類をお願いします」

「はいよ。アリス、さっき決めた内容でいいよね？」

「うんっ！　私はそれでいいけど……本当にいいの……？」

「餞別って言ったじゃないか。いつまでも気にするんじゃないよ」

「うん……」

そう言ってナンサおばあちゃんは書類に月に振り込みする金額と、振り込みの合計金額を記入する。

それを書き終えてイーマンさんに見せる。

「……あの……ナンサさん……」

「なんじゃい」

「私の見間違いかと思うんですが、この桁……間違ってません？」

「いや、どこも間違えておらんよ」

「いえいえ……なんで2軒分あるあの家が200万なんですか⁉　相場的に考えて最低1000万でしょう⁉」

「可愛い孫のような子のために値引いた結果じゃ。別にいいじゃないかい。今更大金が欲しいわけでもないしな」

「そうかもしれませんけど！　昔から結構やんちゃな方だったですけど、全く衰えてませんねあなたはっ！」

「それともう1つあってな、もし月に5万払えなくても取り立てとかはせんでよいからな。あと過剰に払ったりしたら本当に大丈夫か念を押しといてくれ」

「ちょっと過保護すぎませんか⁉　いくら孫が欲しいと愚痴っていたからって極端すぎませんか⁉」

「イー坊のくせにうるさいのぉ。あたしがいいと言ったんだからいいじゃないかい。他の者に迷惑かけるわけじゃないのだから」

おぅ……。なんかイーマンさん口調がすっごい砕けたなぁ……。多分ナンサおばあちゃんだけになんだろうけど……。

　とりあえず抑えないと……。

「あのね……ナンサおばあちゃん……私ちゃんと払うから大丈夫だよ……？」

「そもそもあたしとしてはタダで譲渡してもよかったんだよ！　でもそれじゃああんたたちギルドとしても困ると思って、泣く泣く振り込み金考えたんだよ！」

「考えた結果が5分の1以下ってどういうことですか⁉　他の異邦人の方が知ったらクレームもんですよ⁉」

「だから個室で話をしてやってるんじゃないかい！」

「それはありがたいですけど！　せめて半額の500万ぐらいにしてくださいよ！」

「それじゃあアリスが可哀想じゃないかい！　この子はとってもいい子なんだよ！　そんな子に大金を用意させろっていうのかい！」

　だめだ……全く聞いてくれない……。というかなんだか逆に激しくなっているような……。

　もしかして、昔からこういったやり取りをしていたんじゃ……。

　てかナンサおばあちゃん、そろそろ恥ずかしくなってくるから自慢話はやめてっ⁉

　そして十数分後。ようやく落ち着いたのか、2人は用意された水を飲んで話を付ける。

「こっ今回だけですからね……！」

「安心せい！　他に寝かせてる土地なんぞ持っておらんからこんな事言わんわい！」

　とりあえず話は纏ったってことでいいのかな……？　アハハ……。

　まさか私の自慢話を反論材料にされるとは思わなかった……。

とまぁ、結局私が支払うのは月５万の合計２００万。月に５万以上払ってもいいけど、無理がない程度にすることという条件が付いた。

そして、書類はもう処理してしまうので、今日からナンサおばあちゃんの別宅を使えるようになるとのことだ。

ただし、改装については職人が現在別の街に行っているので、今はできないとのことだ。

とはいえ、祝！　家持ち！……まだ仮だけど……。

と言うことでさっそくその家に向かってみることにする。

もちろんナンサおばあちゃんを自宅に送ってからだ。

「えーっと……ここかな……？」

私はナンサおばあちゃんから教えてもらった場所を頼りに家を探す。

とは言っても、ほとんど空き地や畑なので家自体は数が少ない。なので、案外早く見つかった。

見つかったのはいいんだけど……。

「畑……ぼーぼーだね……」

「キュウ……」

「ぅ――？」

そう。長い間放置していたせいで、雑草が生えまくりなのだ。たまにこの家の草むしりを依頼としてギルドが張り出していたおかげで、他の場所に侵食するようなことにはなっていないが、結構これは大変そうだ……。

ではは庭がこれでは家の中はどうなのだ、ということで、意を決して家の中に入る。

「ごほっごほっ⁉」

「キュウッ⁉」

「ぅ――――⁉」

まぁ、庭の様子から予想はしていたが案の定埃塗《ほこりまみ》れだった。

とりあえずレヴィとネウラを急いで外に避難させる。

その後、息を止めて一気に各窓を全開にする。

「……この家の掃除……どれぐらい掛かるかな……？」

ということで、少なくとも住める程度には掃除しないといけないので、箒とはたきと布数枚を購入してきた。

掃除道具ということでそこまで値段は掛からなかったのは嬉しい。

幸い家具とかはこの家を使わなくなる前に全部ナンサおばあちゃんがハウスボックスの中に詰め込んだとのことで、掃除をする上で邪魔になることはない。そのおかげで何もない殺風景な居住スペースと生産スペースとなっている。

ということで掃除をするのだが、掃除をする前に私は埃を吸うと辛いので、布を口に巻く。

ちなみにレヴィたちは畑の方に避難させている。ネウラは目を離すとどこか行きそうなので、レヴィに見張ってもらう。

そしてまずは両方の部屋の高いところの埃を落とす。とはいえ、居住スペースと生産スペースで半々ぐらいに分けているので、そこまで高いところの埃を落とすのは時間が掛からなかった。

次に落ちた埃を箒で掃く。家具も何もないので、埃を1ヶ所に集めるのにはそう苦労しなかった。

普通ならこの集めた埃をゴミ箱とかに捨てるのだが、そういったものはないため、土に埋めることとする。

そう思って家の外に出て畑を見ると、雑草が少し減っているように見えた。

まさか……と思ってネウラを探す。すると。

「ぁ――！」

「ネウラ……またあなたは……」

そう。ネウラは雑草を食べていたのだ。

以前、イベントでもネウラは毒草を平然と食べていたが、まさか雑草までも食べるとは思っていなかった。

恐るべし植物系モンスター……。

「レヴィ……ネウラに何かあったらすぐ知らせてね……？」

「キュッキュゥ……」

「『地形操作――穴』」

私は畑の横に深めの小さい穴を空けて、先程集めた埃を穴の中に入れる。そして、最後に上から土を掛ける。

これで多分微生物とかに分解されるでしょう。微生物は偉大なのだ。だからきっと分解してくれるはず。……たぶん。

そして最後に水で濡らした布で壁とか床を磨く。あとはこれだけだ！　よーっし！　頑張るぞーっ！

あれから2時間。ひたすら濡らした布で家の中を掃除し続けた。

おかげで家の中は綺麗になったので、後は屋根の掃除だけだ。

そして、掃除をしていると何故か【掃除】スキルが取得可能になっていた。これ取ってどうしろと……。

でもメイドや執事を演じる人たちにとっては欲しいスキルなのかな？

屋根の掃除は、上から水を流して軽く掃除をする程度に済ませた。屋根まで綺麗にしようとしたら多分終わりそうにないと思ったからだ。

そして屋根からレヴィたちの方を見ると、やっぱり雑草の量が減っているのが見て取れた。

でもネウラが雑草を抜いて（？）くれているなら、そのまま何かの種を植えてもいいけどね。

でも、ログアウトしている間は畑のお世話ができないからそこをどうするか考えてからかな？

そういうのもギルドの人に聞けば教えてくれるのかな？

後は間取りだなぁ。

今はお店をやるつもりはないから居住と生産の2スペースでいいけど、本格的にお店をやるとしたら居住と作業とお店の3スペースが必要になる。

単純なのは2階建てにするっていうのだけど、たぶんその改装にも結構お金使うよね……。

少なくとも、改装するのは200万払ってからにするとして、問題はどこでお金を稼ぐかだ……。

私は生産職ではないため、武器や防具やポーションを作ったりして売ることはできない。

料理してそれを売ると言っても、調味料がまだない現状ではそれも難しい。

料理倶楽部の人にお願いして調味料を買うべきか……。

ギルドの方の依頼を受けるにしても、人が増えた分依頼書の数が減ってるしなぁ……。まぁそれはいいことなんだけど、今の私からしたら少し痛い……。

これがモンスターを倒したらお金が出るとかだったら、本当に苦労しないんだけどなぁ……。

モンスターがお金を落とすわけがないとかそういう理由で落とさないみたいだし、ダンジョン潜って宝箱からお金探すしかないかなぁ……。

でもダンジョンの宝箱のお金ってショボイって聞いたし……。うーむ……。

となると、やっぱり素材を売ってお金を稼ぐっていうところが妥当かな？　他の戦闘職もそうだろうし。

では何が売れるだろうか。

まず武器に使う金属、防具に使う糸や皮はたぶん売れるだろう。

しかし、私は採掘系スキルを持ってないため鉱石は掘ることができない。となれば、動物の皮や採取で綿や麻を取ってきて売るのがいい感じかな？

あとは薬草系の採取で調合の人に売るっていうのがいいと思うんだけど、問題は調合の知り合いがいないってところなんだよね……。

まぁ今は家の整理が先だね。とりあえずコマンドからハウスボックスの中身を配置しちゃわないと。

ハウスボックスは、各家に設定されている専用のボックスで、家具をしまう事が出来るボックスだ。

しかも何故かこのコマンドは住人の人たちも使えるようになっている。ここについては謎だ……。

たぶん1人暮らしの人の場合だと、1人で邪魔な家具をしまうのが難しいから住人にも出来るようにしたんじゃないかと私は思ってる。

それと同時に、家具を自由に設置することができるコマンドも一緒にある。これも住人が使えるようになっている。

つまり、しまうコマンドと設置するコマンドの2つがデフォルトとして存在しているようだ。

これが現実世界で使えたら引っ越しとか整理が楽でいいんだけどなぁ……。

っと、そんな事を考えてないでさっさと設置しちゃおっと。

えーっと、ハウスボックスにしまわれてるのは調合関係の設備の他に……椅子、机、ベッドとアイテムチェストにあとは薬草栽培用のスコップとかに……調理用の台ぐらいって……。

ナンサおばあちゃん……料理ぐらいもう少しまともな設備にしようよ……。

でも、今の私には調合関係の設備に薬草栽培用の道具はいらないから、イスと机とベッドと調理用の台を設置すれば終わりだね。

椅子と机は畑が見える側の窓側に配置して、ベッドはその反対側の窓側にっと。

アイテムチェストはベッドの近くで調理用の台は入口の反対側の壁際に設置してっと。こんなもんかな？

あとは少し装飾品とか増やしたいけど、また今度かな？

ちなみにアイテムチェストは、家に設置できるアイテムボックスみたいなもので、これがあることでアイテムを置いていくことが出来るようになる。家を持ったら手に入れたい家具の1つだ。

家の整理も終わったところで、畑に行きレヴィとネウラを回収する。2人を回収すると同時に、見知った声が掛かった。

「あれ？　アリスちゃん？　こんなところでどうしたかにゃ？」

私は声が掛かる方を向くと、そこにはリーネさんがいた。

「あっリーネさん」

「こんな場所で会うなんて奇遇だにゃ。それにそのペットはもしかしてイベントでかにゃ？」

「あっはい。蛇の方がレヴィで緑色の子がネウラです。２人とも、リーネさんに挨拶して」

「キュゥ！」

「ぁ――！」

「アリスちゃん2匹もペット捕まえるなんてずるいにゃ。私なんて1匹も手に入らなかったにゃ……」

それを私に言われても……。

「それよりリーネさんこそこんなところでどうしたんですか？」

「ただの下見にゃ。そろそろちゃんとしたお店を建てたいから、こっちの方の空き地を見に来たのにゃ」

「なるほど……」

「とはいえ、やっぱり道沿いは少し高くなるにゃぁ……家だけならいけるけど、設備代も含めるともう少し売りさばかなきゃきついかにゃぁ……」

「やっぱり生産職でもきついんですねぇ……」

「……やっぱり……？」

あっ……。

「アリスちゃん。やっぱりってどういう意味かにゃ？」

「いっいやぁ、お金を稼ぐのは生産職でも大変なのかなーって……」

「そういえばアリスちゃん、そこの家で何かごそごそとしてたように見えたにゃ……」

みっ見られてた⁉　私は咄嗟に顔を逸らす。

「えーっと……」

「確か家に関するコマンドは、所持している人しかできなかった気がするにゃ……」

「なっ何のことでしょうか……」

「しかもそこの家、2軒分あるように見えるにゃ。どういうことかにゃ……？」

なんだかリーネさんがどんどん迫ってくるっ⁉　ここでやる私の選択肢は……。
①：正直に話す
②：適当な作り話をする
③：逃げる
まず①だ。……うんだめだ。絶対に面倒になる未来しか見えない……。

じゃあ③。戦闘職でしかもAGIを上げている私にリーネさんは追いつけないだろう。でも、絶対家の前とかで待ち伏せしていそう……。となると、この③もだめとなる……。

では残りの選択肢の②だけど、適当な作り話っていっても何がある……？　家の掃除を手伝っていたって言っても今のリーネさんは絶対に信じない……。

じゃあ、リーネさんみたいに家を借りているということならばきっと納得するはず！　よし！　それで行こう！

「えーっとですね、この家は今借りてるんですよー……」

「……へー……そうにゃのかー……」

「はっはいー……」

「………」

リーネさんすっごい疑ってる！　でもこれ以外にいい作り話なんて思いつかないよ！

そしてタイミングが悪いことに、今の私を追い詰めるような人が現れた。

「アリスさん、こちらにいましたか」

「あっ……」

終わった……。なんでこのタイミングできちゃうの……イーマンさん……。

私はがっくしと膝を折るような姿勢を取って地面に倒れ込む。

「アリスさん……どうかしましたか……？」

「あれ、確かギルド長さんだったかにゃ？　どうかしたのかにゃ？」

「あぁ、リーネさん。いえ、アリスさんに従業員の雇い方の説明を忘れていまして、それの説明に参った次第です」

「へー……従業員ねぇー……」

あっ……これはもう無理だ……言い逃れできない……。

「ねぇアリスちゃん。せ・つ・め・い、してくれるかにゃ？」

「……はい……」

観念した私はリーネさんに説明をした。

「なるほどにゃぁ……。住人の人から家を貰ってそのためにお金集めが必要というわけにゃ」

「はい……」

「えーっと……アリスさん……」

「……なに……」

私はイーマンさんをギロっと睨む。イーマンさんは気まずそうに冷や汗を流してオロオロする。

「えっと……先程の話はギルドに来ていただいた時にしたいと思います……では失礼いたします！」

そう言ってイーマンさんは走ってその場を去って行った。くそぅ……今度やらかしたら焼土下座させてやるぅ……。

「でもリーネさん……この事はどうか内緒に……」

「まぁ確かに1軒分でも買うのが大変にゃのに、2軒分も持ってるなんて知られたら大変なことになるし……。うん、わかったにゃ。内緒にしとくにゃ」

「ふぅ……」

とりあえず安心した……。リーネさんは1度やらかしてるから、もう不用意な発言はしないだろうし安心だ。

「それで、お金集めだっけかにゃ？　アリスちゃん料理スキル持ってるって聞いたけど作って売らないのかにゃ？」

「まだ設備や調味料とかが全くないので、ロクな物が作れなくて……」

「そんなことは百も承知にゃ。でも、試しに売ってみることも大事にゃ。とは言っても、調味料が出来てからでいいと思うにゃ」

「んー……そういうもんなんですかねぇ……？」

「そうにゃ。誰も売れるかなんてわからないのにゃ。でも、やらなきゃ始まらない事は確かにゃ」

「リーネさん……」

「とは言っても、他の金稼ぎ方法と言われてもにゃ……。まぁアリスちゃんぐらいにしかできないような方法があると言えばあるにゃ……」

私ぐらいにしかできない方法？　なんだろう？

「以前イカグモの糸っていうアイテムを手に入れたのは覚えてるかにゃ？」

「えぇ、覚えてますけど……」

「その糸を集められるだけ集めてほしいのにゃ」

「何故です？」

「イベントでアリスちゃんが泳いでた事から、女性プレイヤーがそういった泳げる用の服を作ってほしいと相談があったにゃ」

「それで糸が必要ということですか？」

「そうにゃ。前回アリスちゃんの服を作った時は、他の糸と組み合わせて作ったけど効果はちゃんと付いたにゃ。それでその時にイカグモの糸の量は毛玉1つで足りたにゃ。そこで、イカグモの糸の毛玉1つにつき5000Gで買い取るにゃ」

5000Gっ⁉　羊毛で600Gなのにその八倍強っ⁉

「でも私の服は1万Gでしたけど、半分も貰っていいんですか⁉」

「あの時は相場がわからなかったから安めにしちゃったにゃ。でも、需要が高いということになれば、その分値段も上げられるにゃ。ということで、安定した供給になるまでは1万5000Gで販売の予定にゃ。だから1着につき1万G儲かるわけにゃ」

なるほど……。元の値段を上げて利益を取るわけか……。それなら私に5000G払っても1着分の値段がそのまま入るってことか……。

商売ってそういうこと考えないといけないのが大変だよねぇ……。

「わかりました。とは言っても、そんなに一杯手に入るとは思えないのでそこは考えといてくださいね」

「わかってるにゃ。あとお店はまだ今までと一緒だからそっちによろしくにゃ」

「はーい」

さてと、この後向かう場所はクラー湖で決定だね。でも今から向かうと着く頃には日が暮れちゃうかな？

だったらハーフェンで魚でも獲ってこようかな？　お土産があったほうがたぶんいいもんね。

っと、その前にいらない荷物をアイテムチェストに入れてアイテムボックスと【収納】の中身を整理しなくちゃ……。

さすがに夜だと全く明かりがないので、【梟の目】を使わないと海の中では何も見ることが出来なかった。

とはいえ【梟の目】もそこまで万能ではなく、僅かな光を基に暗視効果を発揮している。

そのため、月の光が届かないほどの深さに潜ってしまうと効果がなくなってしまうのだ。

なので、他の人に見られない事をいいことにレヴィを大きくして、以前のように移動しながら口で捕まえてもらっている。

レヴィも以前の事で要領を得たのか、結構な量を獲ってくれた。

そういえば味噌とかを作る上で塩が必要だった気がするし、今度塩買わないとなぁ。

塩を作るのはまた余裕が出来てからかな？

さてと、もうGT22：00回ったし、1回家に戻って獲った魚を刺身にしてから向かおうかな。

ということでこっそり港に戻って、レヴィを小さくしてからポータルで移動っと。

「では、さっそく調理に移ります」

「キュゥ！」

「ぅ――――！」

家に戻った私は、適当な量の魚を調理台に置いて下処理をする。

その間レヴィたちはテーブルの上で待機している。

まぁ調理と言っても、調味料がないから刺身か焼き魚程度しかできないんだよね。ぐぬぬ……。

素早く下処理を終えて、イカグモさんにあげる分の刺身をぱぱっと用意して【収納】の中に入れる。

あとは私とレヴィとネウラのご飯ということで、焼き魚を用意する。

ネウラにはシシャモみたいな小さな魚があったので、それを焼いてあげる。

そういえば前回は野菜炒めとかの野菜があったから食べてたけど、魚は食べさせてなかったから確認の意味で用意した。

「はーい、できたよー」

「キュゥ！」

「ぁ――――！」

レヴィはお皿に置いた焼き魚を一気に丸呑みする。

まぁこれはわかってるからいい。問題はネウラだ。

「ぅ――？」

ネウラは小さな緑色の手でシシャモを持って首を傾げてる。

そしてシシャモをその小さな口に近づけてハムっと一口齧る。

「ぅ――……」

見たところお気に召さなかったようだ。

すると今度は、身体から蔓を出してシシャモに突き刺した。

その蔓は小さく脈動し、次第にシシャモが縮んでいった。

どうやら蔓で栄養を吸い取っているようだ。てか生じゃなくても吸い取れるものなのか……。

「ぅ――？」

とは言ったものの、やはり魚はあまり好きではないようだ。

口直しにキャンプで余ったトマトを小さく切ってネウラの皿に置いてあげる。

「ぁ――！」

トマトを見たネウラは喜んでトマトを持って齧る。

やはりネウラは野菜がお好みのようだ。

しかし、私には今持っている野菜を種にすることが出来るスキルを持っていない。

そもそも、そういう下位アイテムに変換するようなスキルはあるのだろうか？　あるとしたら【錬金】か、そのまま【変換】といったスキルがあるのかな？

少し掲示板を見てみよう。

ふむふむ、【採取】【栽培】【錬金】を取る事で【変換】っていうアイテムを下位のアイテムにすることができるスキルが取得可能になるようだ。

【錬金】で行けると思ったのだけど、あくまで【錬金】の基本は等価交換で同等の物にはできても、下にはできないようだ。

それはそれでどうするのだろうかと思っているんだけど、まぁ私は【錬金】スキルは上げないからそこらへんは知らなくていいかな？

ということで、【錬金】スキルを取得っと。


―ＩＮＦＯ―

【採取】【錬金】【栽培】スキルを取得したため【変換】スキルが取得可能になりました。


よしよし、これで【変換】スキルで種が作れるようになる！

とりあえず少なくとも最低十個は各種類の種は作っておこう……。

さてと、食べ物よし！　アイテム整理よし！　満腹度よし！　では出発ー！

まぁＧＴ24：00を回ってるし、さすがに動き回っているような人は見えないな。

でも皆なんで【梟の目】関連の暗視スキル取らないんだろ？　便利なのに。

西門まで来ると、衛兵さんがいたので声を掛ける。

「こんばんわー」

「おぉ、こんばんわ。また森にかい？」

「はい。って、なんでわかったんです？」

「ははは。君からはわからないだろうが、俺らからしたらここを何回も通るような異邦人は目につくからな。それにわかりやすい服装もしてるしな。しかも、門が閉じてるにもかかわらず通ろうとするやつらなんかは特に覚えちまう」

おぅ……もう顔覚えられているレベルなのか……。

「えーっと……それで……」

「あんたなら大丈夫そうだし、開けてやる。ちょっと待ってな」

衛兵さんは上で監視している衛兵さんたちに何か合図をする。

そして、上の衛兵さんたちが合図すると門が少し開いた。

「ほら、さっさと行ってきな」

「ありがとうございます」

私はお礼を言って門を通って森へ向かう。

とはいえ真っ暗だから方角を間違えないようにしないと……。

まぁ少しゆっくりめに行けば明け方には着くかな？

ある程度明け方に合わせて移動速度を合わせていると、本当にGT06：00ぐらいにクラー湖に到着した。

我ながらこの調整力が恐ろしい……。

確かに何回か来てるから、無意識に移動速度からの到着時間がわかっていたのかもしれない。

すると、私が来たことに気付いたのか、イカグモさんたちがこちらに寄ってきた。

なのでさっそく家で切った刺身を皿に置く。

イカグモさんたちは刺身を1枚ずつ取って食べていく。

食べ終わるまで少し時間があるので、レヴィとネウラを召喚する。

「キュゥ！」

「ぁ――！」

「ネウラー、ここが私とレヴィが出会った場所だよー」

「ぅ――？」

「キュゥ！」

「ぅ――！」

おぉ、どうやら理解したようだ。レヴィもフォローしてくれたように見えたけど、やっぱりペットと喋れるようなスキルとか欲しいなぁ。

そうすれば2人とも喋れるようになるしね。

「あっ、ネウラーイカグモさんたちに挨拶しようね」

「ぁ――！」

「――」

ネウラが挨拶すると、イカグモさんたちも足を挙げて挨拶を返してくれる。

しばらくすると、イカグモさんたちもお腹が満足したのか、刺身のお礼として糸を編んでくれた。

私はそれを受け取る。これでリーネさんの依頼は完了かな？

数としては14個だから……7万Gっ⁉

とはいえ、これはイカグモさんたちのお礼なんだから、ここで金稼ぎは考えないようにしよう……。

私がイカグモの糸をしまっていると、ネウラがレヴィに巻き付かれて湖の上に浮かんでいた。

それを見た私は急いでネウラを手で掴む。

「ふぅ……危うくネウラが湖に沈むかと思った……」

「ぅ――！」

手に持ったネウラが不満そうに私の手の中で暴れる。

どうやらこの湖の水が気に入ったそうだ。

仕方ないので、私が岸辺に座ってネウラを抱えてゆっくりと足を湖に浸からせる。

「ぁ――！」

どうやらご機嫌は直ったようだ。

レヴィも湖の中でイカグモさんたちと泳いでるし、しばらくこうしていよう。

しばらくすると、ネウラは眠ってしまったので私は湖から足を出し、ネウラを召喚石に戻す。

「レヴィ、そろそろ行くよ」

「キュゥ！」

私が呼ぶとレヴィが戻ってきて私の肩に乗る。

さてと、そういえばここから更に西はどうなっているかを見るんだった。

この先は何がいるかわからないし、一応レヴィも戻しておこうかな。

「レヴィ、一旦戻ってくれる？」

「キュゥ！」

レヴィは了解して召喚石の中に戻ってくれた。

ということで、向かってみるとしよう。

私はイカグモさんたちに手を振ってクラー湖を去り、更に西へ向かう。

クラー湖から西に入って1時間。辺りを警戒しながら移動しているため、そこまでの距離は移動していない。精々2㎞ぐらいだろう。

クラー湖ですら他の人が見つけていない領域だ。それの更に奥となれば、出てくるモンスターも強くなっているだろう。

なので、思ったよりも移動できずにいる。

しかし、モンスターの姿をまだ見かけていない。私が木の上を伝って移動しているせいもあると思うが、それにしてはまったく見られない。

確かにクラー湖の周辺もモンスターは見られなかった。もしかすると、クラー湖はセーフティーエリアとして設定されてはいないけど、そういう扱いのフィールドなのかもしれない。

つまり、その範囲内にいるからモンスターに出会わないだけなのかな？　どうなんだろう？

すると、突然辺りが霧に包まれ出した。一瞬【霧魔法】かと思ったけど、今の私には地形がそうなのか魔法なのかの判断はできない。

なので、【感知】スキルで警戒レベルを最大にしてゆっくりと移動する。

「はぁ……はぁ……」

なんだろう……。進めば進むほどなんだか気分が悪くなってくる……。

しかし、ステータスを見ても特に異常は見られなかった。でもこの不快感は一体……。

すると突然森に声が響き渡る。
『資格無き者よ』
『立ち去れ』
『立ち去れ』
「なっ⁉」
声が反響してどこから声がするかはわからないが、複数の声が聞こえる。
『ここは調和の森』
『資格無き者は』
『認めず』
「誰なのっ⁉」
私が謎の声に質問をしても、返答もせずただ淡々と言葉が森に響くのみだった。
『しかし』
『しかし』
『資格の欠片』
『所持』
『所持』
『しかし』
『足りない』
『足りない』

『まだ足りない』

『故に』

『認めず』

一体なんなの……？　資格……？

『去れ』

『去れ』

『ここから去れ』

その瞬間、【嵐魔法】かと思うような突風が私に襲い掛かり、そのまま来た道へ吹き飛ばされた。


「ということで吹き飛ばされたんですよ」

「それでよくアリスちゃん生きてたにゃ……」

「まぁそこは色々ありまして……」

私はリーネさんのお店へ戻って、調和の森で起こった事を話している。

あの後、突風に吹き飛ばされた私はクラー湖まで戻されていた。本来あの勢いで地面に衝突すれば即死だっただろう。

しかし運がいいことに、レヴィが出てきて【紺碧魔法】で水を逆噴射して勢いを削いでくれたのだ。

おかげで勢いが弱くなり、クラー湖に突っ込んでもＨＰが残ってくれた。

その後はレヴィが私を陸まで運んでくれたので何とかなった。

「それにしても調和の森……ねぇ……」

「はい。入るためには資格が必要ということなんですが……」

「でもアリスちゃんはその資格の欠片を持っているというところにゃ……」

その資格っていうのがねぇ……。

少なくとも調和の森って言うからには、それに関係したスキルってことなんだろうけど……。

今私が持っている中でそれに該当しそうなのは、【大地魔法】【採取士】【山彦】【成長促進】【急激成長】【栽培】って辺りだろうけどなぁ……。

これのどれが欠片に当たるのかが……。うーむ……。まったくわからない……。

「まぁ今はそのことは置いとくにゃ。そ・れ・よ・り、手に入ったから来たのかにゃ？」

「はい、手に入りましたよ」

私がそう言うと、リーネさんはわくわくした様子で机の上に出したイカグモの糸を見つめる。

「合計14個です」

「うんうん。じゃあ約束通り1つ5000Gの合計7万Gにゃ」

リーネさんは私にトレードを申請し、料金が金額通りになったのを確認してイカグモの糸と交換した。

よしよし、これで家の資金が少しは貯まった！

「それと、この泳げるようになる素材の情報は秘匿しとくにゃ」

「何でですか？」

「第1に乱獲を防ぐためにゃ。イカグモっていうレアなモンスターがいなくなるとこの素材を手に入れることが不可能になってしまうにゃ」

「確かにそうなると困りますね」

「第2にアリスちゃんの優位性が損なわれてしまう点にゃ。だからこの素材の情報は他の人が見つけてからにするのにゃ」

「優位性ですか」

「そうにゃ。少なくともアリスちゃんが苦労して手に入れてきた素材にゃ。しかも、誰でも採れるような素材とは思えないにゃ。だからしばらくはアリスちゃんの独占商売という形にするにゃ。

もちろん、私が私利私欲で相場を操作するようにゃら、アリスちゃんの信用できる人に素材の入手先を教えて構わないにゃ」

ん？　リーネさんが相場を操作したら他の人に素材の入手方法を教える？　どういうこと？

「たぶんアリスちゃんわかってないと思うから説明するにゃ。現状イカグモの糸は希少な素材にゃ。

その分価値も高くなるといったことが起こるにゃ。

そうなると、希少性という点からその素材がＲＭＴ《リアルマネートレード》の対象になる可能性もあるにゃ。生産職としては、ゲーム内で解決できることをＲＭＴで解決するようなことは望まないにゃ。

だからそういうのと判断したら入手方法を広めてほしいということにゃ」

んー……生産職も難しいんだねぇ……。

「まぁ提供先は内緒にしておくから大丈夫にゃ。それと、正直なところ安定供給としてはどんな感じかにゃ？」

「んー……イカグモさんたちの気分にもよりますからなんとも言えませんが、現実世界の１日で10個程度貰えたらいいかなって思ったほうがいいかもしれません」

「イカグモの気分かにゃ？」

「はい」

まぁ毎日来られて餌あげる代わりに糸ちょうだい、って言ってるようなもんだもんね。

最初はよくても何度も繰り返されると嫌になっちゃうだろうし、ある程度期間は置いたほうがいいよね。

「よくわからにゃいけど、そこはアリスちゃんに任せるにゃ。そういえば新しい街が見つかった事知ってるかにゃ？」

「見つかったんですか？」

へー、いつの間に見つかったんだろう。

「見つけたのはギルド、御庭番衆にゃ。大体わかると思うけど、忍者にゃ」

「お、おう……？」

御庭番って江戸時代の諜報機関だったっけ？　確かに調べ事と言えばそういった隠密部隊だけど……。

「まぁ忍者だから、ＡＧＩが高いのにゃ。だから皆で朝から夜に亘って街道を走り続けたらしいにゃ。とは言っても、やっぱりモンスターとの遭遇があったから1日ちょいは掛かったらしいにゃ」

「馬車を使わなかったんですか？」

「まぁあれぐらいになると、自分たちで走る方が早く着くらしいにゃ……」

「あらら……」

馬車運送業の人可哀想に……。せっかくの儲け話が……。

それにしても、足の速い人たちで1日ちょいの距離なんだ。大体数10㎞なのかな？

……あれ？　今の私ってクラー湖行くのにのんびり5時間、急いで2、3時間くらいで着くけど、確かあれで10㎞ぐらいなかったっけ……？

やっぱり戦闘しないで進めるっていうのが大きいのかな？

「それで、新しい街の場所はどこら辺なんですか？」

「えーっと掲示板に載せてもらったので……ここかにゃ？」

リーネさんは地図を出して、イジャードから西北西30㎞付近の位置を指で示した。

辺りの地形を見てみると、南側に森が広がっているのが見えた。

って、あれ？

確か私がエアストから西にクラー湖へ向かった距離的に、大体10㎞地点らへんがクラー湖な気がする。地図では森になってるけど。

となると……クラー湖から北西に向かえば新しい街に着くんじゃ……？

ってことは、下手にイジャードから街道に沿って行くより、森突っ切ったほうが安全だし近いんじゃ？

「リーネさん。あと森側にはどんなモンスターがいたかわかりますか？」

「掲示板見ればわかると思うけど、一応蜂が増えたらしいにゃ」

蜂ですと⁉

ということはハチミツが作れるということでは⁉

そうすれば……うへへー！　ハッチミツ！　ハッチミツ！

それにハチミツならネウラも食べれるよね。それに栄養価もあるはずだから【成長】スキルも少しは上がりやすくなるかも。

あれ？　ハチミツっていいこと尽くしじゃ？

待っててねハチミツ！　すぐ採りに行ってあげるから！

「なんだかアリスちゃんが別方向でやる気を出した気がするにゃ……」

何をおっしゃいますか！　ハチミツが採れれば甘いスイーツが作れるようになるのですよ！　これでテンションが上がらなくて何で上がるというのですか！

ということで、明日に備えてログアウトして早めに寝ることにしよう！


ふぁーぁ……。ちょっと寝過ぎたかも……。

いくら今日が日曜で朝からログインするつもりだからって、昨日10時には寝てたしね……。

とはいえ、今は朝の六時だからGTだとえーっと……21時かな？　結構遅い時間だけど、蜂とかは夜行性じゃなかった気が……するから逆に夜の方がいいよね？　たぶん……。

ということで、早めにご飯とか食べてさっさとログインしよっと。

なんだかんだご飯とか食べてたら40分位掛かって、結局インしたのはGT23：00頃になっちゃった。

となると、クラー湖に着くのが大体1時か2時ぐらいになるのかな？

そこから約20キロちょいだから……朝には着けるかな？　頑張れば。

でも、初めて行く場所だから警戒分も含めて速度を落とすとして、やっぱりお昼ぐらいになっちゃうかな？

まぁ無駄に考えるより行動あるのみ。

毎回のことながら、西門の衛兵の人に開けてもらって私は森に入る。

クラー湖までは見知った場所であるため、ガンガン速度を上げる。

ゆっくりだったらレヴィたちを出してもいいのだけれど、今は急いでいるため悪いけど召喚石の中にいてもらっている。

案の定クラー湖に着いたのはGT01：30と、おおよその時間通りだった。

ここからが問題で、方角を間違えると調和の森に入ってしまう可能性がある為、ちゃんと方角を確認する。

ここで吹っ飛ばされて戻されるのはちょっと洒落にならない……。

ちゃんと方角を確認して、私はクラー湖から新しい街へと向かうため、再度森に入った。

とはいえ、やはりしばらくはエアストの森の範囲なのか木の材質に変化がないように見えた。しかし、今は深夜の関係もあって、細かい違いがあった場合は見逃してしまっている。

【感知】スキルも使いながら警戒しつつ、1時間毎に休憩して進む。

これだけでも肉体的にも精神的にもかなり違ってくるはずだ。

確かに昨日リーネさんのお店でテンションが上がっていたが、今回に限っては目的は蜂ではなく街に到着する事だ。

ハチミツは欲しいが、ここで欲を出してもう1回行き直しだドンといったことは勘弁したい。

そのため、心苦しいが今回ハチミツは諦める。

それに新しい街の方がきっとハチミツを採りに行く分には近いだろうし、その方が得だと感じたからだ。

3時間程森を進んでいると、明け方になったのか日がゆっくりと昇ってきた。

すると今自分のいる木の葉の色が、エアストの森とは違って少し濃い緑色のように感じた。

ということは、私はもうエアストの森から抜けて別の森に入っているということだろう。

それに、日が昇ってきたということは、生物の活動時間となってくるということだ。

なので少し急ごうかな？

日が昇ってきたことで周りへの警戒もしやすくなってきたため、少しは速度を上げていいかもという判断でだ。

ということで私は少し移動速度を上げる。

しかし、【隠密】も使って足音を極力出さないようにする。

あまり音を大きく出してしまうと、その音でモンスターが起きてしまい、襲われてしまうからだ。

そんなので時間を取られるのも嫌なので、使えるスキルは使うようにする。

とはいえ、木を蹴った衝撃までは消せないのでそこは気づかない事を祈るしかない。

気づくなー……気づくなー……。

でも、これが街道だったらこうはいかないんだろうね。

下手に隠れる場所がない街道で逃げると、他のプレイヤーに擦り付けてMPK扱いされるかもしれないもんね。

いくらその人にMPKをやる気はなかったとしても、実際に起こってしまった場合は問題になってしまう。

なので、極力そういった事は避けたいソロプレイヤーの私にとって、この森での移動は結構都合がいい。

まぁ私みたいな方法で4つ目の街に移動しようとする人なんて、普通はそうそういないと思うけどね。

なんだかんだで早4時間、ようやく森の切れ目が見えてきた。

運がいいのか悪いのか、まったくモンスターに遭わなかったことでスムーズに行くことができた。

しかし、蜂の生息地域がわからなかったことは痛い……。

街についてポータル登録したら探しに行かないと……。

ようやく森を抜けて街道に入った私は、周りを見渡してみるがプレイヤーの姿はほとんど見られなかった。

ほとんどということなので、数人には私が森から出てきた姿を目撃されてしまった。

「あれっ？　あの子ってもしかして【首狩り姫】？」

「なんで森から出てきたんだ？」

「でも森って進むの大変だよな？」

「じゃあもう既に着いてて森に潜ってたんじゃね？」

「流石【首狩り姫】だな。森は得意分野か」

おぅっ⁉　目立ってる⁉　さっさとこの場を去らなくては！

私はそのまま駆け足でその場を去って行った。

10分程走ると、第4の街に着いた。

まぁ着いたのだが……。

「これって……城壁っていうんだっけ？」

立派な石組みされた塀に囲まれた城壁が眼前に並んでいた。

「もしかしてここが都なのかな？」

私が城壁の周りでうろうろしていると声が掛かった。

「そこの者！　そこで何をしている！」

「はっはいっ⁉」

私の方に向かってくる人は、エアストの街での衛兵さんの装備よりも、更にしっかりと手が込んでいるような銀のプレート装備をしていた。

「んっ？　君は……異邦人か。そんなところで何をしているんだ？」

「ちょっと城壁が立派でしたから首都かなーっと思いまして……」

「あぁ、確かにここは昔は首都だったな」

「昔は？　今は違うんですか？」

「そうだ。ここは古都ヒストリアだ」

古都かぁ。道理で立派な城壁だと思ったよ。って、あれ？　そういえばこの国ってどこなんだろ？

今更だけど知らなかった気がする……。

もしかして一般的な事過ぎて誰も教えてくれなかったってこと⁉

図書館……あるかな……？

私は門番さんに案内されてヒストリアの中に入った。

古都と言っても、街の中はエアストに比べても人が多そうに見えた。

たぶん高いところから見ればわかるんだろうけど、その前にポータルで登録しないと。

門番さんにポータルの場所を聞いてみると、正面の道を進めば着くというので、お礼を言ってポータルへと向かう。

さすがに昨日見つかったばかりなのか、ほとんどプレイヤーは見られなかった。

とはいえ、ここで立ち止まっていても邪魔なので早いところ登録をするとしよう。

私はポータルの上に乗って地点登録をする。これで四つの街を行き来する事が出来るようになった。

それにしても、銀翼がいないとは意外だった。

でも人数が多い分確実に来るだろうし、時間の問題だろうね。

さてと、ポータル登録もしたことだし、再度森に向かってハチミツ狩りに移るとしましょう！


私がヒストリアから出ると、ちょうど先程街道で出会った人たちが到着したようだ。

私はその横を通り過ぎて森へと入る。

そもそも、そう簡単に蜂の巣が見つかるとは思ってないので、【感知】スキルで探しつつ【採取士】スキルと【鑑定士】スキルで新しい素材を探すことにした。

少し鑑定をしてみたが、やはりエアスト近くの森とは違って効果が一段階高いようだ。

それに、状態異常系の物もかなり多い。

毒や麻痺や混乱などは今までもあったが、それに加えて沈黙、衰弱、魅了、暗闇、幻覚といったのまであった。

沈黙については、発動条件として言葉を発する必要があるスキルや魔法を封じる状態異常だ。

これは魔法だけでなく、言葉を発する系のスキルアーツも封じられるだろう。意外に厄介な状態異常だ。

それと1つわからなかったのは反転といった効果のものだ。

まぁ何かしらを反転させるんだろうとおもうんだけど、何をどう反転させるのだろう……？

そもそも反転ってどういうこと……？

でもまぁ回収はしとく。何かに使えるかもしれないので。

他にはステータス減少系の物もあった。これは効果が単純だ。

それにしても……バッドステータスのばっかりって、この森結構危ないんじゃ……？

プラス効果の素材ってないのかな？

そして蜂の巣を探しつつ散策していると、何やら怪しい葉の色をした草を見つけた。

「オレンジ色……？」

そう、葉の色がオレンジ色でいかにも怪しさ満点の草だった。

もしやモンスターの擬態かもと疑って長めの棒を取り出して、ツンツンと突いてみた。

しかし、特に反応はないため、擬態ではなく普通の草なのではと考えた。

私は恐る恐るそのオレンジ色をした葉を採取した。

鑑定した結果はこうだった。

エリスロ草【消耗品】
回復効果のある草。そのまま食べると少しだけ傷が癒える。

ん……？　回復する草？　ポーションの素材なのだろうか？

一応ある程度の数を集めようっと。

とはいえ、本当に調合系の生産者の知り合い作らないとなぁ……。

素材が売れない……。リーネさんに紹介してもらおうかなぁ……？

ということで、探した結果23枚見つかった。

やはりまだヒストリアに到着してないプレイヤーが多いため、そこまで荒らされていないのだろう。

とはいえ、私は採取して種が落ちていたらそのまま植えて移動した。

【変換】スキル持ちの私は、現物があればそれを変換して種にすることができるため、種を所持している必要はないのだ。

それよりも……。

「んー……」

さっきから【感知】スキルの反応があるんだけど、襲い掛かってこないなぁ……。

警戒してるのかな？　それとも私から溢れ出すなんちゃらオーラが敵を寄せ付けないとか……？

んまぁそんなわけないので、決定的な隙を窺っているのだろう。

でも、リーネさん曰く森で新たに見つかったのは蜂ぐらいって言ってたんだけどなぁ……。

とはいえ、そこまで警戒するような生き物って何かいたっけ？

私が考える素振りを見せると、こちらの様子を窺っていた生物は突如動きだし、風を切るような音が聞こえた。

「っ⁉」

私は咄嗟に木の陰に避け、その生物の正体を探る。

その生物は、私が避けた先の木に衝突して止まると思いきや、衝突部位を貫通してそのまま通り過ぎた。

「うっそでしょ⁉」

数10㎝はあった木を貫通させるってどういうこと⁉　てか少し見えたけど、あれって鳥だよね……？

木を貫通するぐらいの嘴《くちばし》を持った鳥ってどういうこと⁉

鳥は方向転換して、再度こちらに突っ込んできた。

今度は私はあの鳥を鑑定するため、わざと立ち止まった。

そして、方向転換できないぐらいの距離で再度横に避ける。

その間際にその鳥を鑑定した。

えーっと、種族名はブレットホーク。スキルは……【飛行】に【爪】に【嘴】に【貫通】っと。ちなみにスキルレベルはあったから普通のモンスターだね。

そして、どうやら先程の木に穴を貫通させた方法は、【貫通】スキルの影響らしい。

おそらく【雷魔法】のような設置物に対する貫通効果だろう。人体すら貫通だったら強すぎるだろうし、たぶんあっていると思う。

ということは、突っ込んでくる系の相手によくある対抗手段の壁は役に立たないということだ。

しかし、【貫通】スキルは全身ではなく、一部位だろうからいくらでも対抗手段はある。というか全身でも私には関係ないんだけどね。

再度ブレットホークは私に突っ込んでくる。今度は身体を回転させて突っ込んでくるようだ。

そして、私はある魔法を唱える。

「『グラビティエリア』」

私の周囲10ｍに重力場を発生させた。

その影響下に突っ込んできたブレットホークは地面に叩き落とされた。

いくら【貫通】スキルで設置物を無効化することができても、空間までは無効化できないでしょう。

とはいえ、ここからでは私は攻撃できない。

動いてしまうと私も重力場に捕まってしまうし、かといって解除すると逃げられてしまうかもしれない。

ではどうするか。

答えは簡単だ。逃げられないようにするか、この重力場の中で仕留めるかだ。

ということで、私は別の魔法も唱える。

「『地形操作――穴！』」

私が唱えると、ブレットホークのいた場所に穴が空く。

ブレットホークは重力場の範囲内のため、穴が空いた分更に落ちていく。

そしてすかさず魔法を解除して、先程作った穴の中に入る。

ブレットホークは咄嗟に動けずに、未だ地に這いつくばっている。そんなブレットホークの背中を
私は踏みつける。

ブレットホークは苦しそうに鳴き声を上げるが、もう逃げられない。

「じゃあ、バイバイ」

私は動けないでいるブレットホークの首を脇差で両断する。

その後、死体を回収して穴から出る。

「少し時間掛かっちゃった」

とはいえ、この森には鷹《たか》もいることがわかったからよしとしよう。

今度襲ってこられても、同じような手段で倒せるだろうし。

っと、蜂を探さないといけないいんだった。

いけないいいけない……。

でも……どこにいるんだろう……？

かれこれ1時間以上は歩き回っている気がする。

その間にエリスロ草を見つけては種を採取していくは、また鷹には襲われるはで蜂がまったく見つからない。

むむむ……。蜂ぃー……。どこだぁー……。

再度歩き続けていると、ぶううんっという羽音が薄っすら聞こえた。

私はその音を頼りに、その音の下へとゆっくりと近づく。

草を掻き分けたその先には、大きめな木にいくつもの穴が空いたボールのような丸い球状の蜂の巣があった。

私は咄嗟に地面に伏せて様子を窺う。

「あれ……？　よく考えたら蜂の巣ってどう採ればいいんだろ……？」

今更気づく問題点。

普通ならば、防護服を着て周りの蜂を無視して巣を採るか、殺虫剤とかで蜂を駆除しつつ巣を採るかが一般的なはずだ。

では今の私の状況ではどうだろうか。

防護服⇒そんなの持っていない。

殺虫剤等のスプレー⇒まず作られてるのかすらわからない。

あれ？　どうすればいいの？

別に蜂の巣自体は【収納】の中に入れてしまえば関係ない。

問題は、巣の周りをうろうろしている蜂たちだ。

幸い普通のサイズの蜂なので、倒すだけならそこまで手間は掛からないだろう。

問題はその数だ。優に１００以上はいる。

どこぞのガンナーではないので、飛んで向かってくる蜂を全て撃ち落とすとかはたぶん無理。

そもそも、私は範囲攻撃が重力系しかないのだ。

『グラビティエリア』で蜂を全部落とすという方法もあるが、落とした後をどうするかだ。

では『チェンジグラビティ』で蜂だけに重力を掛けて、その間に倒すという方法……と思ったけど、そもそも対象って何体まで平気なのかを調べていなかった。

ということでこの案もだめっと……。

そういえば煙で蜂を追い出す方法があるって聞いたことがあるような……。

あれなら私にもできるし、それを試してみようかな？
問題は火が燃え移らないように注意しないと……。
ということで、レヴィを呼ぶとしよう。
「キュゥ！」
「レヴィ、静かに。蜂いるから」
「キュゥ……」
レヴィを呼んで蜂がいることを注意した上で、風向きを確かめる。
幸い私たちの位置が風上のようだ。
なので、少し離れて周りに木がない位置に来る。
そこで焚き火をするように並べて【火魔法】で火を付ける。
レヴィには周りに火が付いた時の消火役をしてもらう。
薪に火を付けると、次第に煙が出て風に流れて蜂の巣の方へ行く。
こっそり近づいてみたところ、煙で少し見にくいが蜂が動き回っているのが見えた。
焚き火の側にはレヴィがいるので、おそらく火が燃え移るようなことはないだろう。
とりあえずどれぐらい待てばいいのかな？
巣の様子を見続けて1時間以上。ようやく蜂がいなくなったように見える。
なので、ささっと蜂の巣を回収しよう。
蜂の巣も【採取】スキルの対象だったため、あっさりと採る事が出来た。
回収後、ぱっと【収納】の中に入れてレヴィの下へと戻る。

「キュゥ！」

「レヴィ、火消していいよ」

「キュゥ！」

レヴィが焚き火を【水魔法】で消火したので、さっさとこの場を退散する。

もし蜂が私たちの仕業と知って襲い掛かられると面倒だからだ。

「行くよ！　レヴィ！」

「キュゥ！」

レヴィを定位置の肩に乗せ、私はその場を去ってヒストリアへと全速力で戻る。

結構な時間森に潜っていたため、ヒストリアに戻ったのは日が暮れる前だった。


ヒストリアに戻った私は、一先《ひとま》ず施設の情報を聞きまわった。

聞くところによると、古都なのだがお城は無く、城塞都市のような形らしい。

一説には当時の王様がそんなお城を建てるぐらいならば、城壁や設備を充実せよとのことで、砦止まりだったそうだ。

それはそれでどうなのかと思うんだけどね……。威厳とか他国への印象とかそういう意味で……。

とまぁ、そういうことで各生産施設がヒストリアには揃っているらしい。

また、この街が王都から古都となったため、新しくできた王都の方へ移動した人も多かったらしく、空き地や空き家なども数多くあるらしい。

さすがに空いている畑はないらしいが。

そのため、この古都では生産職よりもギルドがギルドホームを建てようとするらしい。

まぁ施設も結構揃っているし、王都と比べても地価が安いらしい。

でも、やはりエアストと比べると高いとのことだ。

まぁエアストは小規模ギルドやソロプレイヤー用なのかもね。

それと、目的の図書館はちゃんと古都にもあるとのことだ。

とはいえ、王都に比べると数は少ないようだ。

しかし、営業時間が夕方までなのでまた明日来ることにしよう。

さてと、ギルドホールで依頼書でも見ようかな。

私は街の人に聞いてギルドホールに辿り着いた。

ヒストリアのギルドホールは、エアストに比べると大きく、職員の数も多く見られた。

流石古都なだけあるね。

さてと依頼依頼っと……。

私は良さそうな依頼を探していると、ギルドの職員から声を掛けられた。

「すいませんが、異邦人の方ですか？」

「はっはい……そうですけど……」

急に声を掛けられたので、ついびくっと反応してしまった。

一体何の用事だろう？

「実は……ここから王都へ向かう道が2通りあるのですが、その内の1つに大型のモンスターが定期的に出現するのです……」

「王都やこちらの衛兵の人たちでは対処できないレベルなんですか？」

「恥ずかしながら……通常のモンスターならともかく、大型になってしまいますと軍を挙げての討伐となります。そして、軍を挙げるとなると各国にも少なからず警戒させてしまうなどの影響が出てしまうのです……」

現在この大陸は、大昔のような戦乱ではないため、軍を挙げての行動は他国への不信感を与えてしまうため、あまりできないらしい。

そして、その街道を塞いでしまう大型モンスターを倒して3ヶ月後に、別の大型モンスターがやってきて街道を封鎖してしまうとのことだ。

話を聞くと、討伐された後に軍を使わない範囲でその周辺のモンスターの掃討は行っているらしい。

しかし、モンスターがいなくなることでその場所での栄養となるような物が増えるため、それを狙った大型モンスターが現れてしまうらしい。

ならばモンスターを放置すればいいという問題ではない。

モンスターが増えることで、王都や古都へモンスターが襲撃してくる可能性も出てくる。

それは防がねばならぬ事なので、どちらの対応にしても国も頭を悩ませているようだ。

今のところ、大型モンスターは街道を封鎖しているだけだが、あまり長く放っておくと、今度は国自体が襲われることになるかもしれない。

そのため、何度か軍を挙げて討伐はしたのだが、これ以上の頻度となるとまずいと国は考えているらしい。

そこで異邦人が来たため、定期的な討伐を依頼するように国からお達しが来たようだ。

まぁ私たちプレイヤーからしたら、ヒャッハー！　レイド戦だぜ！　みたいなノリになるだろうし、たぶん依頼を受けるでしょう。

この国の王様もそれを見越して私たちに依頼をしたんだろうね。

「では、この事を他のプレイヤーに伝える形でいいですか？」

「ありがとうございます！」

「とは言っても、まだこの街に辿り着いてるプレイヤーが少ないから、討伐はもう少し先になると思うけど……そこら辺は大丈夫ですか？」

「はい、まだ当分は大丈夫なはずですので、お願いします！」

さてと、ということでこの事をリンに伝えよっと。

えーっとメッセージメッセージ……。

しばらくすると、リンからメッセージが返ってきた。

とりあえず先になんで既に4つ目の街にいるのかを説明しなきゃならないようだ……。

なんでって言われてもなぁ……。森を突っ切ったとしか言いようが……。

一先ず正直に森を突っ切ったと答えた。

そして再度メッセージが返ってきて、リンたち銀翼は今街道を進んでいる最中とのことだ。

距離的にあと半日位で着くとのことだ。

それと、私が伝えた依頼の事も掲示板に書いておいてくれるらしい。

まぁ私じゃどう書けばいいかわからないし……。

ついでに、私もレイド戦に参加しないかと誘われたけど、私はレイド戦に向くようなスキル構成じゃないので遠慮しといた。

童歌とか重力はどう使っても対複数人用だし、かといって他のスキルもそこまで大型モンスター用に使えるようなスキルじゃないしなぁ……。

てか絶対味方妨害するようなものばっかりだし……。

今後の事を考えてレイド用に使えるようなスキル構成を考えたほうがいいのかな？

例えば、ＡＴＫとかを成長させて物理だけで戦えるようにしたりとかかな？

でもそれだけじゃなんだか味気ないよねぇ？

例えば何か刀系で派生形ないかなぁ……？

居合い……ってなると多分スキルアーツだよね。

やっぱり複数の刀を使って何刀流とかを……。うん、できるわけないよね。

そういえば刀に属性を纏うとかできるのかな？

よくゲームや漫画でよくあるあれ。

属性武器とかと違って決められたとかじゃなくて、自分が持っている属性を纏えるとか結構いいと思うんだけどなぁ。

魔法を使いながら刀を振ってれば纏えたりするのかな？

とはいえ、さすがに町中では危険なので明日外でやろうっと……。

他には何かあるかなぁ……？

集団戦で使えそうな範囲系もほしいけど、魔法４種類取っちゃった私には今のところ火魔法ぐらいしかないしなぁ……。

うーん……。純粋にステータスとか上げて普通に斬ればいいのかな？

それの方が手っ取り早そうだね。

そういえばショーゴとかも向かってるのかな？

メッセージ送ってみよっと。

んー返ってこないなぁ。戦闘中かな？

まぁいいや。その間に街でも散策してよっと。

「それにしても、夜だけど結構明かり付いてるんだね」

エアストだとそこまで明かりは目立たなかった。

やはりこういった大きな街になると夜でも起きてる人が多いんだね。

そういえば城壁の上とか登らせてくれるのかな？

どうせ返信来るまで暇だし、聞いてみよっと。

「城壁に登りたい？」

「上から街の様子を見たいんですけど、だめですか……？」

「うっ……まぁ……登るぐらいならいいだろう……一応付き添いには私が付こう」

「ありがとうございますっ！」

私が訊ねた衛兵さんの後ろでは何やらブーイングが聞こえる。

どうやら訊ねた衛兵さんは隊長さんらしく、「隊長ずるい！」「こういう時ばっかり！」といった声が隊長さんに掛かる。

隊長さんも「お前ら！　仕事しろっ！」と叱ると他の衛兵さんは渋々持ち場に戻った。

「では行くぞ。暗いから足元には注意しろ」

「はっはい」

私は隊長さんに付いていき、石段を登る。

石段を登って、城壁に上がると街の明かりで綺麗に光る街並みが見えた。

それとは逆に、街道側ではポツンと明かりが灯っている程度で、ほとんど真っ暗だった。

「これだけ暗いんだぁ……」

今の私は【梟の目】を外している。

そのため、実際の暗さを目にしている。

「ふむ、やはり以前と比べて街道の明かりの数が増えたな」

「わかるんですか？」

「あぁ、やはり異邦人というのは凄いな」

「何がです？」

「我々が苦労して倒すようなモンスターも、君らに掛かればあっさりと倒してしまう。だが、我々も君たちに頼ってばかりはいられない。だからこそ身体を鍛え、有事の際に動けるようにしている」

確かに私たちプレイヤーは生き返る事が出来る。でも、この世界の人たちは死んでしまったらもう生き返ることはできない。

そのため、1度しかない命で彼らは出来ることを一生懸命している。

街道を塞いでいる大型モンスターにしてもそうだ。

いくら軍を派遣したと言っても、被害は絶対に出るはずだ。

運営としては、定期的なレイド戦として設定しているのかもしれない。

でも、この世界の人たちにとってはかなりの大事だ。

だから私は、ただのレイド戦と喜んでいいのかがわからない。

すると、私が落ち込んでるのかと思ったのか、隊長さんが私の頭の上に手を置く。

「そう君が悩むことではない。確かに異邦人を羨む奴らもいる。だが、羨んでいても強くなるわけではない。だからこそ憧れているだけではなく、己も鍛えなければ強くなることはできない。たとえそれが異邦人に比べて塵に等しき成長だとしても、我らにとっては大きな成長だからな」

「………………」

「だから君は君が行く道を行け」

「はい……」

隊長さんは私の頭を撫でて元気付けてくれた。

私も、この人たちのために何かしたい。

だから、そのための力を付けなくちゃ……！

対レイド戦用の武器をなんとかしないと……！

そんな事を思っていると、ショーゴから連絡が返ってきていた。

どうやらリンたちと一緒に来ているそうだ。

てかリン……そうだったら一緒に言ってくれればよかったのに……。

たぶん驚かせようと思って言ってなかったんだろうな……。

まぁ、レイド行くとしてもまだ半日以上あるし、それまでに何かスキルが手に入ればいいなぁ……。

夜ご飯の時間まではまだしばらく余裕があるので、1度エアストの家に戻って昔懐かしの初期武器をアイテムチェストから取り出す。

属性を纏わせるために刀に色々試そうと考えているため、耐久力がある武器では修理の必要が出てきてしまう。

そこで、耐久力が無限である初期武器であれば、そういった耐久力を減らしてしまう実験にも最適だと考えた。

そして、次にイジャードへ行きウォルターさんを訪ねた。

「おや、アリス嬢。こんな夜遅くにどうなさいましたか？」

「あっすいません。今お時間大丈夫ですか？」

「えぇ、ちょうど一息吐いたところです。それでご用件は？」

「ウォルターさん、油とかって持ってませんか？」

「油ですか？　えぇ、大量とは言いませんが多少なりとも鉱物性の油がありますが」

「空き瓶……いえ、ほんの少しでいいので、売ってもらえませんか？」

「何に使うのかわかりませぬが、空き瓶ぐらいの量なら困りませぬので構いませんよ。それとお代ですが、500G程でよろしいですか？」

「大丈夫です！」

私は500Gをウォルターさんに支払い、空き瓶一杯に油を入れてもらった。

よしっ！　これで実験ができるっ！

私はウォルターさんにお礼を言ってお店を出た。

そして、時間的にもお風呂とか入っていたらちょうどいいぐらいなので、ヒストリアに戻ってからログアウトした。

午後6時にはお風呂も夜ご飯も食べ終わったので、こっからはノンストップで実験だー！

再度ログインすると、日が昇り始めて街の人たちが活動を開始している。

私もささっと移動して城門へ行き、ヒストリアの外へ出た。

外に出ても、プレイヤーは見かけず、モンスターの気配もない。

なので早めに実験に移るとしよう。

「レヴィ、ネウラ、おいで」

「キュゥ！」

「ぁ——！」

レヴィとネウラはそれぞれ肩と胸元の定位置に現れた。

「今日はちょっと新技の実験するから2人とも手伝ってね」

「キュゥ！」

「ぅ——！」

ということで、城門から少し移動して、城壁で影が出来ている城壁近くの場所に移動した。

まずは初期武器の刀を出してっと。

「レヴィ、これからこの刀に火魔法使うから、何かあったら消火してね？」

「キュゥ！」

レヴィは任せろと言わんばかりに元気よく鳴き声を上げる。

とりあえずネウラは胸元から降ろしてレヴィの近くに避難させる。

もし私が火だるまになった時に、ネウラにも被害が出てしまうからだ。

「じゃあ行くよ?……『ファイアーショット!』」

私の火魔法は、初期武器の刀に当たり、そのまま燃え移ることなく散った。

「うーん……。『アクアショット!』」

同様に水魔法も当ててみるが、水が残ることなくそのまま地面に流れて行った。

「一応……『アースショット!』」

派生している大地魔法ならどうかと試してみたが、やはり刀に土が付くわけでもなく、全て地面に落ちて行った。

初級系の魔法系ではだめなのかと思い、威力の高い魔法で試してみる。

「『ダークランス!』」

しかし、威力の高い魔法でも残滓が残る気配は見られなかった。

これらの事から、直接武器に魔法を当てることでは私の考えているようなことはできないと考える。

だが、武器の耐久力を下げるような攻撃に対しては弾くのだろうか?

私の考えではおそらく、耐久力が無限のせいで弾くような判定が出ているのだろう。

では、何かを介して魔法を当てるのではどうか?

そのために昨日ウォルターさんから油を買ったのだ。

「ではこの油を刀に掛けますー」

「キュゥ?」

「うん。材料に関しては弾かれないようだね。ここの判定がちょっと難しいのかな?」

例えば、蜘蛛が糸を飛ばしてきたときに武器に当たった場合、魔法等が弾かれるとしたら、そのような攻撃も弾かれてしまうはずだ。

しかし、そうなってしまうと武器を盾にしていればどんな攻撃も受けないという事が起こってしまう。

運営としては、そのようなシステムにはしないはずなので、戦闘時と非戦闘時で判定を分けているのかもしれない。

とはいえ、まだ実験は始まったばかりなので仮説は後回し後回し。

「じゃあレヴィ、今度は結構燃えると思うから合図出したら消火お願いね」

「キュゥ!」

「ふぅ………『ファイアーショット!』」

私が油の付いた刀に火魔法を当てると、油に引火して一気に刀が燃えた。

「あつっ!」

私は咄嗟に燃えた刀を放す。

それを見たレヴィが紺碧魔法の水を掛けて消火をしてくれた。

HPゲージを見てみると、わずかだがゲージが減少していた。

これがもし武器に魔法が纏えていたとしたら、私自身にダメージはないはずだ。

もしかしたらダメージがある仕様なのかもしれないけど……。

少なくとも、この方法ではとても扱えない。

なので、今度は安全そうな大地魔法で試してみる。

レヴィが消火してくれた刀を拾い、今度は土を掛けてみる。

そして、その刀を握ったまま地面に置いて魔法を唱える。

「『アースシールド！』」

1mもしない小さな壁を作り刀をその壁にはめてみた。

試しに揺らしてみると、刀に掛かっていた土はポロポロと地面に落ちた。

んーこれも失敗かぁ……。

その後も刀の先っぽだけに油を掛けて試したりしたが、一見うまくいったかと思っても、何度か振ると火が消えてしまった。

どうやら油が燃え尽きてしまったことが原因だった。

もしこれが正解だったとしても、戦闘中に武器に油を掛けるやつがどこにいるのだろうか……？

他にも色々試してみたが、どれもうまくいかなかった。

「んー……だめだぁ……ＩＮＦＯも何も出てないし……どうすればいいんだろう……？」

「キュゥ……」

「ぅ――……」

私はごろんと地面に寝っころがる。

その様子をレヴィとネウラは心配して、私の事を励まそうと頬を擦り寄せてくる。

「2人ともありがと。うん、もう少し頑張ってみる」

再度起き上がって、他に試していない方法を考えてみる。

他に試していない方法……。

魔法を操る……操る……あやつ……。

そうだ！　【操術】スキルだ！　あれなら操れ……ってあれは物を動かすスキルだった……。

って、そういえばあれと一緒に他のスキルも取得可能になったような……。

私はＩＮＦＯのログを遡って調べる。

すると、【操術】スキルとともに【付加】スキルというのが取得可能になっていた。

そういえば同時に出たのをすっかり忘れていた……。

でも、付加って言葉的に今私がやろうとしていることに近いよね……？

ＳＰにはまだ余裕があるし……取ってみるっ！

【付加】スキルを取得した私は、スキルを入れ替えてメインスキルに入れる。

「よっよしっ！　レヴィ！　またお願いねっ！」

「キュゥ！」

「ぅ――――！」

「ふっ『付加！』」

私は刀を持って【付加】スキルを発動させたつもりだが、特にうんともすんとも反応がなかった。

ということは、発動のきっかけが足りないか間違っているかのどちらかだろう。

そういえば付加と言えば、イベントの時に黒花がさらっと言ってたっけ……？

確か……。

「『指揮官機である私にも【強化魔法】が付加されたコアが埋め込まれております』だっけ……？

ということは、【付加】スキルを使うには……」

私は再度刀を持って唱える。

「『付加――【火魔法】』」

私がそう唱えると、1割ほどMPが減少した。そして、手に持っている刀が炎を帯びた。

「キュゥっ！」

レヴィが慌てるが、私にはその炎によるダメージは特にない。

ということは、これでちゃんとスキルが発動したってことだよね？

しかし、その纏った炎も30秒ほどで消えてしまった。

「うーん……実戦で使うには【付加】スキルのレベルを上げなきゃだめかな？」

とはいえ、これだけではわからないので他の魔法も試してみた。

結果としては、1度使った魔法が固定されるのではなく、掛け直しで別の属性に変えることができるようだ。

ただし、変えられるのは自分が持っている属性のみだ。

確かに持っていない属性を付加しようがないからね……。

その後も、リンから連絡が来るまで付加⇓時間切れ⇓MPポーションで回復⇓付加⇓時間切れ⇓回復を繰り返している内に、【付加】スキルのレベルも上がっていった。

どうやらスキルレベルが1上がる毎に5秒ずつ持続時間が延びているようだ。

現在集中的に上げていたおかげで、およそ1分は使用できるようになった。

これならば、攻撃時にだけ使えば十分使用できるレベルだろう。

そしてちょうどリンからメッセージがあって、今ヒストリアに着いたようだ。

なので、私も城内に戻ることにする。

運良く……というか、私がもっと早く【付加】スキルのことに気付いていたらさっさと新技を取得できていたんだろうなぁ、という微妙な気持ちを持って。


「アリス～」

「むぐっ⁉」

ヒストリアに入ると、突然リンに抱き着かれた。

てかリン、結構しっかりと抱き着いてるからちょっと苦しい……。

「おいリン、アリスが苦しそうに手をバタバタさせてんぞ」

「あっごめんねアリス～」

「ぷはぁっ！」

ショーゴの声で我に返ったのか、リンは私を解放してくれた。

危うく窒息で死に戻るかと思った……。

「もうーリンはちょっと大げさだよ？」

「だってアリスと会うなんて久々なんだもん～」

「いや、昨日会ったよね？　ギルドで」

「アリス成分が足りないのよ～。ショーゴみたいにイベ中も一緒っていうわけじゃないし～」

「うっ……」

リンが羨ましそうな目をショーゴに向けると、ショーゴは明後日の方向を向き頬を掻いている。

一緒って言っても、夜ぐらいしか一緒じゃなかったし、そこまでもなかったけどなぁ……？

てか成分って……。

「あっ、リンのペット見てないから見たいなー」

「そういえばそうね～。じゃあ、ニルス～いらっしゃい～」

「ピィ！」

リンがペットを呼ぶと、50㎝もない小さな鷲のような鳥がリンの腕に止まる。

体毛は茶色だが、羽がところどころ黄色で発光している。

それに、時折バチバチと帯電をしているようだ。

とりあえずリンにダメージはないようなので、ただの現象のようだ。

「キュゥ！」

「ぁ――！」

「ピィ！」

挨拶のためにレヴィとネウラを呼ぶと、初対面とは思えないぐらい仲良く挨拶をしている。

やはり幻獣同士だとそういうフィーリングとかあるのかな？

でもネウラは通常モンスターだけど、特に疎外感とかはないからたまたまかな？

「リン、友人と話すのはいいがそろそろポータルへ向かうぞ」

「あっ団長さん。リンがお世話になっています」

「いや、君の友人はなかなか有能だからな。逆にこちらが世話になっている」

おー団長さんがリンを褒めてる。

するとエクレールさんもこちらに来た。

「こんばんわ、アリスさん」

「こんばんわ、エクレールさん。リンがお世話になっています」

「いえいえ、リンさんが来てくれたおかげで私も負担が減って一安心ですから。ギルドの他の人たちは事務仕事関係がからっきしだから大変だったのよ。ギルドのお金の管理に皆の予定の管理とかも私が全部まとめていたのよ」

「あはは……」

まぁ大きなギルドとなると、人員の把握や金銭面の管理とかしないといけないからね。

リンが入ったおかげでそういう負担が減ったって感じかな？

てか入ってそこまで経ってないのに任されるリンもリンだよね……。

エクレールさんももう少しそういう人材をスカウトしましょうよ……。

「だからアリスさんも入ってくれれば、きっともう少し楽になりそうなのよね」

「えっ？」

「リンさんが自慢してましたよ？　アリスさんがいれば数字関係の管理は簡略化できるって」

「何の話ですかっ⁉」

「高校時代にパソコンの授業でそういうのがあった時に、何やら簡略化の計算式を作ったらしいじゃないですか。結構式が面倒くさいから1つずつ入力しないといけないやつを、すぐ終わらせたってリンさんが言ってましたよ」

「あっあれは……楽したいがために少し勉強しただけで……」

毎回毎回全部の式を打ち込むのが嫌だったから、頑張って簡略化の方法を勉強して事前に式を作ってただけなんだよね……。

なので、この世界じゃたぶん全部データ打ち込みだからそういう簡略式は使えない……はず……？

「なのでこの機会にどうですか？　アリスさんギルドに入ってませんよね？」

「せっかくのお誘いですけど……」

「まぁわかっていましたけど、残念です。ですが、気が変わったらいつでも連絡してくださいね」

「はい……」

てか銀翼の人たちが来たんだからレイドの事聞かないと。

「それで、レイド戦はいつ頃になるんですか？」

「それについては私が答えよう。事が事のためあまり時間はかけないつもりで、予定としては明日の夜8時にこの街に集合という形で集まってもらうように掲示板に書き込みはしている。ギルドの方では既に参加者の把握は終了しており、4PT半――つまり32名が参加予定だ。どうしても仕事などで参加できない者が意外に多くて2PT程減ってしまった」

つまり最大で6PT程だから……42人ちょいいるってことかぁ……。

結構多いなぁ……。

「そして今回、ショーゴたちのPTが参加してくれるため、残りは12名程の募集となっている」

「あっあのっ！」

「どうかしたか？」

「今回、私も参加させてもらっていいですか？」

「あぁ、構わない。幸い、呼びかけに応じて時間に間に合う者が８名程だ。空きはあるから１人分埋まった事を書き込んでおこう」

「ありがとうございますっ！」

「じゃあアリスさんはショーゴさんたちのＰＴということでいいですか？」

「大丈夫ですっ！」

むしろ他のＰＴに入れられたらうまく連携が出来る気がしない……。

てか、知り合いですら合わせれるのかどうかの問題が……。

「でもアリス大丈夫か？　スキル構成的にレイドボスは辛くねえか？」

「ふっふっふ、そのために新技を手に入れてきました！」

まぁまだちゃんと使える保証はないんだけどね。

しかし、私の発言に周りの人は驚いた。

「あの対人特化のアリスがレイドボスに通じる新技を手に入れただと……!?」

「アリスが持っている中で【刀】と【ＡＧＩ】以外に使えそうなスキルあったかしら……」

「確かアリスさん一撃必殺型ですから、そういうのが通用しないモンスターは苦手だったような……」

「むしろ味方を妨害するようなスキルが多かった気がするんだが……」

「さすがに味方に迷惑が掛かるようなスキルは勘弁してほしいのだが……」

よし、皆が私をどういう人って思っているのかよくわかった。とりあえずそこに座って正座ね。

てか団長さんまで……。酷い……。

その後エクレールさんに慰めてもらい、なんとかへこみかけた精神を持ち直した。

そして団長さんとリンはエクレールさんに叱られていた。

私もショーゴとガウルとクルルを叱っておいた。

珍しくシュウが何も言わないと思ったら、半分寝落ちしかけていただけで話を聞いていなかったからだ。

レオーネに関しては、展開が予想できたため何も言わなかったそうだ。

とまぁ、レイド戦への参加が決まったため、ログアウトする前に軽い打ち合わせを行った。

もちろんのことながら、盾はガウルとショーゴ、シュウ、私が前衛、後衛にレオーネとクルルの形となる。

クルルも今回は攻撃よりサポートと回復に回るとのことで、実質的な火力は私を含めて四人となる。

打ち合わせが終わった後は、各自アイテム補充と武器防具のメンテナンスだ。

私の場合は、今回MPを特に使いそうなのでMPポーションを多めに購入しておく。

あとは明日の集合時間に遅刻しないように注意しないと……。


【運営】死因晒しスレ【爆ぜろ】

1：名無しプレイヤー
はーマジ運営爆ぜろ

2：名無しプレイヤー
>>1スレおつ

3：名無しプレイヤー
＞＞1乙　ってか何があったｗｗｗ
4：名無しプレイヤー
＞＞1おっ？　最初の頃調子に乗って兎にフルボッコされた俺がいるぞ？
5：名無しプレイヤー
＞＞1とりあえず何があったか話せ
6：名無しプレイヤー
とりあえず俺は生産職なんだが、南の森に糸を集めようと向かったんだ
そこで蜘蛛に出会って糸で捕縛されちまったんだ
7：名無しプレイヤー
お、おう……
8：名無しプレイヤー
あっ……（察し）
9：名無しプレイヤー
それで蜘蛛に捕まってぐるぐる巻きにされて噛まれて毒でじわじわＨＰ削られて死に戻った
変なところまでリアルにするんじゃねえええええ！
くっそ怖かったんだぞおおおお！
10：名無しプレイヤー
そういえば蜘蛛って消化器官がないから先に獲物を毒で中身溶かすとかあったような……

あれで痛覚軽減が最大の50％だったら……（ガクブル）

11：名無しプレイヤー
＞＞10身体溶かされる痛みとか味わいたくねえわぁ……

12：名無しプレイヤー
つまり狼にかみ殺された俺はまだマシなのか

13：名無しプレイヤー
熊にひっかき殺された俺もましな方か

14：名無しプレイヤー
溺死は辛いぞぉ……

15：名無しプレイヤー
息ができないから痛覚微妙に関係ないし……

16：名無しプレイヤー
首切られて即死で終わった僕は良い方なのか……？

17：名無しプレイヤー
＞＞15首……即死……あっ……（察し）

18：名無しプレイヤー
とりあえず毒も結構つらいぞ　地味に痛い

19：名無しプレイヤー
火だるまも結構精神的に来る

とりあえず通常ダメージで済むのはマシということか
20：名無しプレイヤー
イベでトレントに身体中貫通されましたが何か
21：名無しプレイヤー
イベでスライムに溶かされましたけど何か
22：名無しプレイヤー
イベで餓死しましたけど何か
23：名無しプレイヤー
＞＞20＞＞21＞＞22お前らイベで何やらかしてんだよｗｗｗ
24：名無しプレイヤー
でもそう考えると今後丸呑みとかそういうえぐい敵も出てくるんだよな？
25：名無しプレイヤー
消化されながら死ぬっていうのも嫌だな……
26：名無しプレイヤー
これまじで痛覚軽減90％近くでしたほうがいいんじゃね……？
27：名無しプレイヤー
そうそう50％の子なんていないだろうよ
28：名無しプレイヤー
でも普通に痛そうにしてた子なら見たことあるがな

29：名無しプレイヤー
奇遇だな　俺も見たことあるぞ
30：名無しプレイヤー
でも痛みはともかく、寒さとかは普通に感じるんかな？
31：名無しプレイヤー
水に触れて冷たかったし、そこは痛覚制限は固定なんじゃね？
32：名無しプレイヤー
ということはマグマに落ちたらその熱さを……
33：名無しプレイヤー
マグマはある意味即死だからましなんじゃね？
34：名無しプレイヤー
落下死は誰か経験あるか？
35：名無しプレイヤー
そもそもどこから落ちるんだよ……
36：名無しプレイヤー
城門……？
37：名無しプレイヤー
とりあえず苦しまないような死に方がいいです（切実）

【参加者】ヒストリア近くレイド募集スレ【求む】

1：名無しプレイヤー
銀翼団長のバルドだ。今回新しく見つかった街、ヒストリア近くに定期的に出現する大型モンスターの討伐の人員を募集したいためこの場を使わせていただく。

我々もまだヒストリアに到着していないため詳しいことはわからないが、どうやら放置し続けてしまうと街などが襲われる可能性があるらしい。

我々銀翼としてはこれを放置してはおけないと考え、要請に応えようと思っている。

しかし、大型モンスターということであり、レイド戦ではと考え人員を募集したい。

今回銀翼の参加者は32名だ。

そして、レイドの参加上限が49人、つまり7PTがマックスだ。

また、現在ともにヒストリアに向かっている5人PTも参加してくれるため、12名の参加者を募集している。

そして勝手ながら緊急性を要すると考え、明日の夜8時にヒストリアに来れる者で参加者を募りたい。

よろしく頼む。

2：名無しプレイヤー
>>1おつ
てか明日の夜ってことは実質ゲーム時間で3日か　結構つらいな
3：名無しプレイヤー

ＡＧＩ育てる奴らは行けそうだが普通に盾持ちとかはギリギリだな
それも月曜日だからさらにハードルが……

4：名無しプレイヤー
とりあえず今街道進んでるが、少しペース上げるかな

5：名無しプレイヤー
大型モンスターってどんなのが出るんだろうか？

6：名無しプレイヤー
でも定期的ってことは擬似レイド戦が定期的に起こるのか
レアアイテム出るなら欲しいかも

7：名無しプレイヤー
まぁ今回は緊急性ということだから諦めるかな
さすがに街に被害を受けさせるのはまずいからな

8：名無しプレイヤー
まぁどうせ騒ぐ奴は騒ぐだろうしな
ずるいずるいって

9：名無しプレイヤー
でも定期的ってことだから誰にでもチャンスあるしな

10：名無しプレイヤー
そもそもヒストリアに行くのが大変なんですがそれは

11：**名無しプレイヤー**
>>10つい最近到着したけどいきなり森の中から【首狩り姫】が出てきたぞ

12：**名無しプレイヤー**
>>11あの子は……まぁ……ねぇ……

13：**名無しプレイヤー**
>>11森はテリトリーですしおすし……

14：**名無しプレイヤー**
まぁ森を突っ切るのはある意味早いかもしれないけどさ……普通時間が更に取られる気がすると思うんだが……

15：**名無しプレイヤー**
>>14あの子イベでも木の上伝ってぴょんぴょん移動してたぞ　すげえ速度で

16：**名無しプレイヤー**
あぁ、～心がぴょんぴょんするんじゃぁ、～

17：**名無しプレイヤー**
おう難民はBD見て落ち着けや

18：**名無しプレイヤー**
でも【首狩り姫】もヒストリア着いたってことは参加するんかね？

19：**名無しプレイヤー**
あの子の性格なら参加しそうだけどな　住人の事思ってるっぽいし銀翼とも交流あるっぽいし

20：名無しプレイヤー
＞＞1ギルド御庭番衆、５名参加できるでござる

21：名無しプレイヤー
＞＞20おっヒストリア発見者チーッス

22：名無しプレイヤー
＞＞20そういや御庭番衆に聞きたかったが、そっち的に【首狩り姫】ってどう思ってるん？

23：名無しプレイヤー
＞＞21こんばんはでござる
＞＞22拙者たちとしては是非ギルドに勧誘したい人材でござる　あれは逸材でござる

24：名無しプレイヤー
＞＞23でも【首狩り姫】は銀翼の誘いも断ったって言う話だし勧誘するのって難しそうだな

25：名無しプレイヤー
＞＞24そうなのでござるよ　ぜひうまく入ってもらえる方法を同胞たちと相談してるのでござるよ

26：名無しプレイヤー
＞＞1アルトです。そろそろ着けますので参加できます。

27：名無しプレイヤー
【高速剣】も参加とか熱いｗｗｗｗ

28：名無しプレイヤー
レイド戦参加しなくてもいいから観戦してぇｗｗｗｗ

29：名無しプレイヤー
銀翼参加ってことは【暴風】と姉さんにバルドだろ？　あと【高速剣】にワンチャン【首狩り姫】か結構熱いな

30：名無しプレイヤー
わいとしては同じ機動型の【高速剣】と【首狩り姫】の絡みと連携を見てみたい

31：名無しプレイヤー
私としても1度アリスさんとは話してみたいので、参加されるなら楽しみです。

32：名無しプレイヤー
なんか【首狩り姫】って女性にモテる感じがするのは気のせいだろうか？

33：名無しプレイヤー
＞＞32庇護欲とかじゃね？　ただし戦闘時を除く

34：名無しプレイヤー
他の有名どころは参加しないいんかな？

35：名無しプレイヤー
別に有名じゃなくてもいいだろ　ようはヒストリアに辿り着く実力さえあればいいんだから

36：名無しプレイヤー
辿り着けないわい　無念の極み

37：名無しプレイヤー
安心しろ　俺もたどり着けない

38：名無しプレイヤー
そもそも街道のモンスターの数が多すぎなんだよなぁ……特にイジャードから十キロ先地点が……最低でもPTで行かないといけないし、ソロじゃさばききれないし……
39：名無しプレイヤー
そんな俺たちにできないことを平然とやってのける【高速剣】！
40：名無しプレイヤー
そこにしびれる憧れるぅ！
41：名無しプレイヤー
それにしてもヒストリアってどんな街なんだろ？
42：名無しプレイヤー
古都らしいで　設備も結構整ってるし、ギルドホームを建てるような立地が多いらしい
43：名無しプレイヤー
古都ってことは王都もあるのか　楽しみだな
44：名無しプレイヤー
※ただし敵は更に強くなる可能性
45：名無しプレイヤー
ふぇぇ……
46：名無しプレイヤー
便乗でついて行くが1番！

47：**名無しプレイヤー**
その内銀翼とかが王都ツアーとかしてくれるやろ（適当）

～～～～

82：**名無しプレイヤー**
今【首狩り姫】と話したところ、彼女も参加したいとのことなので、現在９人だ。残り３人だが、引き続き募集は続けている。
よろしく頼む。

83：**名無しプレイヤー**
やっぱ【首狩り姫】も参加か

84：**名無しプレイヤー**
まぁ予定調和だろ

85：**名無しプレイヤー**
マジで観戦したいですお願いします誰か連れてってください

86：**名無しプレイヤー**
おう明日月曜だが頑張って走って移動しろ

87：**名無しプレイヤー**
ノンストップマラソンはっじまるよー♪

88：名無しプレイヤー
＞＞87 30キロ近くをノンストップとかただの地獄じゃないですかヤダー
89：名無しプレイヤー
でもまぁ見たい気持ちはわかる
90：名無しプレイヤー
第2陣のわい、ようやくイジャードに到着した模様（無理ゲ）
91：名無しプレイヤー
＞＞90 おう装備集めてスキル上げてがんばれや
92：名無しプレイヤー
まぁヒストリア方面の街道は正直モンスターの数をどうにかできれば何とかなりそうだけどな
93：名無しプレイヤー
ある意味ごり押しじゃ辛いぞっていう戒めだろうな
94：名無しプレイヤー
協力もMMOの醍醐味だしな
95：名無しプレイヤー
コミュ障のわい　話しかける事が出来ず
96：名無しプレイヤー
＞＞95 頑張って声掛けるんや　なんなら掲示板で募集でええんやで
97：名無しプレイヤー

＞＞96頑張る（がんばる）

98：名無しプレイヤー

まぁレイド戦参加する人は頑張ってくれー

翌日、講義を終え早々に帰宅し、早めにご飯やお風呂など支度を終えログインする。

時刻は午後7時半、つまりGTでは1時間半の余裕があることになる。

ログインする前に鈴と正悟に連絡すると、鈴はもうインしようとしてると返ってきて、正悟はあと10分ぐらいということだ。

まぁ鈴は主催者ギルドの1人だし、早めにインする必要があるんだろうね。

正悟はまぁいつも通りだし、遅刻しないということだからよしとしよう。

ログインすると、何人かのプレイヤーたちが集合場所に集まっていた。

その中には見たことあるような人や、見覚えがないような人もいて、その人たちが掲示板からの参加者なのかと思った。

するとリンが私を見つけたのか手を振ってくる。

「アリス～こっちよ～」

リンが私の名前を出すと、何人かがこちらを向く。

うん、注目されるのは苦手だから恥ずかしい……。

とまぁ、このままでは目立ったままなので、早々にリンのところに移動する。

「リン、声大きい……」

「あら～？　そうだったかしら～？」

リンはクスっと笑い誤魔化す。絶対わざとだ……。

するとリンと話していた身長が１７０cm程で私より全然大きく、背中位の長さの金髪をポニーテールにしており、そのポニーテールを黒のリボンで留め、更に黒のカチューシャを付けた赤い瞳をした女性が声を掛けてきた。

「初めまして、アリスさんですよね？」

「はっはい……」

「私はアルトと言います。１度あなたとお話ししてみたかったんです」

「はっはぁ……」

「ごめんなさいね～。アリスはちょっと人見知りなところがあるのよ～」

こっコミュ障なんだから仕方ないでしょっ！

てかアルトってどっかで聞いたことがあるような……。

それにしても、なんだかエクレールさんみたいな感じに凛としてるなぁ……。

私もそんなふうになれば大人っぽく見られるのかな？

「アリスさんどうかしましたか？　そんなに私の事を見つめて？」

「あっすいません……」

「大丈夫ですよ。それにしても本当にアリスさんって聞いていた通りなんですね」

「えっ⁉　聞いたって誰からですかっ⁉」

「今さっきリンさんと話していまして、それで少しアリスさんの事を聞いていたんですよ」

「リンー！」

私はリンの事を両手でポカポカと叩く。

アルトさんに何を言ったのー！

私がポカポカ叩いているのを、リンは笑って私の事をあやす。

「だってアリスの事聞かれちゃったんだから～答えなきゃ失礼でしょ～？」

「何言ったのー！」

「大したことじゃないわよ～。普段のアリスってどんな感じなのかぐらいだし～」

「普段ってどういうこと！」

「普段って言ったら普段の事よ～。アリスが甘えん坊で食べることが好きで周りの事考えててとっても優しい子って言うことを教えただけよ～」

「あっ甘えん坊じゃないっ！」

「だってレオーネから聞いたわよ～？　イベントの時眠くてショーゴに抱っこされ……」「あぁぁぁぁぁ！」

あれはショーゴを助けるためで甘えたわけじゃないんだってばっ！

でもそれを言うとまた何を言われるのか……うぁぁ……。

私とリンのやり取りを見てアルトさんはクスっと笑う。

「本当にお２人は仲がいいですね。羨ましいです」

「うぅ……」

「そうなのよ～私たちとっても仲良しなのよ～」

「私もアリスさんたちと仲良くしたいです」

そう言ってアルトさんは私の手を握る。

その様子を見たリンは、ちょっと他のところ行ってくるわね～っと言ってこの場を離れた。

残された私は握られた手を離せず、顔を背けて答える。

「別に……大丈夫です……」

「ありがとうございます。では少しお話ししませんか？」

「はい……」

そう言って私たちは、階段状になっているところに腰かけて座った。

「それで、アリスさんはどういう経緯で今の戦闘スタイルになったんですか？」

「経緯と言われても……」

流されるようにスキル取ってたら【切断】スキルっていいんじゃない？　って思ってそのまま森での戦闘スタイルに移行して……っていうことを説明すると、アルトさんは不思議そうな表情をした。

「すいません、どうして【切断】スキルから森での戦闘スタイルになったかがいまいちわからないのですが……」

「どうしてと言われても……最初に森に入ってからずーっと森で戦うようになっちゃったので……」

「それで【童謡】やそういったスキルを手に入れたということですか……？」

「まぁ……そうなるかな……？」

「アリスさんのスキル構成を皆見てみたい気持ちがわかりました……」

「あはは……」

私としては他の人のスキル構成の方が気になるんだけどなぁ……。

特に近接で戦うアルトさんの構成は凄い気になる……。

「そういえばアリスさんはペットを2匹持ってますが、やはりペットは可愛いですか？」

「そうですね。2人ともとっても可愛いですよ。そういえば紹介してませんでしたね。おいで、レヴィ、ネウラ」

「キュゥ！」

「ぁ――！」

私が呼ぶと、2人がいつもの定位置に現れる。

「掲示板で知っていましたけど、本当に蛇とアルラウネなんですね」

「キュゥ？」

「ぅ――？」

「ほら2人とも、アルトさんに挨拶は？」

「キュゥ！」

「ぅ――！」

「ふふっ、よろしくお願いします」

どうやら2人ともアルトさんと仲良くできたようだ。

そういえばネウラの【成長】もあと少しでＬｖ15になりそうだし、もう少し喋れるようになるのかな？

確か以前はＬｖ5で喋れるようになったもんね。

「そういえばアルトさんは誰のＰＴに入るんですか？」

「それについてはまだ決まってませんね。おそらく空きのあるPTに入ると思いますが。アリスさんはどうなのですか？」

「私はショーゴ……知り合いのPTに入る予定です」

「お知り合いがいるのはいいですね。私の知り合いも第1陣には入れなくて第2陣でいるのですが、ぶつぶつ文句言ってましたよ。アルトだけずるいという感じで」

「第2陣ですか。じゃあまだこっちには来れませんよね」

「それに私が【高速剣】と呼ばれてるから、彼女も槍を使って二つ名手に入れてやるーって意気込んでるんですよ……はぁ……」

高速剣……高速剣……あっ！　思い出した！　【高速剣】ってかなり有名なトッププレイヤーの人だっ！

ってことは……私はトッププレイヤーの人と馴れ馴れしく……ガクブル……。

「あれ？　アリスさんどうかしましたか？」

「いっいえ！　なんでもありません！」

「いえ……なんだか急に緊張しているような……」

「そっそんなことありませんよっ！」

「もしかして私が【高速剣】ということを知らなくて……なんてことは……」

私はドキッとして咄嗟に顔を背ける。

「そう畏まらないでいいんですよ？　そもそもアリスさんだって結構有名ですよ？」

「アルトさんには及ばないと思いますけど……」

「知らぬは本人だけっていうことですかねぇ……」

アルトさんは小さなため息を吐く。

そんなため息吐くようなこと言ったかなぁ……？

「それとアリスさんヒストリアにはどうやって来たのですか？」

「えっと……森を突っ切って……」

「っ…………それでどれぐらいで到着したんですか……？」

「途中かっ飛ばしたので……えーっと……大体半日ぐらいだったと思います」

「…………」

アルトさんが絶句している。一体何か変なところがあっただろうか……？

「ちなみにアリスさん……ＡＧＩ＋はどれぐらいですか……？　私が今Ｌｖ５なんですけど……」

「えーっと……Ｌｖ７です……」

「なんで私の剣スキルとステータススキルのレベルが一緒なんですか……」

「その……いつも走り回っていたから……かな……？」

「アリスさん……その……普通の戦闘って……してます……？」

普通と言われましても……。

そもそも大量の敵が出てくるような道通ったことないからそういうのはないし……１対多なら海花たちのファンと戦った時ぐらいで、あれは各個撃破してたし……。

あれ……？　そう言われれば普通の戦闘ってしてないような……？

「アリスさん、少しレイド系のボスでそういった戦いになれましょう。いつまでも１撃で倒せるモンスターばっかりとは限らないですし」

「とは言っても……スキル的に私は対ＭＯＢとか対人でボス系のスキルがあまり……」

「ＡＴＫは上げてないんですか？」

「派生になってからは上げてないですね……。やっぱり上げたほうがいいですか……？」

「近接は武器スキルとステータスがそのままダメージに直結しますからね。上げれるなら上げたほうがいいですよ」

アルトさん曰く、ダメージを上げるならば武器の性能が高いものや、武器やＡＴＫスキルのレベル上げをするぐらいしかないらしい。

また、下位スキルである【刀剣】スキルも一緒に装備する事である程度の補正も掛かるらしい。

とはいえ、他にもスキルを装備しないといけないのであまり入れられないとのことだ。

そしてアルトさんはそこからダメージを上げるために、クリティカル率が高くなる【会心】スキルや、相手の攻撃をギリギリで回避することでＡＴＫが一時的に上昇する【見切り】スキルなどを使うことで火力を高めている。

取得できるかは別として、そういうスキルがあることを知れたのは良かったと思う。

アルトさんと話していると、今度は忍び装束を着た5人組がこちらに近づいて来た。

そしてリーダーであろう人が声を掛けてきた。

「お初にお目にかかるでござる！　某はギルド御庭番衆の頭領の半蔵と申すでござる！」

「ひっ⁉」

つい勢いに驚いてアルトさんの背中に顔を隠す。

アルトさんは特に変わらず対応をする。

「初めまして。私はアルトと言います」

「巷で有名な【高速剣】殿でござるな！　今回はよろしく頼み申す！」

「こちらこそよろしくお願いします」

私はこそっと顔を出して彼らを見つめる。

「アリスさん。大丈夫ですよ」

「はっはい……」

アルトさんに後押しされて、おずおずと自己紹介をする。

「あっアリスです……。よろしくお願いします……」

「先程は驚かせて申し訳なかったでござる。つい【首狩り姫】殿とお話が出来て舞い上がったでござる」

「はぁ……？」

そんなに私って有名なのかな……？

不安そうにアルトさんを見上げると、微笑んで頭を撫でてくれる。

「まぁアリスさんは可愛らしいですからね。注目されるのは仕方ありませんよ」

「某も勧誘しようと思って考えていた台詞が今の仕草で飛んでしまったでござる。確かにこれは【暴風】殿が過保護になるのもわかるでござる」

半蔵さんの後ろの人たちもうんうんと頷き、アルトさんと半蔵さんも納得している。

私はイマイチ話がわからないんだけどな……。

そしてなんだかんだで話をしていると、時間になったのか団長が現れた。

私たちもその周辺に集まるために移動した。

「今回急な呼びかけに応じてくれて感謝する。先程確認したところ、参加表明をしてくれた9名の確認と、他の参加者全員の確認が取れて予定通りの46人がここに揃った。なので予定通りにレイド戦を行おうと思う。

PTについてはおそらく既に相談している者もいるだろう。それを含めて報告してもらいたい。

また、PTが決まっていない者は申し出てくれればこちらで編制させてもらうので安心してくれ。

では各自PT報告をしてくれ」

団長さんの話が終わり、PTが決まっているショーゴや半蔵さんたちが報告しにいく。

そしてソロのアルトさんも団長さんのところへ行き、配属先の話をしている。

ショーゴがこちらに戻ってくると、軽い挨拶を皆とした後PTを組んだ。

私たちのPTは先日決めた通りの6人構成だ。

集まった人数が46人のため、7人PTが4つの6人PTが3つってとこだね。

どうやら最終的なPTとしては、御庭番衆の人たちが5人で私たちが6人ということで銀翼含めたソロの人たちが全員7人PTとなった。

まぁある意味これが無難な気もするかもね。

御庭番衆の人たちも斥候タイプだから初めての人と合わせるのは難しそうだもんね。

アルトさんは代理でPTリーダーを務めるらしい。さすがです。

ということで、時間も時間なのでさっそく出発した。

新たな情報によると、目的地は古都からおよそ2時間の地点。

現在大型モンスターは餌を求めてこちら側にゆっくりと移動しているとのことだ。

比較的に古都から近いので、早めに討伐しないといけない。

そのため、今回決行できたのは幸いだ。

やはり3ヶ月毎ということで、前回別の大型モンスターが現れたのが2ヶ月前程なので、時期的にはそろそろ王都か古都へ移りだす頃と一致する。

なので、今回この件を放置していたらヒストリアは最悪壊滅していたかもしれない。

その意味でヒストリアをこの時期に見つけられたのはある意味ギリギリだったのだろうか？

でも、皆がいるんだ。

絶対に街に被害は出させないぞっ！


「さてと、どんな大型モンスターが出てくることやら」

ショーゴが移動中にぼそっと言うが、他の人も気になっているようだ。

陣形は崩さないが、サイクロプスなどの巨人などやそれともドラゴンかなどの憶測が飛びまわる。

しかし、団長さんが咳払い1つすると途端に皆口を閉ざす。

「うへぇ……銀翼は相変わらずの規律だなぁ……」

「ショーゴがだらしないだけ」

とりあえず事の原因を起こしたショーゴの横っ腹を小突く。

皆レイド戦で緊張したりしているんだから、そういうことは言わないの。

しばらくして1時間半の地点に到着し、各ＰＴ最終的な打ち合わせに入る。

「まぁ何が来るにしても、俺たちは基本的には4人が前衛でレオーネが後衛、クルルも後衛でサポートと回復だ」

「任せて～」

「頑張ります！」

「とりあえずアリスは突っ込むなよ」

「なんで私だけ……」

「ソロプレイが長いからな。そこら辺は他のと歩幅合わせないとヘイト管理がうまくいかなくなる。だからある程度気を遣え」

「そっか、人数多いからヘイト管理とかもあるんだ」

普段は一人で戦っているため忘れがちだが、盾持ちが敵のヘイトを稼いで他の人が攻撃をするのが基本的な流れだ。

「じゃあガウルの役目って大事なんだね」

「今更か……。まぁそうだな」

「私としてはシュウが突っ込むもんだと思ってた」

「そこまで俺突っ込まないよ!?」

いやだって……普段の様子からしたら1番槍――って形で突っ込みそうだし……。

「とまぁ、基本的にはこんな感じだな。あとは各自臨機応変に対応すること」

ショーゴが締めると皆頷いた。

他のＰＴも打ち合わせが終わったのか、再度移動を再開した。

そろそろ予定の2時間地点に到着するため、団長さんが戦闘準備をするように指示をする。

私も脇差を抜きスキルを近接用に入れ替える。

そして私たちの目の前に現れたのは、太さが10m程あり、高さが優に50mはあるのかと思えるほどの巨木のモンスターが口をニタァっと開いて私たちを見下ろす姿だった。

「まさかのトレントかよ……」

誰が呟いたかわからないが、少なくともヒストリアの人が言っていた大型モンスターはこいつのことだろう。

そして団長さんが声を上げる。

「各員！　戦闘開始っ！」

団長さんの声とともに、それぞれのPTが展開を始める。

そしてトレントは、私たちに向けてその太い枝から細い枝を槍のように飛ばしてくる。

それは前衛後衛関係ない無差別攻撃だった。

「レオーネさん！　クルル！」

「大丈夫よ～！　『ファイアーランス！』」

レオーネさんは向かってくる枝の槍を【紅蓮魔法】で撃ち落としていく。

他の後衛も、リンが【嵐魔法】で弾いているのが見えた。

近接もそこら辺は慣れているのか避けているのが見える。もちろん私も避けている。

初撃が無差別とはいえ、特に被害がないように見えた。

なので今度はこちらの番と言わんばかりに皆攻撃に移る。

しかし、トレントは太い枝を盾のように操って近接職は近づけないように、遠距離は射線を塞いで攻撃を防いでいる。

私も攻撃に移ったが、意外に相手の攻撃が激しくてうまく近づけない。

とはいえ、ダメージが入っていないわけではない。

撹乱として動いている御庭番衆がクナイを投げて本体の巨木に当てていたり、枝での防御が間に合わず魔法が直撃しているのもある。

とは言っても、ダメージとしては数ミリゲージが減った程度である。

アルトさんも敵の枝の槍を弾き避けながら近づいてはいるが、やはり太い枝までは切り刻めないためうまく近づけていない。

しかし、まだ戦闘は始まったばかりだ。慌てる必要はない。

とはいえ、盾持ちもゆっくりとトレントに近づけてはいるのだけど、やはり本体の巨木から数mは防御が厚いため近接職はうまく近づけていない。

後衛の魔法職も貫通力の高い魔法を撃ってはいるが、枝を何重にも盾にされてしまうとどうしても威力が落ちてしまう。

このままではまずいと感じたのか、リンが数人の魔法職の人にすれ違い様に声を掛けて構えを取る。

リンの構えている杖から小さい風が竜巻のように回転し始め、その風に雷が帯電し始める。

おそらく闘技イベントで使った複合魔法を使う気だ。

トレントも危険を察したのか、リンへと攻撃を集中しようとするが、それを見て機動型の近接職は本体へと攻撃を行う。

トレントはその攻撃も無視できず、仕方なく枝の槍を飛ばしてリンに攻撃する。

しかし、先程リンが声を掛けた魔法職がその攻撃を防ぎ続ける。

そしてリンの複合魔法が完成し、リンが皆に声を掛ける。

「流れを作るわよ！　【迅雷・嵐複合魔法】『テンペストレールガン！』」

帯電した竜巻状態の弾がトレントへと向かっていく。

トレントは枝を複数束ねて盾にして防ごうとするが、【迅雷魔法】の特性の貫通の効果が強く、完全には防ぎきれなかったようで、本体の巨木に直撃してそのHPゲージを目に見えるほど減らす。

やっぱりあの複合魔法威力高いんだなぁ……。

そしてその怯んだ隙を狙ってアルトさんや私たちはトレントに一気に近づく。

接近した私はさっそく新技を使う。

「『付加――【火魔法】！』」

私が唱えると脇差が火を帯びる。

そしてそのままトレントが体勢を戻すまでに何度か切り刻む。

火の追加効果か、斬った部位に火が少し燃え移る。

体勢を戻したトレントは、慌ててその火を枝で叩いて消火する。

そしてその火に気を取られている内に、逆サイドにいた近接職が更に攻撃を続ける。

これらの攻撃に怒ったのか、トレントは枝を振り回し近くにいる者たちを吹き飛ばす。

ＡＧＩが高い人たちは回避することができたが、盾持ちや運悪く回避できなかった人たちは直撃を食らう。

ヒーラーはダメージを負った人たちを急いで回復させるが、回復させるまでの数秒間どうしても前線が薄くなってしまう。

なので私やアルトさん、そして御庭番衆の人たちは彼らが戻ってくるまでの間囮として動いた。

特に決めていたわけではないが、私とアルトさんは咄嗟に動いていた。

AGIが高めな私たちが1番囮を成功させる確率が高いと思っての行動だ。

御庭番衆の人たちも、私たちが動いているのを見て援護としてクナイを投げ続ける。

やはりトレントも懐に潜られるのが嫌なのか、私たちにより攻撃を集中させてくる。

いくらAGIが高いと言っても、全ての攻撃を避けられるわけがないので、枝の槍などが少し掠ってHPが減ってしまう。

しかし、枝の薙ぎ払いなどはきちんと避ける。

こちらの方がダメージが格段に高いからだ。

私たちが囮をしていると、盾持ちなどが次々と前線に戻ってきた。

そしてトレントの後方へと回った私とアルトさん。

「アリスさんあんまり無茶しないでください」

「アルトさんの方こそ無茶しないでください」

私はさっとレッドポーションを飲んでHPを回復する。

「とはいえ、奇しくも後方に回れたんですから、こちらにも注意を向ければより攻撃しやすくなりますね」

「そうですね。それに火が付いた時焦ってたんで、見た目通り火が弱点ですね」

「あの技かっこよかったので今度教えてください」

「いいですよ。でも今は……」

「『トレント《あれ》をぶった斬る！』」

後方に回った私たちに向けて、トレントが一部の枝でこちらを攻撃する。

しかし、攻撃する枝が減った今、私たちを捕えることができないでいる。

「遅いよっ！　『付加――【火魔法】！』」

私は再度【付加】で脇差に火を帯びさせて本体を切り刻み、アルトさんも同じようにトレントを切り刻む。

そして私たちに意識が向いたため、防御も甘くなってきたのか、魔法職の攻撃が少しずつ通るようになってきた。

とはいえ、私とアルトさんは今援護がない状態だ。

あまり調子に乗っていて直撃を食らったらアウトだ。

その事をアルトさんもわかっているのか、あまり無茶な攻撃はしていないようだ。

私も数回斬ったらすぐその場を移動して、攻撃を受けないようにしている。

そしてもう何度目かわからなくなる程の攻防をし続け、ようやくＨＰゲージが３割を切った。

途中にリンも複合魔法を撃ったりして援護をしてくれている。

そしてエクレールさんも火力の高い技でトレントのＨＰを削っている。

やはり本体に攻撃が通るようになってからはある程度はＨＰが削れている。

しかし、ＨＰゲージが３割を切った途端、トレントが今までとは違う行動を取り始めた。

今まで地面に潜っていた根っこを槍のように飛び出させて攻撃し始めたのだ。

とはいえ、予備動作が無いわけではない。地面から飛び出してくる前に少しその場が揺れているのだ。

なので回避のしようはあるのが救いだ。

これが予備動作が無かったらと思うと、かなり難易度が上がっていただろう。

「ちょっとこれはきつくないですか……？」

「はい。ですが根っこも操る分、枝の操作が甘くなっているようです」

言われてみれば、先程と比べて枝の操作が雑になっているように見える。

「おそらく操るにしても量が限られているんだと思います。そして根っこを増やした分繊細さがなくなっているので、逆に根っこの攻撃さえ避ければいけるはずです」

流石トッププレイヤー。少しの動きで相手の特徴を見極めてる。

こういうのを私も手に入れないといけないいんだよね。頑張ろう。

「ではいきますよ！」

「はいっ！」

私たちは再度トレントに突撃していった。

近づくにつれて根っこの攻撃が増えるが、先読みされていないため今のところ移動先に根っこが来る様子はない。

とはいえ、油断はできない。いつの間にか移動ルートの固定とかをされている可能性もある。

そこは十分注意しないといけない。

私がトレントに接近する頃には、反対側にいる皆も枝の動きが鈍いことに気付いたのか、最初よりもゲージが削れるのが早い。

やっぱり最前線にいる人たちは観察力とか高いんだね。

「やぁぁっ！」

私も負けずに【付加】で火属性にした脇差で斬っては離脱を繰り返す。

そして夕日が沈む頃にようやくトレントのＨＰが尽きようとしていた。

「「やぁぁぁぁ！」」

私とアルトさんが後方で攻撃をしようとした瞬間、トレントのＨＰが尽きて光となって消滅した。

勢いよく突っ込んだ私たちはトレントが消滅したことにより、止めるものがなくなってそのまま地面へとダイブした。

「「あわわっ⁉」」

「いたたっ……」

「アリスさん大丈夫ですか？」

「はっはい……」

私は起き上がってぶつけた鼻を撫でる。

そんな私をアルトさんは心配そうに見つめる。

「アリス～！」

リンの声が聞こえたので、顔を上げて声がする方を見ると、リンが凄い勢いでこちらに走ってくるのが見えた。

そしてそのまま私に向かって飛び込んできた。

「アリス怪我ない～？　大丈夫～？」

「だっ大丈夫だから……落ち着いて……」

「【高速剣】と一緒に2人だけ後方に回るなんて危ないじゃない～！」

「だっだってそのまま戻ってこれなかったし……」

あそこから戻る方が逆に危ないと思ったしなぁ……。

「まぁ結果的にトレントの気を引けたし結果オーライかなって……」

「でも心配だったのよ～？」

「ごっごめんなさい……」

とりあえず心配させてしまったようだからそこは反省しないと……。

その様子を見かねたアルトさんが声を掛ける。

「まぁアリスさんは慎重に戦われていたので大丈夫でしたよ」

「そうは言ってもねぇ～……」

「それより討伐報酬とか届いていると思いますし見ませんか？」

そういえば今回はレイドだからそういう報酬が届くんだっけ？

えーっとINFOっと……。


―INFO―

レイドボス【レイクトレント】を撃破しました。

報酬として『レイクアップルの苗木』が送られました。

「あら、私は枝だったわ～」

「私は葉ですね。何に使うんでしょうか……」

「私は林檎の苗木だったー」

「とりあえず1人1種類って形ね～」

まぁ苗木だから私は育てられるし満足っ！

うへへ～林檎が食べられる～。

その後、このまま王都に向かうのは無理と言うことで、1度ヒストリアに戻る事となった。

街に着いた後は、時間も時間なので大体の人がログアウトしていった。

私はアルトさんにあの技の事を聞かれたので、【付加】スキルということと、フレンド登録だけして今日のところは別れた。

私も眠くなってきたので、今日のところはこの辺にしておく。

それにしても本当に疲れた……。たぶんこのまま爆睡しそう……。

明日の講義ちゃんと出れるかなぁ……？


「ふぁーぁ……」

やはりというか予想通りというか、どうにも眠さという名の気怠さが残っている。

やっぱり普段と違うレイド戦、しかも長時間の戦闘を行ったせいでどうにも精神的に疲弊したようだ。

その影響が今の私の状態だ。

「あらアリサ眠いの～？」

「うんー……ちょっと昨日のレイドの影響がまだ……」

「まぁアリサはあまり長時間の戦闘ってやってなさそうだったものね～」

鈴の言う通りで、私は基本的に【切断】スキルの特性上大抵1撃で倒せてしまうことが多い。

そのため、長時間の戦闘というのには慣れていないのだ。

でも鈴たちもレイド戦なんて初めてだったろうになんで慣れてるんだろ？

「鈴はなんで慣れてるのー……？」

「銀翼はPTに分かれてダンジョンに長時間潜ったりしてるのよ～。だからある程度の長期の戦いっていうのもアリサと比べて慣れてるのよ～」

なるほど。PTの場合だと1人だと気楽に出来る事でも、複数人で行動することによって適度な緊張感を持って行動しないといけなくなる。

それが安全なフィールドではなく、ダンジョンのような危険地帯となれば更に緊張感は必要となる。

それを繰り返すことによって、長時間の戦闘でも気を張り詰めれるようになるってことかな？

「アリサも体験してみる～？　アリサならたぶん大丈夫だと思うわよ～」

「んー……うまく喋れるかわからないからやめとくー……」

「でも体験したくなったら連絡してね～」

「わかったー……」

まぁもう少し人見知りとかが治ったら試してみてもいいかな……？

それと、眠そうな私はともかく、今日も平常運転の正悟はそろそろ名物になるのかな？

なんだかんだ周りの人も見てるし、からかわれないのはカップルっていうふうに思われてるからかな？

まぁ野次を入れられないならそれに越したことはないけどね。

そういえば、私大学に入ってから新しい友達出来てない気が……。

いや、元から友達ほとんどいなかったんだけど……。

講義の２限が急遽休講となってしまい、突然できた空き時間。

早めに食堂に行って席に座って時間を潰しててもいいのだけれども、鈴は先程の１限の講義内容の質問に行き、正悟は涼しいところでお昼寝をしてくるから昼前になったら起こしてくれと言って行ってしまった。

なので今私は１人でポツンと大学のカフェの席で座っている。

ぼーっとしていてもいいのだけれども、どうせやることもないため、ＮＷＯの事でも考えてようと思ってノートを開く。

まぁ考えることとしたら家のローンの計画だ。

月５万、つまり10日で５万稼げばいいのでハードル的には低い。

しかし、仮に５万ずつ払ったとした場合、返済までに40月、つまり４００日必要となってしまう。

いくらなんでも気が長すぎるため、ある程度返済速度を上げたいと私は思っている。

仮に月10万とした場合、およそ20月で２００日で返済が終わる。

しかし、２００日である。ゆうに７ヶ月である。

今が５月だから単純計算で12月だ。

「あぅ……」

お金……一杯稼ぐ方法……探さないとなぁ……。

狩り……は素材が新しいと言っても他の戦闘職の人も出してるだろうし、そんなにポンポン売れないだろう。

イカグモさんの糸……はあまり出しすぎても値崩れしそうだし、そもそもイカグモさんにも悪い……。

【採取】スキルを活用しての【調合】スキル取ってのポーション販売が手っ取り早いのかなぁ……？

でも生産職って最初が大変っていうし、今更薬草と水だけで作るポーションがそんなに大量に売れるかというと……。うーん……。

私は頭を抱える。

「あらぁ、アリサどうしたの～？」

顔を上げると鈴が私を見下ろしていた。

「あっ鈴ぅ～。もう質問は終わったの？」

「えぇ、そこまで難しい内容じゃなかったからすぐ終わったわ～。それで正悟は～？」

「涼しいところで寝てるだってー」

「相変わらずねぇ～。それで、アリサは何に悩んでいたの～？」

「んー……言っていいのか悩むけど……まぁ鈴だから濁して言えばいいかな……？

んーちょっとNWOでお金稼ぎどうしようかなーって思ってて」

「何か欲しい物でもあるの～？」

「ちょっと家買いたいからお金貯めたくて……それでどうしようかって考えてた」

「そうね～……。私たち銀翼は何人かの生産職と繋がっているから、そこに手に入れた素材を売っているわね～」

あーギルドだとそういう捌き方もできるのか。

そういうところって紹介してもらえないかな？

「ねぇ鈴、そういう生産職の人を紹介してもらうってことは可能？」

「んー……正直そういうのはギルドからしたら好ましくないと思うのよ～」

「どういうこと？」

「簡単に言えば、供給が増えちゃうってことで、今までの供給が1に対して取引相手が増えるってことは供給が2になるのよ～。その分買い取り値も下がっちゃう可能性もあるのよ～」

「そっかぁ～……」

ちょっといい方法かなぁと思ったけど、無理というなら諦めよう。

うーん……本当にどうしよう……。

悩む私の姿を見かねた鈴は私に提案をする。

「ねぇアリサ、料理や【調合】スキルを取ってポーションは売らないの～？」

「うーん……」

確かにその方法も考えたが、料理についてはまだ調味料や設備が揃ってないため、ロクな食べ物が作れない。

調合に至っては、上位のレッドポーションは需要がありそうだが、普通のポーションがそこまで売れるのかという心配がある。

更に、最近手に入れた素材を素に何か作製してもいいのだが、それがうまくいくかの保証がない。

これが借金を背負っていない状況ならば試してもいいのだけど、今の現状ではあまりお金を減らしたくないという心情がある。

「まぁ無理に生産職をやる必要もないし、気が向いたらでいいと思うわ～」

「うん……」

やっぱりギルドの依頼を受けてのお金集めが無難なのかな？

とりあえず今売れてそうなレッドポーションの材料が手に入りそうなら、【調合】スキルを取ってみるのも手かな？

でも今更ナンサおばあちゃんに弟子入りするのも気を遣わせそうだなぁ……。

やるならこっそりかな……？

本当にやるなら料理作って売るとかの方がいいんだけどね。

早く調味料揃えたい……。

早いところ畑に手に入れたばかりのレイクアップルの苗木植えて育てようかな？

あれならそのまんまでも売れそうだし、無難に【成長促進】にすれば品質も下がらないと思うしね。

というか私が食べてみたい。

あとはレッドポーションの材料次第で空いてるところに植える感じで増やしてみようかな？

ともかく情報集めしないと……。

私は家に帰ったらさっさと支度してログインすることを決めた。

ログインした私は、まず果実系の苗木の育て方を調べるためにギルドホールへ向かった。

ギルドならばそう言った事に詳しい人を知っているだろうという考えからだ。

また、レッドポーションの作製方法についても調べてみた。

どうやら素材にはコキノ草という赤い草と、カミツレ草という草も必要だそうだ。

コキノ草は赤いという特徴があるが、カミツレ草に関しては草というより花らしく、中心が黄色でその周囲を白い花びらで囲っているそうだ。

生息地域はイジャード周辺で生えており、どちらも成長は早いらしい。

まぁ予想はしていたが、残念ながら作り方までは書いてなかったため、まずはそれらを集めて数を増やそうと思う。

そしてギルドで植え方を知っている人に聞こうとすると、ちょうどそういった農作関係を担当している人がいたので別室で教えてもらった。

どうやら、よく日の当たる場所で深すぎない程度に根を埋めて、支柱を立てて固定してあげればよいとのことだ。

もちろん水をしっかりやるのは当たり前だが。

腐葉土や肥料といったものは必要じゃないのかと思って聞いたところ、あれば越したことはないが、特になくても作物はしっかり育つとのことで、品質に拘りたいということであれば使ったほうがいいとのことだ。

ということで腐葉土と肥料の購入についても勧められた。

どちらも10個分で５００Ｇという……。うーん悩む……。

でも１０００Ｇで品質が良くなるなら買ったほうがいいかと思って今回購入してみた。

そして種を増やせるようならば、次回以降に使用と未使用での違いを見てみるのもいいかもしれない。

用件が終わって帰ろうとすると、今度はギルド長のイーマンさんが現れた。

何かと思っていると、家を持ったことでお手伝いさんが必要ではないかということでのお話だった。

お手伝いさんについては、所持スキルの指定によって雇用の値段が変化するということだ。

確かに、能力が高い人と平均的なステータスの人が雇用金が一緒だとされる側も不満とかあるしね。

とはいえ所持スキルの指定かぁ……。

私としては、畑の管理にある程度の家の管理をしててくればいいから、【栽培】【採取】に後は【水魔法】ってところかな？

でも今のところは雇う余裕はないから、そういうのは後回しにしよう。

とまぁ欲しい情報は手に入れたから、さっさとイジャードに行って集めてこようかな？

ということでポータルでイジャードに飛んだけど、ヒストリアには未だたどり着けないプレイヤーが多いため、周りにかなりのプレイヤーが見える。

そして私がポータルで飛んでくると、何人かのプレイヤーが私の方を見る。

とりあえず見られるのが嫌なので、さっさとその場を移動する。

あんまり目立つのは嫌なので、その内に認識阻害みたいなものがないか探さないとなぁ……。

目的の草を探すために掲示板に記載されていた場所に来たのだけど、うーん……見事にない。

正確にはあるのだけれども、植えられたばかりなのか成長しきっていない赤い草しかなかった。

仕方ないため、更に奥へ行くことにする。

当初の予定ではモンスターが出ないようなところと聞いていたため、特にスキルを戦闘用にしていなかったが、奥に行くとその分モンスターに遭遇する確率が高くなるのでスキルを入れ替える。

幸い遭遇したのがエアストの西の森にいる狼の少し強化版が数匹ぐらいで済んだため、そこまで手間はかからなかった。

しかし、戦闘をしただけあって、それなりの量のコキノ草とカミツレ草を確保する事が出来た。

目的の物は手に入れたのでさっさと帰る！　アディオスっ！

エアストの家に戻ってきた私は、まず今回確保したコキノ草とカミツレ草の半数を【変換】スキルで種に変える。

それとあと一つ注意しないといけない事がある。それは……。

「ネウラ、これから植える植物は食べちゃだめだよ。いいね？」

「ぁぅ――――！」

「レヴィもネウラの事見てあげてね」

「キュゥ！」

そう、これまで毒草や雑草を食べてしまっていたネウラだ。

彼女に掛かれば、私がこれから植える植物などただの餌と化す。

なので食べてはいけない物と先に教えておかなければいけない。

ちなみにネウラの【成長】スキルがＬｖ15になると、少し喋れるようになったのか言葉が増えた。

その調子で言った事もちゃんと理解してくれてることを願うばかりである。

ということでまずは日の良く当たる場所に穴を掘って、その掘った土と腐葉土をよく混ぜる。

そしてレイクアップルの苗木を深くなり過ぎない程度に混ぜ合わせた土で埋める。

埋めた苗木のそばに支柱を土に立てて固定して、最後に肥料を撒いてっと。こんな感じでいいのかな？

水は他のも植えた後にまとめてしちゃおう。

さてと、次はコキノ草とカミツレ草の種を場所を区切って植えるっと。

これについては今までの薬草を植えるみたいな流れで大丈夫だよね？

等間隔に植えてお互いの成長を邪魔しないようにして、あとは水をやればばっと。

こっちについては【成長促進】を使って育ててみよう。

レイクアップルについては少し慎重に育てたいので、今回は【成長促進】を使わないでおく。

さてと、水撒きについてはレヴィにも少し手伝ってもらう。

今後レヴィにもこういうことは手伝ってもらうつもりなので、今のうちに慣れてもらうためである。

ということでさっそく水撒きを行った。

かなり乾いていたのか、私たちが撒いた水は土に良く吸収されていった。

なので地面が湿る程度になるまで少しずつ水を撒く。

しばらく水を撒くと、土が湿っていったので後はログアウト前に少しだけ水撒きをするとしよう。

では次が本命のポーション作りだ。

ということで私は以前から取得可能な【調合】スキルを取得する。

ここで1つ問題がある。

生産系のスキルは作製者にある程度の補正が発生するが、それは上位アイテムでも同じように発生するのかという点だ。

【料理】スキルについては、キャンプで他の人を見たところスキルレベルが低くてもいきなり失敗物になった様子はなかった。

ということは、簡単な下準備程度ならばレベルが低くても影響はないということになる。

だが、今回するのはポーションより上位のレッドポーションの作製だ。

いきなりLv１の私が成功できるものなのだろうか？

試しにやってみるのもいいが、それで失敗して無くなるのも嫌だ。

なのでまずはポーションで試してみる事にする。

ハウスボックスから調合セットを取り出して設置する。

そして桶に【水魔法】で水を溜めていざ作製開始だっ！

まずは以前から手に入れていた薬草を取り出してすり鉢に入れて、ナンサおばあちゃんのアドバイス通りにすり潰す。

これで多少は効果が上がった物が作れるはず。

とは言ったものの、すり潰すのにも少し時間が掛かった。

最初は力がいる物だなと思いながらすり潰していたが、力ということで【ＳＴＲ上昇】を付けると途端にすり潰すのが楽になった。

ということは、力仕事になるような作業の場合はＳＴＲのステータスが必要となってくるということだ。

鍛冶なんかしている人は特に重たい金属を使うため、そういうのにも気を遣ってレベル上げをしているのだろう。

とまぁ、薬草をすり潰し終わったので、今度は水と混ぜていく。

今回作製するのは塗《ぬ》り薬ではなくポーションのため、水は少し多めに入れる。

少ないと固形化してしまい、多すぎると薄くなってしまうため、そこらへんの調整は少し難しかった。

何回かやることによって、ポーションでの水の割合がなんとなくわかった。

なのでノートに書き込みたいところだが、今のところ持ってないためシステムの方のメモ機能の方にメモすることにした。

しかし意外に作製する量が多くなってしまい、空き瓶が足りなくなってしまった。

なので急遽、空き瓶を買いに行くことにした。

とりあえず百個確保した。

でも1つ15Gだったから1500G掛かった……。くそぅ……お金がぁ……。

でもおかげで薬草を使い切る頃には【調合】スキルがLv6となっていた。

しかし、レッドポーションを作る上ではおそらくLv10は必要ではないかと思うので、まだスキルレベルが足りない。

なので薬草を採ってくる必要があるのだが、どうせなら作った分のポーションを売って、その売れた分のお金で空き瓶を買ってから薬草採取に向かった方がいいと考えた。

そして思ったのは、どうやって商売すればよいのだろうかという点だ。

普通にトレードすればいいのだろうか？

それともスキル一覧にあった【取引】スキルが必要なのか。

わからなかったのでリーネさんに連絡してみることにした。

しばらくするとリーネさんから返信が返ってきた。

どうやらお店をやるにあたっての条件として、【取引】スキルがLv10必要とのことだ。

なので、今後お店を開こうと考えている私は【取引】スキルを取って上げたほうがいいらしい。

まぁSPもまだ余裕があるので、さっそく【取引】スキルを取得する。

よし、これで準備はできた。

あとは……ちゃんと売れるかどうかだ……。


大通りに出た私は、周りに露店があるところを探す。

露店が点在しているということは、私の商品も見てもらえると思ったからだ。

そして露店が集まっている場所を見つけ、空いている場所に座る。

さっそく取得したばかりの【取引】スキルを使用する。

すると私の目の前に小さな絨毯が敷かれ、アイテムをセットする画面が現れた。

下調べでポーションの値段は今だと大体50〜80Gとのことだ。

レッドポーションはそこから倍近くとなっており、大体200Gだ。

なので今回私は、効果が通常の30%ではなく35%のポーションを用意したので80Gで売り出すことにする。

ポーションの値段を決め画面にセットすると、絨毯の上にポーションが現れた。

どうやらこれは見本のように見せる意味で使われるそうだ。

さて、お客さんは来るかな？

開始から早30分。

チラチラ見てくれているプレイヤーはいるのだけれども、一向に近づいて見てくれようとしない。

うーん……一体何が悪いのだろうか……？

「なぁ……あれって……」

「【首狩り姫】がなんで露店なんか開いてんだよ……」

「まさか今まで狩った敵対者のアイテムを……」

「でも見た感じポーションに見えるぞ……？」

「もしかしたらポーションで釣って他のを買わせようという商売なんじゃ……」

「いやいやそれはないだろ……」

「よし、じゃあお前買ってこい。俺は保証しないぞ」

「いっ今はポーションいっぱいあるから遠慮しとこうかな……」

なんだかヒソヒソと話し合ってる感じのプレイヤーが何グループかいるなぁ。

どのアイテム買うかの相談かな？

でも、あれだけいるなら1人ぐらい見てほしいなぁ。

私は軽く下を向きため息を吐く。

すると突然私の座っている場所が日陰となった。

「お姉様、何をしているんですか……？」

私が顔を上げると、そこには海花を含めた海花ファンたちの姿があった。

「何って……ポーション販売？」

「……今まで狩ったプレイヤーの戦利品をセット販売するとかじゃないんですか？」

「なんでセット販売しないといけないの……」

海花は私をなんだと思ってるの。

確かにＰＫした時にいくつかアイテムを手に入れたけど、基本素材ばっかりだったし……。

まぁお金は半分貰えたのは嬉しかったけどさ……。

「ちょっとお金稼ごうと思ってポーション作ってみたの。海花買ってよ」

「別に構いませんけど……なんだかんだあたしもそろそろレッドポーションに移行しないといけないんですけど……」

「海花が買ってくれれば資金が出来てレッドポーションも作れるようになる、はず」

「そのはずという言葉が微妙に信用できないのは気のせいでしょうか？」

「気にしない。それで黒花はどう？」

私が黒花の名を呼ぶと、ファンたちの間をすり抜けて黒花が前に出てきた。

「お久しぶりです、アリス様」

「黒花も元気そうだね」

「イエス。マスターに日々可愛がってもらっております」

「へっへぇ……。あっ、そういえば黒花のおかげで新しい技覚えたよ。ありがと」

「黒花がお役に立てたのならば嬉しいです」

うんうん。黒花みたいに海花も素直になってくれればいいのにね。

って、なんか海花が頬を膨らませてる。

どうしたのよ海花。

「お姉様っ！　そのポーション1ついくらですかっ！」

「80Gで在庫が50個かな。一部失敗して効果薄くなっちゃったやつもあるし」

「えっ？　効果が薄く？　どういうことですか？」

あーそっか、海花たちは売られているポーションを買っているだけだからそういう生産事情とか知らないのか。

でも海花のファンたちにも生産職っていなかったっけ？

ポーションは作ってないのかな？

「んまぁ作り方によって効果が上がったり下がったりするってことだよ。海花のファンたちにも生産職いるから知ってると思ったけど？」

「いますけど、効果が薄くなることなんてありましたか？」

海花がファンの中の調合持ちに聞いてみると、薄くなると初心者ポーションになってしまうとのことだ。

ということは、薬草を粉末にしないでそのままやってる感じなのかな？

「んまぁ私がやった方法は教えてもいいんだけど、自分で見つけたほうが楽しいと思うから教えないでおくね」

「そうですね。自分で見つけたほうが達成感がありますしね。ではそのポーション5つください」

「じゃあ４００Gね。今画面出すね」

私は画面を操作してトレード画面を表示させる。

それに私はポーションを５つ入れ、海花が４００Gを入金したのを確認して了承ボタンを押す。

「……あの……お姉様……」

「何？」

「これって本当にポーションですか？」

「そうだけど？」

「じゃあなんで回復量が35％なんですか⁉　買う前によく見てなかったあたしが言うのもなんですけど！」

「だから効果が上がる方法で作ったから？」

何でって言われてもなぁ……多分知ってる人は知ってると思うし……。

そもそも他のポーション屋でも効果が上がってるのは見てると思う……ってそうか、ある程度の上位勢にはリピータとかいるから売り切れることがあるんだろう。

だから今まで海花たちはそういうポーションを手に入れてなかったんだろう。

「海花様、35％だとしたら少なくとも当分使えますよ。派生スキルによって効果が下がるのが最低5％の最高10％で、下がったとしても25％は回復するということです。それに派生制限を超えたのが1つ程度ならば実質30％です」

いやセルトさん。あなた第1陣でしょ。絶対知ってたでしょ。

てかまさか海花たちに合わせるためにある程度の情報を出してないとか……。

でも海花の事だから、下手に情報出されても困るとかそういうのを考えてあえてな気もあるし……。

んまぁ売れるなら何でもいいや……。

その後、海花が更に追加で20個購入した。

ごめんよ、海花のファンの生産者。

君が作れば実質タダなのに……。

でもそういう作り方があるっていう授業料っていうことで今回は許して。

海花たちが去った後、安全だと判断されたのか何人かのプレイヤーが購入しに来てくれた。

どうせなら来てくれたプレイヤー全員に購入してほしかったので、人数分で割った個数を購入最大値とした。

すると全員その最大値まで購入してくれた。

おかげでポーションは全部売れたので、４０００Gが手に入った。

これで追加の空き瓶を買いに行けるっ！

それで空き瓶を買った後は時間まで薬草採取かな？

時間的に結構急がないとこっちでも暗くなっちゃうし、現実でも12時になっちゃう。

急いで薬草採取をしたけど、ただ移動するだけと探しながらでは違うため、どうしても時間が掛かってしまった。

なんとか日が暮れる前に結構な量の薬草は確保したけど、種を植える余裕がなかったため街に戻る前に適当に植えているのだ。

家に戻れたのはもうGT22：00を回っていた。となると、実質動けるのはあと2時間未満というところだ。

なのでさっさとやってしまおう。

【調合】スキルも上がっているためか、最初にやり始めた時よりは手際が良くなっている感じがする。

おかげで一つ辺り1~2分程度で作れるようになった。

まぁポーションの場合は、すり潰して水と混ぜるだけだからそこまで手間が必要ないからなんだけどね。

とはいえ、まだLv10には届いていないので時間一杯頑張って作ってみる。

レッドポーションを作る為に空き瓶200個買ってきてよかった……。

時間一杯までと言いつつ、夕方採ってきた薬草を全部使ってしまった……。

いやまぁ、おかげでLv10になったからたぶんレッドポーションを作れると思うんだけど、如何せん一気に100個は作りすぎた感がある……。

明日も……売れるかなぁ……。

ログアウトをしようと思って画面を見ると、1件のメッセージが届いていた。

誰からかなと思って見てみるとルカからだった。

どうやら私がポーションを販売しているのを知って連絡をしてきたようだ。

内容としては、空き瓶を納品してあげようかという話だった。

私としては嬉しいのでお願いの返信しようと画面をスクロールすると、下の方にPSと書かれた文があった。

えーっと……今、あなたの家の前にいるの……って嘘でしょ⁉

私は家のドアを開ける。

しかしドアの前には誰もいない。

なんだ冗談かと思ってドアを閉めようと少し横を向くと、小さく体育座りをしている女の子がいた。

「……ルカ、どこでこの場所知ったの……？」

「この前、アリスがこの辺りにいたの見た」

「ちなみにいつからここに……？」

「アリスが作業に入る少しあとぐらい」

「別にノックしてたら入れてあげたよ……？」

「邪魔かと思った」

とりあえずルカを家の中に入れてあげる。

ルカは変なところ気を遣うんだから……。

「それで本題。空き瓶、いる？」

「うん……今も作ってるから欲しいけど……」

「じゃあ、空き瓶百……２００個につきレッドポーション10個を報酬」

「別に私は百でも全然いいけど……」

「レッドポーション、大体２００G。空き瓶１つ15Gだけど、自作すればもっと安く作れる。大体10Gもあれば元を取れる。値段としては一緒」

「んー……ルカがそれでいいなら私はそれでいいけど……本当にいいの？」

「だいじょぶ。……それにポイント稼ぐチャンス……」

「えっ？　なんか言った？」

「何も言ってない。空き瓶足りなくなったら連絡して。そしたら作った分渡す」

「うん……でもルカ無理しないでね？」

「ありがと。頑張る」

いや……無理しないでって言って、それが何で頑張るになったのかがわからないんだけど……。

でもルカならちゃんと言えば無理はしないだろうし、ここはルカが自制してくれることを信じるしかないかな？

とりあえずこれで空き瓶の問題はかなり解決されたと思う。

それにレッドポーションならある程度売れそうだし、余裕があればデバフ系の薬も作れるかも。

そうすれば多少はお金稼ぐのも早くなるかもしれない。

私も頑張らなくちゃ。

っと、もう12時になっちゃう。

ルカも一緒にベッドで寝るか聞いたけど、ルカはイジャードに行ってから落ちるということでこのままお休みということで別れた。

さてと、寝る前に畑に軽くお水をやって、明日大学に行く前にも畑に少し多めに水をやれば帰ってくるまでは大丈夫……と信じたい……。

やっぱり平日の管理についてはお手伝いさんを雇ったほうがいいんだよねぇ……。

でもお金が……うーん……。

どうするべきか……。

帰宅した私は夜ご飯前に水をやるためにログインする。

土の具合を見たところ、どうやら1日ぐらいならばなんとか大丈夫そうだ。

なので水をやった後ログアウトして夜ご飯やお風呂などに入っておく。

今日中にレッドポーション作れるといいなぁ……。

再度ログインした私は、ペットの2人を召喚する。

レヴィはいつも通りだけど、ネウラが少しずつ喋れるようになってきているから早く話してみたいな。

さてと、ではやりますか。

ではまず集めたコキノ草とカミツレ草を机の上に出す。

とりあえずポーションと同じようにまずはコキノ草をすり潰すとしよう。

すり潰す時間としては薬草よりは掛かるけど、精々1、2分長く掛かる程度でそこまでの変化はない。

問題はこの後だ。

今までならすり潰した粉末を水に溶かせばよかった。

しかし、今度は素材を2つ使っての作製だ。

今まで1つの素材でできる事で試せばよかったが、それが2つになれば組み合わせは単純に数倍に跳ね上がる。

とはいえ、そこまで試す選択肢は多くないだろうからいいんだけど、これが配合率の問題となったらもうお手上げだ。

配合率の誤差が1%間隔なのか、0・1%間隔なのかという領域までいったら、にわか生産者の私では手も足も出なくなるためだ。

そんなことにならないことを祈ろう……。

なので先程すり潰した粉末を別のところへ移し、カミツレ草をすり潰す。

こちらの方が柔らかいためかすり潰しやすかった。

それでこのすり潰したのを合わせて水に溶かす。

水の割合はポーションで1番よかった割合にした。

混ぜていると一瞬光るが、色々な色が混ざった色をしたどろっとした物が出来た。

失敗したゴミ【消耗品】
作製に失敗した物。何の役にも立たない。

私はそっとそのアイテムを破棄してなかったことにした。

少なくとも、効果が薄いとかにならなかったことから、これではダメだということはわかった。

しかし、コキノ草には試し方を変えるような部分が根っこか葉のどっちかということなので、色々試す先があるカミツレ草で試してみることにする。

今度は全体ではなく、花となっている上部分だけを残してすり潰してみる。

コキノ草については先程と同様に全体をすり潰している。

そしてすり潰した物を水の割合は一緒のままで、それぞれ混ぜ合わせてみた。

しかし、今回も失敗したゴミが作製されてしまったため、根っこは関係ないものと判断する。

となると、カミツレ草の白い花びらか中心の黄色のどちらかが必要な成分と考える。

なので次に中心の黄色だけを残してすり潰してみる。

うん、真っ赤なコキノ草の粉末と、黄色だけが残ったカミツレ草の粉末を同時に見ると目がちょっと痛くなる。明るい意味で。

とまぁそういうギャグは置いといて、同じように混ぜ合わせてみる。

しかし今度も失敗だった。

となると、残されているのは白い花びらのみだ。

これでうまくいかなかったらどうしよう……。

慎重に白い花びらだけを取りすり潰していく。

それを再度コキノ草の粉末と混ぜ合わせる。

レッドポーション【消耗品】
回復量：28％

おー！　できたー！

でもなんか回復量が低い……。

ということはおそらくどれかの量が足りなかったのかな？　もしくは水が多すぎた？

コキノ草かカミツレ草の量となると更に使わないといけなくなるので、まずは調整しやすい水の割合から変えていく。

ということで、まずは先程の量から少し減らしてみる。すると……。

レッドポーション【消耗品】
回復量：29％

回復量が上がったということは、水の量が多かったということだ。

そういえばレッドポーション飲んだ時って普通のポーションより苦かった気がする……。

ってことは、水が少ない分苦味とかを薄くできてないってことだよね？

どうにか美味しい味にしてみたい……。

まぁ今回は作製がメインだからそのまま作るとしよう。

それから水の割合を調整しつつ作った結果がこうなった。

レッドポーション【消耗品】
回復量：37％

普通のレッドポーションより少し回復量も上がってるし、これなら売れると思う。

ということでルカに連絡っと。

しばらくするとルカが家に来た。

てかメッセージ送って10分位で到着って……もしかして待機してたの……？

「来たよ」

「うっうん……早かったね……」

「それで、空き瓶足りないの？」

「えっと……一応レッドポーションできたから報告しようかなーって……」

「さすが私のアリス。仕事が早い」

「えっ？　私の？」

「気にしないで」

「うっうん……」

なんだろう……最近ルカだけじゃなくて海花やリンもおかしいような……。

気のせい……だよね……？

効果が低いのも合わせて作製できたのは46個。

この内ルカに渡すのが10個なので、販売できるのは36個となる。

んーでもこれじゃあ全然足りないから、もっと多く数を集めないといけないかなぁ。

けど畑の様子から、明日には植えていたコキノ草とカミツレ草が収穫できそうだから倍には増やせるかな。

でもそうすると明日が暇になっちゃうから、また遠出して集めてこないとダメかな。

「ルカ、空き瓶って今どれぐらい作ってる？」

「今大体５００個超えたところ」

んっ？　聞き間違いかな？　50個の間違いだよね？

「ごめんルカ、聞き間違えたかもしれないからもう1回言って？」

「大体500個作った」

「……ねぇルカ、まだ1日……というか1日も経ってないんだよ……？　なんでもうそんな量いってるの⁉」

「本気出した」

本気出せば1日500個作れるってどういうこと……。

たぶん何かのスキルを併用して作ったんだよね……？

「これが愛の力」

なんかルカがボソッと言ったけど聞き取れなかった。

とりあえずこれ以上ルカを酷使するわけにはいかない。一旦止めてもらおう。

「ルカ、今のところ500個あれば十分だから……一旦止めて大丈夫だよ……？」

何故止めたらそんな寂しそうな表情するの……。

ともかく説得しないと。

「ルカもやりたいことあるでしょ？　私に構ってばっかりだと好きな事できないから、ね？」

「……わかった……」

不服そうだけど、一応納得してくれたようだ。

それにしても何がルカをそこまで掻き立てるのだろうか……。

話し合いの後、ルカに約束分のレッドポーション10個を渡す。

残りはまた新しくできてから渡すということで、空き瓶を200個だけ貰った。

でもよく考えたらレッドポーションだけで借金返済するには1万個作らないといけないんだよね……？

現在プレイヤーが約2万人、そこからPKがおそらく0・5割はいるだろうからおよそ1万9000人。

それで、その内の約3割近くが生産職としたら……大体1万3000人っと。

んー……たぶん売り切れはするだろうけど、用意するのが大変そうだ……。

【急激成長】を使ったとしても、品質が悪くなればその分効果も低くなっちゃうから、精々【成長促進】なんだよね。

まぁ使うなら品質がいい方がいいから、ここは今後も【成長促進】の方にしようかな。

後は時間が余るようならイカグモさんから糸貰ってリーネさんに売りさばく、ってところかな？

でもせっかく生産するならやっぱり料理……売ってみたいなぁ……。

はーやくリーンゴそーだてー。

コキノ草とカミツレ草を収穫していて1つ思った。

【成長促進】と【急激成長】では成長させきった後で品質が変わる。

では、種での変化はあるのだろうか。

収穫時に種が1つ手に入るが、もし種まで品質が低くなっているならば【急激成長】で繰り返して育てた場合、かなり性能が低い薬草になってしまうのではないかと思う。

以前ギルドの依頼で薬草を【急激成長】で一気に増やしていたが、もしその通りだったのならば最後の方に作った薬草は使えない物になっていたのではないかと考える。

しかし、そういった苦情は街で聞かなかった。

ということは、成長しきった物には影響があるが、種までには影響がないのではないか。

なので実験として、新しく手に入れた種を使って【急激成長】で育てたコキノ草とカミツレ草の種を離れた場所に植え、【成長促進】を掛ける。

これで同じ時に収穫できるようになるはずだ。

一応【急激成長】で育てたのを使ってレッドポーションを作ってみたが、やはり効果は低くなっていた。

しかし、これで種に変化がないことがわかれば一気に種を増やすことができる。

種に品質低下がないことがわかれば、他の作物も一気に増やすことが出来るため、これは調べておかなければならない事だ。

こうなると早く成長してほしいという気持ちがフツフツと湧いてくる。

これがうまくいけば半分を収穫して利用し、半分を【変換】スキルで種にしてしまえば、次の収穫には１・５倍の量が収穫できることになる。

50が75に、１００が１５０にと、どんどん増やすことができれば、今でこそ走り回って収穫している生産者たちがどれだけ助かるだろうか。

現状、畑をレンタルして栽培している人が大多数だろう。

彼らも生産量を増やしたいに決まっている。

生産職をしていてわかったが、武器や防具と違って消耗品は値が低めだ。

なのでどうしても数を多くして売る必要が出てくる。

物によっては武器防具と値段が変わらない物もあると思うが、今はそこは置いておこう。

まぁ何を言いたいかと言えば、今まで生産職のみなさん舐めててすいませんでした。

以前銭湯で生産職しっかりポーションを作れという話を聞いたけど、自分で作ってみてわかる。

そんなポンポン作れないって。

少なくとも一つ薬草すり潰すのに1、2分。

そこから水と混ぜて更に1、2分。

1つ作るのに早くて2分、掛かって4分だけど、1時間で15から30ぐらいしか作れないことになる。

まぁ何か簡略化みたいなスキルがあればもっと作れると思うけど、そういうのがない人に無茶言っちゃだめだよね。

そんな物をじっくり時間掛けて性能上げても、少ししか値段変わらないんじゃ皆簡略化できる作り方するよね……。

今更ながら、性能がいいポーションとかがあまり出回っていない理由がわかった気がする。

すり潰すの減らすだけで倍作れるようになるからねぇ……。

でも私はそういうのは妥協しちゃいけないと思う。

リピーターが増えれば、その分お店をちゃんと開いた時にお客さんの数も増えるはずだからだ。

とはいえ、数が増えるとなると畑の管理も大変になってくる。

これは本格的にお手伝いさんを雇わないといけないかもしれない……。

掲示板にそこらへんの情報載ってないかなぁ……？

私は情報を集めるために掲示板のタイトルで良さそうなのを見繕う。

するとＩつ気になるタイトルのスレがあった。

「奴隷雇用？」

奴隷ってあのマンガとかによくあるやつかな……？

ちょっと気が乗らないけど気になってしまったからには見てみよう……。

最初の方は奴隷雇用出来るぜヒャッハーみたいなコメントが多かったけど、下に下がっていくにつれてそのシステムの事が書かれていた。

どうやら奴隷と言っても、出稼ぎみたいなスタイルで、貧困などで村から出て働かなければならないような人たちのためのシステムのようだ。

なので自分の欲望を満たすようなことや暴行等は契約上できないようになっているそうだ。

まぁ奴隷って聞くと18禁のようなことを想像するような人もいるだろうけど、よく考えたらこのゲーム中学生ぐらいからプレイできるんだから、そういうのはない……よね……？

噂ではどこかの街に色町があるとか聞いたけど、とりあえずショーゴには見つけても行かないように念を押しておかないと。

とまぁ、雇用するにも色々条件があって、普通のお手伝いさんに比べて雇用額が少ないのがメリットらしい。

とはいえ、お手伝いさんをする人たちは能力的にも高いため、そのせいで雇用額も高くなっているようだ。

それに比べて奴隷……っていう言い方は嫌だから出稼ぎさんたちにしよう。

出稼ぎさんたちは事情があってそういうのになっているため、能力的にはバラバラだ。

そのため雇用額も異なってくるが、やはり能力が高い人たちはその分高くなるそうだ。

では能力が低い人たちは雇われないかと思うが、そういうのをなるべく無くすためにスキルを取得できるように教育しているようだ。

出稼ぎさんたちもスキルがあればその分で雇用額も多くなり、実家への仕送りも多くなるためwin-winの関係なんだろう。

てかこのゲーム、本当に色々考えられすぎてて怖いんだけど。

でもこの雇用システムって結構いいかもしれない。

それで肝心の場所はどうやら王都にあるらしい。

それと雇用額についても情報があった。

やはりスキルの数や能力によって変化はあるものの、大体5万前後の契約金に月の雇用額が2万弱で済むらしい。

参考までにお手伝いさんの場合は、契約金がない代わりに月の雇用額が10万以上ということだ。

まぁ高い分仕事はきちんとしてくれるので、どちらにするかはプレイヤーの自由ということだ。

私としてはどちらでもいいのだけれども、実際に見ない事にはわからないため近いうちに王都を目指す必要が出来た。

まぁここまで書いてあるってことは酷い待遇は受けてない……よね……？

あまりに酷い光景だったら、頭にきて管理してる人の顔にグーパンしそうだ……。

でもスレを見る限り悪い印象は書かれてないからその点は大丈夫そうだね。

まぁどちらにしても、雇うなら素直な人にしないと。
あとレヴィやネウラを怖がらない人で。
そういえばリーネさんやウォルターさんはそういうのはどうするんだろ？
今度会ったら聞いてみようかな。

［激熱］古都――王都間定期レイドｐａｒｔ１［レイド戦］

１：名無しプレイヤー
古都――王都間で定期的レイドが発生するのでそのためのスレ
期間は３ヶ月毎
出てくる敵はランダム

２：名無しプレイヤー
＞＞１乙

３：名無しプレイヤー
＞＞１おつ

４：名無しプレイヤー
今回は銀翼たち一部の古都到達組か
羨ましいんご

５：名無しプレイヤー
＞＞４緊急性とのことだから我慢しろって

6：名無しプレイヤー
でも定期的にレイド戦が出来るのはうれしいんご
集団戦の経験なんてそうそうできないし
7：名無しプレイヤー
何が出てくるのかによって絶望的な状況になるかもしれんがな
8：名無しプレイヤー
物理無効型とか魔法無効型とかだとめんどくさいな
9：名無しプレイヤー
>>8いやいや、こんなところでそんなの出てくるわけないやろー（フラグ）
10：名無しプレイヤー
>>9いつから運営が信用できると錯覚していた？
11：名無しプレイヤー
>>10なん……だと……!?
12：名無しプレイヤー
謀ったな>>10！
13：名無しプレイヤー
ノリがいい所悪いが話戻すぞ
14：名無しプレイヤー
うっす

15：名無しプレイヤー
とりあえずここの利用についてはメンバー募集とか情報についてって感じでいいかね？
16：名無しプレイヤー
＞＞15異議なし
17：名無しプレイヤー
＞＞15了解っす
18：名無しプレイヤー
それで今回のここのメンツで参加するのおらんの？
19：名無しプレイヤー
古都までは行けたんだけど予定が合わなくて……
20：名無しプレイヤー
とりあえず参加はしないが遠く見れるスキル持ってるから観戦するわ
21：名無しプレイヤー
＞＞20スキルで見えてるのって録画できるん？
22：名無しプレイヤー
システムで録画できるのは知ってるが
＞＞21試してみる　無理そうなら実況だけするわ
23：名無しプレイヤー
実況より状況説明でいいわw絶対こんがらがるww

24：名無しプレイヤー
とてもすごかったです（小並感）
25：名無しプレイヤー
＞＞24おう読書感想文書いてな

～～～～

58：名無しプレイヤー
観戦してる者だが、やっぱ二つ名勢や有名勢はすげえな
【暴風】なんか闘技イベントで見せた複合魔法でレイドボス怯ませたぞ
59：名無しプレイヤー
やっぱあれ威力高いんだな　それを耐えてた【首狩り姫】もすげえが
60：名無しプレイヤー
あの頃はまだスキルが育ってなかったのもあるからそういうのがあるんじゃね？
61：名無しプレイヤー
あと土壁作ってたし
あとは前衛陣の盾持ちや近接職はよく避けながら攻撃できるなと感心するわ
62：名無しプレイヤー
結構レイドボスの攻撃範囲広いっぽいな

トレントだっけか　あれ捕まると嬲り殺しにされるからなぁ……
63：名無しプレイヤー
いまんところの脱落は？
64：名無しプレイヤー
見た感じ見えない
って、ふぁっ!?
65：名無しプレイヤー
＞＞64どうした
66：名無しプレイヤー
被ってて誰が使ってるかわからねぇが、いきなり刀剣系の武器が燃えだした
67：名無しプレイヤー
＞＞66属性武器ってことかな？　誰か完成させたのか
68：名無しプレイヤー
それだったら最初から燃えたりしてるだろ　突然燃え出したのか？
69：名無しプレイヤー
＞＞68そうそう
70：名無しプレイヤー
なんかの新しいスキルかねぇ？
71：名無しプレイヤー

やっぱりそういうのは自分で探さないとだめなんかね
72：名無しプレイヤー
ってやべえ　盾持ちと前衛の一部が吹っ飛ばされた
でもあれは……【高速剣】と【首狩り姫】か　あと御庭番衆が気を引くために動いてるな
73：名無しプレイヤー
いくらやべえと思ってもレイドボスに囮行為は結構危険だしやりたくねえなぁ……
74：名無しプレイヤー
見た感じ合わせたとかじゃなくて、２人が同時に動いたのを見て御庭番衆も動いた感じだな
75：名無しプレイヤー
まぁ２人ともＡＧＩ型っぽいし、自分が動いたほうが確実って思ったんかね？
76：名無しプレイヤー
咄嗟にそういう判断できるのって結構凄いと思うけどな
って２人がレイドボスの後方に移動したな
つかこれじゃあ回復届かん気がするぞ？　つか見えねえ
77：名無しプレイヤー
まぁあの２人なら大丈夫だろ（適当）
78：名無しプレイヤー
【高速剣】はともかく【首狩り姫】が危険そうだな
ちょっと古都のポータルで慰める支度しておく

79：名無しプレイヤー
＞＞78機嫌悪かったら首切られるから覚悟していけよ

～～～～

106：名無しプレイヤー
おっHP減ったからか根っこが攻撃に出たな

107：名無しプレイヤー
やっぱレイドボスだからそういうのあるんだな

108：名無しプレイヤー
トレントの枝攻撃に加えて地面からとか勘弁してください

109：名無しプレイヤー
でも見てるとAGI高い組は逆に動きやすそうだぞ
盾組は逆に動きにくそうだが

110：名無しプレイヤー
なんでだ？

111：名無しプレイヤー
細かくはわからんがなんか枝の動きが鈍ってるように見える

112：名無しプレイヤー

根っこも使ってるから枝に意識が届かないんだろ（適当）

１１３：名無しプレイヤー

＞＞１１２もしそうだったら今後のモンスターにも有効かもしれないな　手や足が増えたらその分動きが悪くなるとか

１１４：名無しプレイヤー

まぁいきなり許容数しか動かせないのを無理矢理動かしてるようなもんなのかね

１１５：名無しプレイヤー

あーレイド戦楽しそうなんじゃぁ……

１１６：名無しプレイヤー

３ヶ月後だから……１ヶ月後に参加しろって

１１７：名無しプレイヤー

それより観察お兄さんそろそろ眠くなってきました

１１８：名無しプレイヤー

関係ない　報告しろ

１１９：名無しプレイヤー

＞＞１１８が鬼で草

～～～～

153：名無しプレイヤー
やっと終わったんご……さっさと古都に戻って寝るんご……
154：名無しプレイヤー
＞＞153観察&報告おつ
155：名無しプレイヤー
今終わりか　結構掛かったな
156：名無しプレイヤー
さすがレイド戦やな
157：名無しプレイヤー
これ普通に土日に開催したほうがいいな　ボスによってはもっと時間かかるぞ
158：名無しプレイヤー
まぁやるとしたらそうだな　勝手に開催するのも良さそうだがな……
159：名無しプレイヤー
そこは早い者勝ちになっちゃうのは仕方ないけどな
でもそんな簡単に倒せるなら苦労しないと思います（きっぱり）
160：名無しプレイヤー
トップメンツ集まってこの時間だからな　これが一般のメンツと考えたら……（白目）
161：名無しプレイヤー
その頃にはスキル育ってるし……（震え声）

162：名無しプレイヤー
まぁあとは討伐組に戦果を聞くだけやな
163：名無しプレイヤー
さぁ洗いざらい吐いてもらうのだー！
164：名無しプレイヤー
何が貰えたんかなぁ（ワクワク）

あれから私は、そのまま成長させて作った種と【急激成長】スキルを使って一気に成長させた種の比較を行っていた。

結果としては、【急激成長】スキルで一気に成長させたとしても種にまでは影響は出ていないようだ。

しかし、あくまで影響がなかったのは回復量だけで、実は遺伝子とかそういう細かい部分に影響があるとかだともうお手上げだ。

なので、一応念のために【急激成長】スキルで成長させて種にするのは1回だけに制限しておこう。

少なくとも効果が下がらなかったため、種が増えるまではその手順で増やすことにしよう。

とまぁ、レッドポーションの材料についてはこれでなんとかなりそうとして、あとは何でお金を稼ぐかだよね。

空いてる時間とか使ってギルドで依頼を受けた結果、なんとか1Mは貯まった。

でも、あと半分の1Mをどうするかが問題だ。

人がコツコツ貯めてやっと1Mなんだよ？

レッドポーション５０００個作らないといけない金額なんだよね……。

１つ作るのに大体３分として、１時間で20個。

つまり単純計算２５０時間で10日間ちょい掛かる計算だね。

うん、発狂する。絶対叫びそう。

リーネさんたち生産者が【集中】スキルを取った意味がやっとわかった気がする。

５０００個は作らないにしても……まぁ……半分は作ることには……なるよねぇ……？

これは本格的に【集中】スキルも取る方向で考えないと……。

一応注意点をリーネさんに聞いたほうがいいかな……？

今お店にいるかな？

「失礼しまーす。リーネさん、いますかー？」

私はお店に入り声を掛ける。

「アリスちゃんいいタイミングにゃ」

私が声を掛けるとリーネさんが奥の作業部屋から出てきた。

ん？　いいタイミング？

「何がいいタイミングなんですか？」

「以前話してた水中で泳げる服のことは覚えてるかにゃ？」

「はい……。まぁ素材持ってくるのは私ですし……」

なんか嫌な予感がする……。

「普通の服は作ったんだけど、お客さんの１人が水着がいいっていうことで試作で作ってみたのにゃ」

「はっはぁ……」

「それでそのモデルとしてアリスちゃんにお願いしようかにゃと」

「今お忙しそうなので失礼しました！」

「待ってにゃぁぁぁ！　モデル料払うから1枚だけお願いなのにゃぁぁぁ！」

いや、そんな写真撮った事知られたらまた怒られると思うんだけど……。

「もちろんその写真はこの店に来てもらって見せるだけで、そのあと消すから……お願い……出来にゃいかな……？」

てかリーネさんが着ればいいんじゃ……？

「その……何と言うか……その水着の依頼者の胸が大体アリスちゃんと一緒ぐらいで……その……私……ぺったんこだから……」

「……なんかすいませんでした……」

なんでサイズ知っているのって思ったけど、よく考えたらリーネさんが服作ってくれたんだから採寸してくれたんだった……。

問題は水着の種類だ……。

その依頼者が血迷った物を指定してなければいいけど……。

もし血迷った水着だったら悪いけど断ろう。そんなの着たくない。

「えーっと……それで……これなのにゃ……」

リーネさんがアイテムボックスからその水着を実体化させる。

「まっまぁそれぐらいなら……」

リーネさんが出したのは、私が作ってもらったようなシャツのようなものではなく、白が基本で黒の花柄模様のタンクトップビキニ、通称タンキニと呼ばれるものだ。

私は大体海とかプールに行くときは、露出が少ないビキニにラッシュガードを上に着て泳いだりしている。

タンキニは露出が少ないので、まぁ良しとしよう。

「とりあえず顔は撮らないでくださいね……」

「私も命は惜しいにゃ……」

まぁわかってるならいいでしょう。

モデル料……いくら貰えるかな……？

「アリスちゃんありがとにゃ。それでモデル料にゃんだけど、5万でいいかにゃ？」

「そんなにいいんですか？」

「アリスちゃんをこっそり撮影したと知られた方が怖いからにゃ……こんぐらい出すにゃ……」

撮影が終わった私は、さっさと水着を脱いでいつもの着物に着替える。

そしてその水着をリーネさんに返し、モデル料の話に移った。

私としては1万いけばいいと思ってたんだけど、今はお金が欲しい状況……ここはありがたく頂くとしよう。

でも写真1枚5万か……。

「20枚撮らせたら1M……」

「何か言ったかにゃ？」

「はっ！　いっいえっ！　何でもありません！」

「にゃ？　そういえばアリスちゃんは何でお店に来たのにゃ？」

危ない危ない……お金に目が眩んで越えてはいけない一線を越えそうになった……。

いくらお金が欲しいと言っても捨てちゃいけない領域はあるからね。

うん、気を付けよう。

って、本題を忘れていた。

「えーっと……リーネさん、【集中】スキルについてちょっと聞きたいことがあって来たんですけど、少し教えてもらえませんか？」

「【集中】スキルについてかにゃ？　以前説明した気がするけど何かあったかにゃ？」

「以前聞いた時はＤＥＸが上がる代わりにテンションが上がって、キーワードを言わないと止まらないっていうんですけど、他に注意点ってあるかを聞きたいんです」

「注意点……注意点……」

リーネさんは他に何かあったかなーっといった形で考え込む。

そして思いついたのか思い出したのかはわからないが、何かに気付いたようだ。

「アリスちゃんは私たちと違って戦闘をするにゃ」

「そうですね」

「あくまで私たちは生産職で対象は物にゃ。でも、戦闘で【集中】スキルを使ったという報告は聞いたことはないにゃ」

「つまりどういうことです？」

「戦闘で【集中】スキルを使った場合、気持ちが高ぶりやすいという戦闘の影響が出やすいかもしれないのにゃ」

確かに戦っていると興奮したりとかそういった感じになるね。

ということは、戦闘では短時間で止めないと暴走しちゃうってことかな？

それは注意しないとなぁ……。

でもDEX上がる分【切断】スキルにも影響でるし、ある程度は慣れるようにした方がいいのかな？

「まぁ注意点としてはそこらへんかにゃ。万が一止まりそうににゃかったらペットに止めてもらうように指示するのもいいかもしれないにゃ」

ネウラはともかくレヴィなら大きくなって止められそうだし、レヴィにお願いしとこうかな？

家に戻った私は、レヴィを出して戦闘時に【集中】スキルを使って暴走しそうになったら止めてもらうようにお願いをする。

レヴィは困ったような顔をするが、一応了承してくれた。

レヴィとしては暴走しないようにしてくれといった感じだが。

ネウラが成長すればきっと【植物魔法】で動きを止めてくれると思うんだけどね。

まぁまだダメだよね……？

とりあえず止められる環境になるまでは、外で【集中】スキルを使うのはやめておこう。

あとは臨時収入入ったことだし、明日は土曜日だし王都に向かってみようかな。

王都のポータル登録も済ましておきたいというのもあるが、正直なところ奴隷雇用が気になっているのもある。

掲示板では情報が出ていたが、実際に見てみないとわからないことはたくさんある。

百聞は一見にしかずっていうことだね。

それに私としては一つ試してみたいことがあるのだ。

まぁそれも、雇用奴隷を雇わないといけないんだけどね。

でも雇用奴隷とかお手伝いさんを雇う場合って、きっと寝床とか食事を用意しないといけないんだよね?

そこも含めて聞いておきたいところだ。


土曜日の朝、さっそくログインした私はヒストリアへと飛んだ。

どうやら私と同じように休みの内に王都へ向かおうと考えているのか、馬車を用意している人が多く見えた。

「ふふっ……ようやく古都に到着したわ。次は王都ね……どんなモンスターが私を痛めつけてくれるのかしら……ふふふっ……」

なんか聞こえたけど、きっとあれは危ない人だ。関わらないでおこう……。

とはいえ、まだGTでは深夜なので門は閉まったままだ。

私も少し用意してくれればよかったかな?

というかここでレッドポーション売ればいいんじゃ?

善は急げということで、私は1回家に戻ってレッドポーションを持ってくる。

そして人が集まっている場所の近くで露店を開いて販売を開始する。

思った通りレッドポーションを求めるお客さんが何人も来た。

とはいえ、来てくれた人に行き渡るようにしたいので人数分には割るけどね。

「あらアリス～」

レッドポーションを売りさばいていると、リンが近づいて来た。

どうやらリンも王都へ向かうようだ。

「リンは馬車で行くのー？」

「まぁ仕事っていう人もいるし、そういう人のためにっていうのがあるけどね～」

仕事ある人も大変だなぁ。

と言っても、私もその内働くんだけどね。

「アリスはどう向かうつもりだったの～？」

「そのまま走って行こうかなーって」

「急いでないなら一緒に来る～？」

「いいの？」

「別に1人増えるぐらいいいと思うわよ～」

んー……迷惑じゃないなら一緒に行かせてもらおうかな……？

ちょうどレッドポーションも売り終わったことだし、銀翼が集まってるところに向かおうかな。

銀翼が集まっているところには馬車が何台もあり、既に何人かが荷台のところに乗っていた。

「リン、どこに行って……というのは彼女を見ればわかることだったな」

「えっと、おはようございます」

「アリスを同行させたいんですけどいいですか～？」

「特に同行者の制限はしていないから大丈夫だ」

ふぅ、団長さんも許可してくれたし大丈夫そうだ。

って、あの後ろ姿は……。

「アルトさん？」

「アリスさん！　もしかしてご同行されるんですか？」

「はい、そこでリンと会ったのでお願いしました」

「アリスさんと一緒にご同行できるとは……今日王都に行こうと思って正解でした」

「アルトさん大げさですよー」

別に私と一緒に王都に行くぐらいでそこまで嬉しそうにするとは。

あっもしかしてこれが社交辞令っていうやつなのかな？

でも社交辞令だとしても、嫌な気分はしないし、こういううまい言い回しとかができるのが大人の女性ってことなのかな？

うん、アルトさんの発言とかを見習おう。

「そうそうアリスさん」

「何ですか？」

「以前教えてもらいました【付加】スキルと魔法スキルの合わせ技の事なんですけど……」

「何か問題ありましたか？」

「いえ、【付加】スキルについては掲示板に取り方があったんですけども、教えてもらえる人がリーネさんしかいなくて……」

「あぁ……」

まぁリーネさんも忙しいからね……。

リーネさん曰く【操術】は師になってなくても教えられるらしいし、私が教えてもいいよね？

「も……もしよかったら私が荷台で教えましょうか……？」

私がそう言うとアルトさんはぱっと目を見開いて私の手を握る。

「いいんですか⁉」

「はっはい……」

「アリスさんは実は天使なんじゃないかと……」

「いえ人間です……」

なんかアルトさん寝起きで少し寝ぼけてるのかな……？

とりあえず落ち着かせるために馬車に乗せて座らせる。

さてと、私もこの馬車でいいかな？

一応団長さんに断りを入れておかないと……。

「あぁ、別に構わないぞ」

と、あっさりと許可してもらえたのでアルトさんと同じ馬車に乗る。

「アリスさん！　私の膝にどうぞ！」

「えっと……私が膝に行くと物を置けなくなると思いますが……」

「あっはい……」

何でそこでそんなに落ち込んじゃうんですか……。

まぁ実際物を置く場所は必要なので、私はアルトさんの横に座って作業用の板を2つ取りだして1つをアルトさんに渡す。

それを膝の上に置いて、その上に糸を出してアルトさんにも糸を渡す。

「ではまず私がやり方を見せますね」

「はい。よろしくお願いします」

私は糸に手を翳し、しばらくするとその糸が発光したのでそのまま少し動かす。

アルトさんはその様子をじっと見ている。

「こんな感じでMPを糸に込めるようなイメージで行います。これで糸が動けば取得できるはずです」

「わかりました！」

そう言うとアルトさんは私と同じように糸に手を翳す。

アルトさんは糸に意識を集中させて声を掛けれる雰囲気ではない。

しかし、アルトさんは生粋の剣士タイプで魔法はまったく使っていない。

そのためMPを込めるというのは意外に難しいのではないかと思う。

でも、まだ時間はある事だし時間が掛かっても大丈夫。

10分ぐらい経ったかな？

アルトさんは遂に糸を発光させることができて、糸全体を発光させることができた。

アルトさんは嬉しそうに私を抱きしめる。

だけど、少しすると我に返ったのか普段のように落ち着いた様子に戻った。

「えっと……その様子では取れた感じですか？」

「はい、おかげ様で【操術】スキルを取得したら【付加】スキルが取得できるようになりました」

「そういえばアルトさんは魔法は何を取るんですか？」

イメージとしては風か水辺りかな？

「私は【風魔法】を取ろうかなと考えてます」

「やっぱり風なんですね」

「予想通りでしたか？」

「はい、風か水かなって思っていたんで予想通りでした」

「そういえばアリスさんは魔法って今何種類取っているんですか？　少なくとも闘技イベントの時には土と闇と重力に、レイドの時に火は見たので基礎3つに複合1つですか？」

んー別に言ってもいいんだけど、そこら辺は一応隠しておいた方がいいんだよね？

アルトさんには悪いけど言わないでおこう。

「そこは秘密ですけど、基礎は4つにしようって考えてます」

まぁこんな感じの答えが無難かな？

「4つも使うんですか。やはり特殊なスキル帯を使う人って色々するんですね」

「私の場合一杯取ってるから回っていないっていうのもあるんですけどね」

実際未だに派生になっていないのも結構あるからね。

「ですが先程教えてもらった技もありますが、色々驚かされるような事を知っているのは凄いと思います。私も色々なオンラインゲームをやっていましたが、どうしてもサブスキルっていうのは後に回されがちなんです。ですがアリスさんはサブスキルをそういう目で見ないで、使えそうだからと取っているから色々な事が出来るんですね」

なんか色々と過大評価されてる気がするんだけど……。

そんな深くは考えてないんだけどなぁ……。

「となるとリンさんはともかく、アリスさんに近づいている2人はアリスさんの可愛さはもちろんで、そういう凄いところを見抜いて慕っていると……。では私も本格的に……」

そして何故かブツブツと思案し始めたアルトさん。

うーん……評価が怖い……。

そしてまだ深夜ちょいだが、どうやら出発のようだ。

リンが私たちが乗っている馬車に乗ってきた。

「あら～アリスったら随分アルトさんと仲好さそうね～」

「リンも同じ馬車なんだね」

「ええそうよ～。……アリスが近くにいるのに1人にするわけないでしょ……」

「えっ？」

「なんでもないわよ～。それより到着は大体2日後ぐらいっていう話よ～」

2日か～……。

となると距離的にはエアストからイジャードの2倍ってところかな？

「でもこれはちゃんと整備されてる方の道だからなのよ～」

「別の道もあるの？」

「大回りになっちゃうから大体1週間位掛かっちゃうらしいわ～」

「おぅ……それは長い……」

1週間って丸2日あっても着かないって事じゃん……。

「でもそっちの中間ぐらいに小さな町があるからそこで休憩はできるらしいわ～」

「それでも3日近く掛かるんでしょ？　十分遠い気が……」

「でもその街の近くにはダンジョンがあるらしいわよ～」

あー……それなら行ってみたいかも。

ダンジョンでお金になる物が拾えれば……。

そういえばダンジョンじゃないけど、調和の森ってどうやったら行けるんだろ？

それも調べておかないといけないなぁ……。

王都の図書館に何かあるかな…………って、そういえばヒストリアの図書館に行くの忘れてた……。

あぅ……。

「アリスさん、急に落ち込んでどうかしたのですか？」

「アリス～？　どうかしたのかしら～？」

「えっと……ヒストリアの図書館行くの忘れてたから……王都に行ったら絶対図書館に行くっていう決意かな……？」

「そういえば私も図書館に行ってませんでしたね」

「私もギルドが忙しくて行ってなかったわ～」

「じゃあ2人も王都に着いたら……って、忙しいから無理だよね？」

「「大丈夫です（よ～）！」」

「そっそっか……じゃあ一緒に行こっか……」

そんなに絶対に付いいてくみたいな意気込みで返事を返さなくても……。

でも3人もいれば色々な本見れるし、いいよね。


「そういえば1つアルトさんに聞きたかったんですけどいいですか？」

「はい、何でしょうか？」

「アルトさんってお金稼ぎってどうやってますか？」

「そうですね……。私の場合ですと採取系のスキルがないので本当に戦闘だけで稼いでいます」

んーやっぱり基本はそのスタイルなんだね。

私が戦闘で稼げないのは狩ってる数が少ないからかな？

「アルトさんは大体1日でどれぐらい狩っているんですか？」

「日によって変わりますが、ダンジョンも含めると少なくとも100は狩っていますね」

「おぅ……」

仮にだけど、単純に百個はドロップを得ているはずだから1つ300Gとしても3万Gってところかな？

それに物によっては価格が増減するから大体5万Gってところだね。

ってことは大体1ヶ月ちょいあれば家の資金に到達すると……。

「うぅ……」

「あっあの……私何か余計な事を言ってしまったんじゃ……」

アルトさんはオロオロするが、特に悪い事はしていない。

たんに私が甘えていただけということがわかっただけだ。

でも私がアルトさんの真似をしても【狩人】スキルの関係上難しいんだよね。

素材1つ1つは丸ごと採れるけど、その分解体作業もしなきゃいけない。

ということは、必然的に狩りの総量が違ってくるわけだ。

それにその数を狩れるのはアルトさんの実力あってのことで、私ではきっと無理だ。

「でもアリスはポーション売ってたけど、あれじゃダメなの～？」

「んー……まだ数が足りないし、作るのに時間が掛かっちゃうから……」

私がいない間にお手伝いさんが作ってくれているとかなら話は別なんだけど、今の状況だとそれができないためどうしても時間を使うしかなくなってしまう。

そうなると狩りや採取といった他の事で稼げなくなってしまうので、今回王都へ行き奴隷雇用についての細かい話を聞かなきゃいけない。

そしていい子がいたら雇用しようと考えている。

「生産職も大変なのね～……。ポーションなんてすぐ作れるもんだと思ってたわ～」

「私も1つ作るのにそんなに時間が掛かるものとは思っていませんでした……」

実際まだ生産者の数が少ないんだよね。

だからある程度の量は販売されてるけど、性能が良いのは多くは売られていない。

その手間を掛ける分、売れる数が少なくなるんだからね。

とは言っても、急激に増えても今度は素材不足と供給過多にもなっちゃうから難しいんだけどね。

そう考えると前回のキャンプイベントで、サブスキルや生産スキルも大事ということがわかってもらえたようだし、ある意味あのイベントは意識改革のためのイベントだったのではないだろうか。

運営さんがどこまで見越してやっているかが謎だけど。

「ところでさっきアリスはアルトさんに何を教えてたの～？」

「えっ？【操術】スキルだけど……」

私はリンに何をしていたかを説明する。

説明の最中、一瞬リンのこめかみがピクンと動いた気がしたけどなんだろう？

「掲示板でそういうのがあるのは知ってたけど、アリスも使えたのね～」

「うん」

「それでレイド戦で使ってたのはそれの派生ってことなのね～」

「そうだよー」

「それをアルトさんにも教えたっていうことね～……」

「なんかだめだった？」

リンは少し困ったように微笑み、私の頭を撫でる。

「アリスがいいっていう人にならいいんだけど、あんまりそういう技は教えない方がいいのよ～？」

「私もあの時は興奮しててつい聞いてしまいましたので……。それとさっきもアリスさんとご一緒出来ると聞いてきました……」

「そんな聞かれても知り合いじゃないと答えないから大丈夫だよー。あとアルトさんもそこまで気にしないでください」

「ですが、貴重な技を教えていただいた講義料は払わないといけないと思います」

アルトさんはそう言うと、私にトレード画面を寄越した。

そのトレード画面の金額に私は驚く。

「1……10……100………50万!?」

「これぐらいが妥当かと思ったのですが……足りませんでしたか……?」

「いっいえいえ！　てかこんなに貰えませんよっ!?」

「アリスさん、魔法では属性攻撃は簡単です。ですが現在近接職で属性攻撃をすることはできません。理由は単純に属性武器にするための素材が見つかっていないからです。

しかし、アリスさんが見つけた方法を使えばどの近接職でも一時的にですが属性攻撃が出来るようになります。これがどれほど有用な技か……この方法を知りたいがためにお金を出す人はいくらでもいると思います」

私はリンの方を不安そうな顔で見る。

「アリスはこういうオンラインゲームは初めてだからわからなかったでしょうけど、情報っていうのは時に莫大なお金が動くものもあるのよ。確かに魔法職の私たちからしたらそこまでの情報じゃないけど、近接職にとっては今後どんなモンスターが出てくるかわからない現状、属性攻撃が出来るようになっておくのはとてもメリットになるわ」

私は2人の顔を交互にキョロキョロと見る。

思いつきで見つけた技が、実は有用な技なんてことに気づかなかった。

そう考えると不安になってきたからだ。

「不安にさせる気はなかったのですが、実際かなり使える情報なので内緒にしたほうがいいですよ」

「そもそもそういう発想に至らなかったからね〜……。オンラインゲームをやっているが故に固定観念に囚われすぎたわ〜……」

「属性武器にするには属性素材が必要だとばっかりと思っていましたからね……」

「アリスと接してて広い視野を持たなきゃって思っててこの様なんだからね〜……。もっとしっかりしないとダメね〜……」

「ちょっ！　2人ともっ！」

2人で納得してないでどうしたらいいか教えてよっ！

「あぁごめんなさいアリス。とりあえず何か新しい技や情報手に入れたら掲示板や他の人に言うんじゃなくて、まずは信用できる人に相談して。それで発していい情報か、秘密にしたほうがいいかの判断をしましょう」

「信用できる人？」

「はい、少なくともアリスさんが信用できるような人でなければ誰かに喋ってしまうかもしれません。情報というのは1度発せられてしまえば一気に価値を無くします。それが良い情報ならそのままでもいいのですが、悪い情報であれば秘匿しないといけません。そういう意味で信用できる人が必要なのです」

「となると……信用できる人ってなると……リンとかショーゴとかかな？」

「もしゲーム内だと聞かれる心配があるなら向こうで相談してくれていいわよ。もちろん誰かの家でね」

壁に耳ありってことかな？

誰が聞いてるかわからないし、そういうのを防ぐ意味で家でってことかな？

確かに家でなら関係ない人に聞かれる心配はないし、安全なのかな？

「とまぁ、注意点はこれぐらいにしときましょうか～」

「そうですね、あんまり言うとアリスさんも余計怯えてしまいますし」

「うぅ……2人が怖い事言うから……」

てかホントに50万も貰ってよかったのだろうか……。

アルトさんに聞いてみたところ、お金はまだあるので大丈夫とのことでそのまま押し切られてしまった。

確かに臨時収入としてはありがたいんだけど、何分情報でこれだけの値段が付いたということが怖い……。

私今後もまた何かやらかさないかな……？

てかまだクラー湖と調和の森についても情報があるんだった……。どうしよう……。

とりあえずリンが隣に座っているので太股に顔を埋める。

「あら～アリスどうしたの～？　さっきの事が怖くなっちゃったの～？」

「ぅ～……」

「アリスさん！　私のところにも来てもいいんですよ！」

本当に今後どうすればいいのぉー……。

気が重いよぉ……。


古都ヒストリアから出発し早1日が経過した。

私たちが今通っている道は、どうやらモンスターはほとんど出現しないそうだ。

とはいえ、絶対に出現しないというわけではないので警戒は必要だ。

しかし到着まで2日――およそ16時間だが、何もせずずっとログインしっぱなしというのも苦痛と感じる人もいるので、そこは交代で休憩のためのログアウトをしている。

もちろんそれは私にも当てはまり、私も暇なのでレヴィとネウラを出して日向ぼっこをしている。

「あぅ――！」

「いい天気だねー」

「キュゥ！」

ネウラも【成長】スキルのレベルが順調に上がっているため、気持ち少し体型が大きくなっている気がする。

あんまり大きくなるとネウラも定位置変えないといけなくなるね。

でも大体アルラウネって一般女性ぐらいの大きさって聞くし、そう考えると一緒に移動するって感じになるのかな？

レヴィみたいに特殊スキルで身体を小さくできれば別なんだけどね。

「お2人ともペット持っていて羨ましいです……」

1人ペットを持っていないアルトさんは羨ましそうにペットと戯れている私たちを見ている。

リンもペットであるサンダーバードのニルスを肩に乗せて頭を撫でている。

その様子を見たレヴィがアルトさんの下へ向かう。

私のもう1人のペットのネウラは……まぁお休みモードで、私の膝の上に乗ってくてーっと寄りかかっている。

「アルトさん、レヴィもアルトさんとふれ合いたいそうですよ」

「本当ですか！」

「キュゥ！」

まぁこれでアルトさんの落ち込み具合も直るだろう。

ふと空を見上げると、どんよりとした雲が広がってこちらに流れているのが見えた。

「一雨来るかもな……。濡れちゃまずいもんは仕舞っといたほうがいいぞ！」

誰が言ったかわからないが、雨が降って移動速度が落ちるのは勘弁願いたい。

ということで、私はスキルを入れ替えて雨に備える。

予想通りというか、やはりというか、どんよりとした雲が上に来たぐらいに雨が降り始めた。

なので私は【童歌】スキルを使って歌う。

「『てるてる坊主♪　てる坊主ー♪　あーした天気にしておくれー♪　いーつーかの夢の空のよにー♪　晴ーれーたーらー金の鈴あーげーよー♪』」

私が歌うと次第に雨が止んでいき、しばらくすると雲も通り過ぎて行った。

んー……以前は全部歌ったから完全に晴れたけど、今回は1番の歌詞だけだから雲は消えなかったってところかな？

「いきなり歌い始めるからびっくりしましたよアリスさん」

「咄嗟に耳塞いじゃったじゃないの～。歌うなら一言言ってよ～」

「あっ……ごめんなさい……」

「別に怒っているわけでは……それより今のがアリスさんの【童歌】スキルなんですね」

「もしかして雨が止んだのもアリスが歌ったから～？」

「そうだよー」

私がそう言うと、２人はヒソヒソ話をし始めた。

「あの……天候まで操作できるって結構やばいと思うんですけど……」

「あの子ホントに天然でやらかすから今に始まったことじゃないわよ～……」

「森で暗くされた上に雨とかまで降らされたらもう詰みですよ……？」

「本人がそのやばさをわかってないんだからどうしようもないのよ～……」

「歌で回避不能のデバフや地形効果に一撃必殺スキル……恐れられた理由がなんとなくわかりましたよ……」

２人は依然ボソボソと話し合っている。

「まったく、２人だけで話して仲間外れにするなんてひどいと思わない？　ねぇ、ネウラ」

「あぅ――？」

丁度起きたネウラに向かって愚痴を言うが、ネウラは何の事だか全くわからないで首を傾げる。

まぁわからないよね……。

そして今頃気づいたのだが、今まで両側に森が続いたが、いつの間にか片側は見晴らしがいい草原に出ていたようだ。

となると、このまだ森が続いている方がリンの言っていた大回りの道側ってことだね。

その内そっち側の街にも行ってみたいなぁ。

そういえばハチミツも作ってないから作り方とかも調べとかないと……。

やる事が一杯だ……。

「そういえば王都の周辺ってどうなってるの？」

「えーっと～……確か北西と北東それぞれに火山と雪山があるって聞いたわ～」

「つまり属性素材がついに採れそうですね」

あれ？　属性武器が作れるってことは……。

「アルトさん……それじゃあ技を教えた時に貰った50万も……」

「あっそれは別ですので大丈夫です」

「デスヨネー……」

まぁ無理でした……。

でも火山に雪山ってことは耐熱に耐寒素材も必要になってくるんだよね？

以前毛皮系が耐寒に使えるかもっていう話があったけど、それだったら防具に耐寒っていう項目が出ると思うから、たぶんまだ弱いんだよね。

となると、各環境用の素材を見つけないといけないってことだよね？

まぁ私は当分そっちには挑むつもりはないからいいけどね。

そういえばレヴィって【環境適応】のスキル持ってた気がするんだけど……。

つまりそういう系の効果を持ったのを探せと？

いや無理でしょ。

巨大化レヴィの鱗を分けてもらって素材にしたらもしかしたらいけるかもしれないけど、そんなのが手に入ったとか知られたら絶対騒ぎになるからやりたくない。

ということで自力で探しましょうってことだよね……。

皆頑張るのだー。

「おっ！　あれ王都じゃねえのか？」

誰かがそう口にすると、私たちは馬車から顔を出してその方角を見る。

まだぼんやりとしか見えないが、大きなお城みたいな建物がちょこんと見えた。

まだ1日半ぐらいだし、この調子なら夕方には到着できそうだね。

さすがに夕方には奴隷雇用のところもやってないだろうし、朝になったら出直そう。

あとはポータル登録して家に戻って畑にお水やって……あとは……。

「アリスさん、アリスさん」

「はっはいっ！」

「王都に着いたらまずどうしますか？　図書館行くんですよね？」

「えっと……多分夕方ぐらいに着いたら閉まってると思うので、次の日にしたほうがいいと思います」

「そうですか……。でも必ず行きましょうね！」

「もちろん私も行くわよ～。それよりこの距離であれだけ見えるんだから結構大きそうね～」

「そうだね。全部回るのにどれぐらい掛かるんだろう……」

迷子になったら出てこれなくなりそうで怖い……。

とはいえ、サービス開始からおよそ2ヶ月経ってやっと王都に到着だ。

運営さんとしてはどれぐらいの月日で辿り着くことを想定してたんだろう。ちょっと気になる。

でも私は探索より先に色々やることがあるので、運営さんの意図したような動きはしないので、迷惑掛けたらごめんなさい。

先に言っておけばきっと許してくれるはず！

それに時期的にまたイベントが開始されそうだし、それも楽しみだなー。


「おー！」

「これはまた大きいわね～」

「これが王都ですか……」

私たちは今ヒストリアよりも大きな城壁、そして城門の前でそれらを見上げている。

「ようこそ、オルディネ王国の王都レヒトへ」

城門の前にいた兵士さんが、到着したばかりの私たちを案内してくれた。

到着したのが日が沈む前だったため、少し簡単なチェックをされたが誰も問題はなく王都の中に入れた。

ヒストリアも日が沈む前でもあまり明かりが落ちていなかったが、この王都はそれよりも更に明かりが眩しかった。

道もちゃんと整備されており、街灯による明かりで道は照らされている。

そして人々も多く賑わっており、本当に日が沈む前なのかと思わせられる。

現実世界ではこのようなことは日常茶飯事だったが、こちらの世界に来てからは夜は明かりはほとんど無く、一部の酒場などでしか明かりは点いていなかった。

そう考えると、この賑わいもどこか現実世界と同じように感じられた。

「さて、皆王都の風景に浸るのもいいが、まずはポータル登録が先だ。それが終わり次第自由行動とする」

団長さんが王都の風景に浸っていた私たちに声を掛け、本来の目的の1つであるポータル登録へと向かった。

やはり王都でもポータル地点は中心部にあり、この中心からそれぞれの方角へと向かえるようになっていた。

そして自由行動とは言え、さすがに日が落ちてからでは閉まってしまう施設も多い。

なので私はまた明日それらの施設に向かうこととする。

正確には夜ご飯食べてからだけどね。

「ではまた夜に会いましょう」

「集合時間は夜8時ってことで明日のGT12：00にポータル付近にしましょうか～」

「わかったー」

ということは、私は7時頃にログインして奴隷雇用の施設に行っておかないといけないのか。

ならさっさと支度を急がねばっ！

夜7時！

ということで再度ログイン完了っ！

やはり朝ということで人混みが凄いことになっている……。

それに日が沈む前では良く見えなかったけど、改めてみると北側に建っているお城……めっちゃ大きい……。

やっぱりお姫様とかが住んでるんだろうね。

そういえばこのゲームってギルドからの依頼はあるけど、クエストって今のところ見かけてないけどあるのかな？

でもＮＰＣも生きているっていうことは、そういうクエストは早い者勝ちとかってなったりするのかな？

それはそれで問題だと思うから、ダンジョンとか再生成されるようなところでのみ発生って形が無難なのかな？

っと、そんなことを考えてないで早いところ奴隷雇用の施設を探して向かわないと！

街の人に聞いて奴隷雇用の施設を聞いて向かったのだが……。

「ここ……でいいんだよね……？」

私の見間違いでなければ今私がいる場所は教会っぽい建物の前だ。

うん、教会だよね？

だって建物に十字架付いてるもん。

もしかして場所間違えた？

でも街の人はここって言ってたし……。

つまりどういうことだってばよ⁉

教会が奴隷となった人を扱ってるの⁉

どういう事⁉

私が混乱していると、その関係者っぽい強面で眼帯をしたスキンヘッドの男の人に声を掛けられた。

「お嬢ちゃん、そんなところでどうしたんだい？」

「あわわわっ……」

「って、お嬢ちゃん異邦人か？　もしかして奴隷雇用の件で来たのか？」

「はっはい……」

「なんだよそうならそうと言ってくれよ。付いてきな」

私は言われるままその男の人に付いて行った。

教会の中に入ると、そこは礼拝堂のようになっていて何人もの人が祈りを奉げている様子が見えた。

「こっちだ」

男の人はそのまま階段で私を2階へと案内し、個室へと案内した。

「今司祭様を呼んでくる。座って少し待ってな」

男の人は私が椅子に座ったのを確認してそのまま部屋から出て行った。

私はそわそわしながら部屋の中を見渡す。

特に血なまぐさい臭いやそういった跡は見られなかったので、そういう危ない部屋ではないのだろう。

それにあんな堂々と街の人もここが奴隷雇用の施設と言っていたし、真っ白な施設なんだろう。

まぁ正直そう信じたいところである。

しばらくすると司祭服を着た結構なお歳のおじいさんが、先程案内してくれた男の人と一緒に部屋に入ってきた。

私は椅子から立ち軽くお辞儀をする。

「お掛けになってください」

「あっありがとうございます！」

「それで本日は奴隷雇用についてどのようなご用件でお越しになったのでしょうか」

「えっと……その……奴隷雇用について詳しく聞きたくて来ました……」

「そうでしたか、では説明させていただきます」

司祭様は奴隷雇用についてわかりやすく説明してくれた。

基本的な事は掲示板に載っていた事と同じだったが、奴隷雇用側にも契約外の事や罪を犯すような事を防ぐような契約が行われているとのことだ。

奴隷雇用と言っても色々な人がいる。

中には悪事を働いてしまう者がどうしてもいる。

そのような者のために、例えば雇い主のアイテムを盗んだりしてしまう行為をした場合に拘束用の魔法が発動したりする契約が行われているということだ。

あとは奴隷雇用した者に食べさせる食料などの提供や、休憩時間の確保などはちゃんとするようにこちらが契約をする。

働かせるだけ働かせて捨てるといった行為は絶対にさせないためだそうだ。

あくまで彼らは契約して雇用されるのであって、自由に使える道具ではないということだ。

「寝床や食料に関してはどうやって用意すればいいですか？」

「寝床に関しては雇った者がちゃんと寝れるようにしていただきます。食料に関しては異邦人の方はある一定の期間この世界に来られない事もあると伺っていますので、日持ちする物を用意していただければ大丈夫と思います。彼らもアイテムボックスは持っていますのでその中に食料などを入れることは可能ですので」

「例えば食料を保存する家具を自由に使っていいということを許可といった事は可能ですか？」

「ええ、そこも含めて契約内容に記載していただければ可能です。

それに生活している中で細かい点を修正したいという方もいられると思いますので、その際は1度こちらに来ていただき、住んでいらっしゃる家で雇用者含めた全員の同意の下修正を行います」

確かに思っていた内容と違ったっていうことは絶対に起きてしまうだろう。

そういう場合はすぐに修正してもらいたいので、これは覚えておかないと。

「説明としてはこのような形となっていますが、もしご不明な点があればお聞きください」

「ありがとうございます」

「それであなたはどのような奴隷をお探しなのでしょうか？」

「そうですね……【採取】【栽培】【水魔法】を持っている奴隷の子っていますか？」

「えぇ、どうしても出稼ぎで奴隷となる子の中でも農家の子は多いのでそういったスキル持ちの子はいます。ご案内しましょうか？」

「お願いします」

雇うんだったら直に会っておきたいから嬉しい提案だった。

私はそのまま司祭様に付いて行く。

今度は一階に降りて大きめの部屋の前に来た。

「こちらが今雇用が出来る子たちがいる部屋となっています」

「他にもいるということですか？」

「はい。ですがこちらの部屋以外ではまだ小さく、そういった働きが出来ない子がほとんどです。また、村がモンスターに襲われて孤児になった子もいらっしゃいますので、そういった子は外しております」

出稼ぎ以外にも村が襲われたっていう子もいるんだね……。

司祭様が部屋の扉を開けると数10人の10歳超えたぐらいの子供たちや私と同じぐらいの20歳ぐらいまでの人たちがいた。

「全体ではもっと多いのですが、先程案内していた者が奴隷雇用で来ると言っていたので、こっちの部屋に集めました」

「それでも結構多いですね……」

「どうしても孤児というのはできてしまいます。なのでそういった子たちを先程案内していた者たちに探してもらって保護しているのです」

「つまりこの教会で孤児院や奴隷雇用をしているということですか？」

「はい、ここで技術を学べば彼らは独り立ちする際に働くことができます。名目上は奴隷雇用となっていますが、自分自身を買い戻し出来る金額は他の施設よりも比較的に低くなっています」

少し話を聞いてみると、出稼ぎと言ってもそういった奴隷雇用の業者（？）に自分を売ることで家族にお金が出る。

そこから奴隷雇用されることで仕送りができるようになり、更にお金を貯めれば自分を買い戻す事が出来るようになるとのことだ。

彼らも自分が売られなければ家族が食べていけないといった場合もあるため、仕方なく奴隷となっている者もいるらしい。

「おねーちゃん私を雇ってくれる人ですか？」

「僕っ働けますっ！」

いつの間にか私の周りに集まってきた子たちが自分を雇ってくれるようアピールをしてくる。

全員雇ってやるっ！　といった無責任な事はできないので少し困った事になった。

すると司祭様が助け船を出してくれた。

「こらこら、いつも言っているでしょう。自分をアピールするのはいいですが、その方が困るような事はしてはいけませんと」

「司祭様ごめんなさい」

「ごめんなさい」

「私ではなくこちらのお嬢さんに謝りなさい」

「「「お姉さんごめんなさい」」」

「だっ大丈夫だよっ！」

司祭様の言うことをちゃんと聞いてる……。

この事からでもわかるけど、ちゃんと教育されているんだね。

私は周りを見渡すと、隅っこの方に男女2人組の子供の男の子がこちらをじろっと睨んでいるのが見えた。

私は首を傾げるが、司祭様が話を続けたのでそちらを見る。

「このお嬢さんは【採取】【栽培】【水魔法】のスキルを持っている子を探しています。持っている子は私の前に並びなさい」

司祭様が言うと、何人かの奴隷の子たちは一列に並んだ。

んと、この11人かな？

やっぱり特定のスキルにされると一気に人数が少なくなる感じなんだね。

「サイ、こちらに来なさい。あなたも先程のスキルを持っていたでしょう」

サイと呼ばれた先程私を睨んでいた男の子が司祭様に呼ばれた。

しかし、彼は頑として動こうとしない。

不思議に思って私は司祭様に聞いてみる。

「彼はどうしたのですか？」

「申し訳ありません、サイは妹のリアと一緒に雇われたいと言って今までも雇用の条件が来ても首を縦に振らないのですよ」

「つまり兄妹2人を雇えば彼は雇われるということですか？」

「ですがそうすると支払う金額も倍になってしまうので、そうなるとギルドでお手伝いの方を雇ったほうが安くなるので、そういった方がどうしても……」

つまり妹と一緒じゃないと嫌だってことだね。

私は彼らに近づく。

サイと呼ばれた子は妹を庇って抱きしめている。

私は2人の前に立ち止まりペットを召喚する。

「レヴィ、ネウラ、出てきて」

「キュゥ！」

「ぁぅ――！」

「「!?」」

兄妹2人はレヴィたちを見ると怯えたような姿を見せる。

となると、この2人は……。

「司祭様、この2人はもしかして……」

「……はい、お察しの通りです……」

レヴィとネウラに対するこの怯え具合……彼らはモンスターに村を襲われて孤児になった子たちだ。


サイとリアと呼ばれた兄妹は、レヴィとネウラの姿に怯えて震えていた。

特に妹のリアはガタガタと震えて兄であるサイにしがみついている。

サイの方もリアほどではないが、小刻みに震えているのが見て取れた。

レヴィたちも彼らが怯えているのがわかったのか、不用意に近づこうとせず定位置から動かずにいる。

さてと、どうするかな……。

私に雇われるなら最低でもこの2人と接することができないとどうしようもない。

とはいえ、兄であるサイはじっと私を見つめているので声を掛けてみる。

「私は別に君たち2人を雇っても構わないよ」

「ほっ……本当か……？」

「お兄ちゃん……」

「でも、私に雇われるなら今私の肩と胸元にいる私のペットとも接する必要があるけどね」

その事を伝えると、サイはとても辛そうな顔をする。

きっと2人一緒に雇われる事の安心感と、モンスターに対する恐怖があるのだろう。

とはいえ、これは妥協できない内容だ。

「それが嫌なら残念だけどこの話はなかったことになるよ」

「そんなのはわかってる……でも……」

「村を襲われたからモンスターが怖い？」

「怖いに決まってるだろ！　あんなことがあって……怖くないわけが……」

「じゃあ、この子たちは怖い？」

私は蛇であるレヴィより、まだ人型に近いネウラを手の上に置く。

サイとリアはびくっと反応するが、私はしゃがんで彼らを見つめる。

「確かにモンスターは怖いよね。狼でも熊でもなんでも、鋭い爪や牙で身体を切り裂いたり噛み切ったりする。でも……」

私は無邪気に笑うネウラを見つめ、再び彼らの方を見る。

「この子はそういうモンスターたちと一緒で怖い？」

「っ……」

「ぁぅ――！」

2人はじっとネウラを見つめている。

私もその様子をネウラを手の上に置いたままじっと見つめる。

1分程の僅かな時間、沈黙が続きネウラと彼らはじっと見つめ合った後、サイは口を開く。

「……見た感じはそのモンスターは怖くはない……」

「そっか……」

「でも……そのモンスターが俺らに危害を加えないなんて保証はない……」

「約束する。絶対に君たちに危害は加えさせない」

「そんなの信じられない……」

「どうしたら信じられる？」

「モンスターなんか信じられるかよ！」

「なら、私なら信じてくれる？」

「それは……」

まぁ初対面の人を信じろって言われたって信じるわけないよね。

とはいえ、私としては彼らを放っておける気にはなれなかった。

彼らの様子を見ていると少し……昔を思い出しちゃったからね……。

「でも私は君に信じられなくても君たちを雇いたくなった」

「なんでそこまでして俺らを……」

「何でって言われてもね……。しいて言えば、もう失敗したくないからかな？」

「どういうことだよ……」

「それは秘密だよ」

それにあんまり……うぅん、絶対に言いたくないことだしね。

「それで、どうする？」

「……少し……考えさせて……リアと話したい……」

「わかった。じゃあ少し司祭様と話しているね」

私は一旦彼らから離れ、近くの椅子に座って司祭様と話す。

「随分彼らが気に入ったようですね」

「まぁ色々ありましてね……」

「詳しくは聞きませんが、あなたの読みではどうですか？」

「五分五分……といったところだと思います。少なくとも私のペットたちが彼らにとっての壁ですから……」

私は肩に乗っているレヴィと胸元にいるネウラの頭を撫でる。

「それにしても随分と懐いている様子が見られますね」

「元々この子たちは人懐っこいんですよ」

「それに自由奔放といったことではなく、ちゃんと周りの状況を見ている様に見られます。そういうのもちゃんと教え込ませたのですか？」

「そんな教え込ませるとまでは……。この子たちが自分で判断している感じですよ」

私と司祭様がしばらく話していると、サイとリアがこちらに近づいて来た。

どうやら結論が決まったようだ。

「結論を言う前に試させてくれ……」

「いいよ。どうすればいい？」

「その緑色の人型のモンスターをさっきみたいに手の上に置いててくれ……」

「うん、わかった」

私は言われた通りにネウラを手の上に置く。

「じゃあ……行くぞ……リア……」

「うん……」

2人は恐る恐るゆっくりと手をネウラへと伸ばす。

手がネウラに近づくにつれ、2人は冷や汗を流し顔を歪ませる。

「お兄ちゃん……」

「リア！　もう少しだから頑張るんだっ！」

サイの表情も辛いのは見てわかるが、自分は大丈夫なフリをして妹のリアを励ます。

リアも兄の励ましで手を引っ込ませそうになったのを抑えて、ネウラへと手を伸ばす。

ネウラは2人の様子をじっと見て怖がらせないように動かずに2人の手が届くのを待つ。

普通なら数秒もあれば触れられる距離だが、彼らにとってはその距離ですら辛いはずだ。

だが彼らはその距離をゆっくりだが、確実に詰めていく。

そして何分時間が経ったかわからないが、ついに2人の指がネウラの肌に触れる。

ネウラに触れる事が出来て安心したのか、リアの身体はふっと崩れるように後ろに傾いた。

私とサイは咄嗟の事で反応できず、リアの身体を支えそびれた。リアはそのまま背中と頭を打って倒れるはずだった。

そこをネウラが自分の身体を操って蔓のように伸ばしてリアの身体を一瞬支える。

そのおかげで私とサイの手は間に合い、リアは背中と頭を打つことはなかった。

「ネウラ、ありがと」

「ぁぅ――！」

「リアっ！」

「おっお兄ちゃん……」

とはいえ、リアをまた立たせるのもあれなので、横にさせてあげる。

「気が抜けちゃったんだよね。気持ち悪いとかはない？」

「はい……すいません……」

「謝るよりありがとうと言ったほうがネウラも喜ぶよ」

「ぁぅ――！」

「その……ありがと……」

「ぁぅぁ――！」

「俺も感謝してる……。リアを助けてくれてありがとう……色々言って悪かった……」

「ぁぅ――！」

どうやらネウラに対してはもう大丈夫そうだね。

まぁレヴィ、レヴィはもう少し時間掛かる……かな……？

「それで結論はどうなったの？」

私はわかっているがあえて答えさせる。

それを彼らの口から聞きたいんだ。

「……俺たちを雇ってください。お願いします」

「おっお願いしますっ！」

サイとリアは改まって私に雇ってくれるようお願いをする。

「うん、よろしくね。サイ、リア」

「よろしくお願いします」

「ごっご主人様よろしくお願いしますっ！」

「話が決まったようですね。では契約に移りたいと思いますので、部屋を変えましょう」

私たちは司祭様について行き、別の部屋に入る。

そこには既に契約書のような紙が人数分置かれてあった。

「契約者であるあなたには契約内容を決めていただきます。その内容にサイとリアが承認することで契約が完了します」

契約内容としては基本的に雇用する彼らの人権や生活を守るような事と、それとは別に個別の契約内容を記載する箇所があった。

他には契約金についての記載で、２人は１人当たり契約金６万Ｇで月に１万Ｇの合計12万Ｇと月２万Ｇの支払いということだ。

この月の支払いについてはギルドで振り込むこととなる。

少なくとも2人には重要な事なので、忘れそうになったらきっと伝えてくるだろう。

決して私が忘れちゃうとかそういうことはないんだからね。

さてと、では残りの個別の契約内容を決めちゃうとしよう。

まずはレヴィたちペットが2人に危害を加えるようなことはしないっと。

他には、2人には家で畑の世話や家事、それと生産活動の手伝いをしてもらう。

あとは……家の設備は自由に使ってもらっていいってのと、食べ物については自由にしていいということかな？

って、生産活動してもらうならハウスボックスの中身も自由にしてもらったほうがいいんだよね？

それとも先に素材を渡しておけばいいのかな？

よくわからないけど、自由に素材使えるようにした方が色々できると思うし、そうした方がいいよね。

ハウスボックスを自由にさせたら悪い事をされるかもしれないけど、私が2人を信用しないでどうするのってことでハウスボックスの自由も記載してっと。

とりあえずこれぐらいかな？

内容修正したいならまた来てって言ってたし、こんなところでいいよね。

「書き終わりました」

「ではサイ、リア、その契約内容でいいですか？」

「……あの司祭様」

「サイ、どうかしましたか？」

「ごっご主人様はなんでハウスボックスの自由も契約に書き込んでるんですか……？」

「えっ？　ダメだった？」

「いくら契約してる内容だとしても流石にそこまではしないと思う……いますよ……」

「でも私は２人を信用して家を預けて色々してもらうんだから、ハウスボックス使えないと収穫物しまえないよね？」

「それなら俺たちのアイテムボックスに入れておくから……」

どうやら彼らとしては、ハウスボックスの自由化は不満だそうだ。

それにもし取られたとしても特に食べ物以外で困るような物入ってないしなぁ……。

「お兄ちゃん、ご主人様のお手伝い一杯出来るけどだめなの？」

「いや……リア……そういうことじゃなくてな……」

リアぐらい素直に思ってくれればいいんだけどなぁ……。

まぁそう簡単にはいかないよね。

でもこっちも折れるわけにはいかない。

なのでサイが折れるまで説得を続ける。

十数分後、私の説得でサイが折れたので、先程の内容で契約を行う。

そして今頃気づいたのだが、２人の首には首輪のように細い黒いチョーカーが付いていた。

どうやらそれが奴隷としての証とともに、契約を遵守させるためのアイテムらしい。

２人が契約内容に了承すると、先程の契約書がそれぞれのチョーカーに吸収された。

「これで契約は完了しました。また何かあればこちらにいらしてください」

「色々とありがとうございました」

「サイ、リア、良い人に出会えてよかったですね」

「まぁ……悪い人ではないと思います」

「ご主人様はいい人だよ？　お兄ちゃん」

「それはわかってるけど……」

「では2人とも、お元気で」

「司祭様、お世話になりました」

「お世話になりました！」

2人は司祭様にお辞儀をして私の側に寄ってくる。

さてと、はぐれない様に手を繋ごうかな。

サイは私が手を繋ぐと恥ずかしそうにするが、リアが嬉しそうに手を繋いでいるので顔を赤くしながら手を繋いでいる。

さてと、我が家へ行くとしよっか。


「ここが私の家だよ」

「ふぅん……」

「結構大きい家ですねー」

最初彼らをどうやってエアストまで連れて行こうか悩んだが、どうやら契約したため私の所有物扱いとして私に直接接触があることでポータルで飛べるとのことだ。

実際、闘技イベントの時も住人も飛べるようになっていたので、そういう特殊な仕様となっているのだろう。

「お仕事の内容としては畑に植えてある素材の収穫及び栽培、そして水撒きが基本かな？　サイは【採取】【栽培】【水魔法】を持っているっていう話だけど、リアは何のスキルを持ってるのか聞いてなかったから教えてくれる？」

「はっはいっ！　リアは【採取】と【栽培】と【家事】、【取引】スキルがあります！」

となると、リアには家の中の事をやってもらって、サイには畑仕事がメインかな？

でもそうするとサイの負担が大きくなっちゃうから、収穫の時にはリアにも手伝ってもらう形にしよう。

そういえばサイやリアたちＮＰＣって新しくスキル覚える場合どうなるんだろ？

２人に家の掃除と畑のお世話をしてもらっている間にＧＭコールで聞いてみた。

どうやら覚えさせたいスキルを教育者がいる形で実践などを行い覚えると、そのスキルを覚えられるらしい。

とはいえ、ＮＰＣでは私たちと違ってスキルの上昇は遅いため、色々覚えさせたところでそれらを全て使えるようになるためにはかなりの時間が必要となるとのことだ。

となると、覚えさせても１つか２つぐらいにしたほうがいいよね。

家の中でできる事と言えば生産活動だよね……？

そうするとリアができそうで危なさそうなやつは……。

「ねぇリア」

「何ですかご主人様？」

「リアって【調合】ってやってみたい？」

「調合ってお薬とか作るやつですか？」

「それで合ってるよ」

「やればご主人様のお役に立てますか？」

「うん、とても助かるよ」

「リア！　やりたいです！」

ちょっと無理矢理な気もしたけど、リアがいいなら覚えてもらおうかな。

サイ、そんな心配そうな目で見ないの。危険な素材は使わせないから。

リアにやってもらおうと考えているのはポーション作製だ。

私がいない時にも収穫栽培水撒きをしてくれる子たちができたので、ある程度栽培範囲を広げようかと考えてる。

とは言っても、そこはサイとリアが管理できる範囲にはするつもりだ。

ということでサイに管理できる範囲を聞いてみることにした。

「畑の管理？　今植えてる作物の大きさと数、それに畑の大きさで考えてもあと2軒分はできるよ。てか元農民なめてんのかご主人様は。村が襲われる前は家族でその何倍分の管理してたんだからそれぐらいできるよ。後はここの土地の状態がわからないからそれ以上増やすのは待ってもらいたいかな」

「うっうん……」

何故私は怒られたのだろうか……。

ともかく、増やすなら最大2軒分ということはわかった。

まぁ増やすのはいつになるかわからないけどね……。

「ということで、リアにはこれからしばらく【調合】スキルを覚えてもらうためにある人の家に行ってもらいます」

「こっ……怖い人ですか……？」

「大丈夫だよー」

ナンサおばあちゃん怖くないから大丈夫だって。

……大丈夫だよね？

「じゃあサイ、お留守番しててね」

「……俺も一緒に行きたいんだけど……」

「んー……」

サイがナンサおばあちゃんの家がわかれば、夕方にはリアの迎えもできるしいいのかな？

「じゃあ夕方にはリアを家まで迎えに行くこと」

「そんなの当たり前だろ」

サイってやっぱりシスコ…………いや、妹しかいないんだから過保護になるのは仕方ないよね。

私は2人を連れてナンサおばあちゃんの家に向かった。

ナンサおばあちゃんの家に2人を連れていくと、2人は私より全然幼い子たちだったので結構丁寧に接してもらえていた。

それでリアに【調合】スキルを教えてもらおうとナンサおばあちゃんに相談したところ、引き受けてくれるとのことだ。

素材については私が持っていた在庫を使って用意した。

これで数日経てばリアはきっと【調合】スキルを覚えてくれるでしょう。

そうなれば私がいない時でもポーションを作ってもらえるし、スキルレベルがうまく上がってくれればレッドポーションの作製もお願いできる。

在庫がたくさん出来る様ならば、一時的にお店を開いてリアに販売してもらうという手もある。

10歳ぐらいの女の子が作ったポーション！

きっと一部の人に売れるはず。

まぁもしリアとかサイに手出したら首切るけどね。

って、もうこんな時間っ!?

早くレヒトに行かないと遅刻しちゃう！

これ以上モタモタしていると遅れてしまうので、2人にはご飯はハウスボックスに素材が入ってるのでそれを調理して食べていいよということを伝える。

また、もしも食材がなくなった時のためにお金も2人にそれぞれ渡してあるから最悪外食ができるようにしておいた。

というわけでごめんよ2人っ！

また夜には戻ってくるようにするからっ！

現在GT12：04。

おうっ！　もう待ち合わせ時間過ぎてるっ！

私は急いでポータルに乗ってレヒトに移動する。

レヒトに到着した私は周りを見渡して２人を探す。

「誰でしょ～？」

「あぅっ!?」

私がキョロキョロしながら２人を探していると、後ろから誰かに抱き着かれた。

えっとこの柔らかさは……。

「リン……？」

「あら、よくわかったわね～」

まぁ直に触れたこともあるモノだったし、声の感じで大体わかるけどね。

リンが私を離すと、その後ろにアルトさんもいた。

「こんばんはアリスさん」

「アルトさんこんばんはです。でもこっちでは昼ですから変な感じですね」

「でも実際には夜ですしこんばんはで私はいいと思っていますよ」

「それにしてもアリスが時間に遅れるなんて珍しいわね～。何かあったの～？」

んー……家の事は皆にはまだ内緒だから適当な言い訳を……。

まぁルカとリーネさんにはばれてしまったが、他の人にはばれないようにしないと……。

「ちょっとお風呂でのんびりしてたら時間が過ぎちゃってて……」

「そういえば最近アリスとお風呂入ってないわね～……。今度一緒に入りましょうよ～」

「アリスさんとそんな羨ましい事を……」

「一緒にって……それ子供の頃だよね……？」

リンが変な事言うからアルトさんが誤解したじゃないっ！

アルトさんも手をわなわなと動かさないのっ！

「変な話をしてないで早く図書館行くよっ！」

「ふふっ、そうね～」

「んんっ！　そっそうですね、時間も時間ですしね」

はぁ……なんか一気に疲れた気がする……。

「えっとここでいいんだよね？」

「リンさん、ここでいいんですか？」

「そうよ～。ここがオルディネ王国の国立図書館よ」

王都にあるということと国立図書館というだけあって、結構大きいように見える。

建築の雰囲気としてはヨーロッパにあるような歴史ある建物という感じだ。

「さて入りましょうか～」

「そっそうだねっ！」

私たちが図書館の中に入ると受付の人に声を掛けられた。

「ようこそ。異邦人の方ですね」

「あれ？　私たち異邦人なんて言ったっけ？」

「入口に入る時に異邦人の場合はわかるような仕組みがあります。詳しくはわかりませんが、この建物が建てられた当初にそういう仕組みにしていたようです」

これも運営がそういう風に設定したんだろう。

でも私たちがプレイヤーだってわかる必要あるのかな？

「皆様、図書館のご利用は初めてですか？」

「まぁ初めてです……」

「ではご登録をしていただきたいのでこちらにお願いします」

そう言うと受付の女性の１人が席を立ち、私たちを個室へと案内する。

案内された部屋は何組かが座れるように机と椅子が何セットか置いてある広めの部屋だった。

私たちは言われた通りに席に座ると受付の女性に紙を渡される。

「今お渡しした紙には図書館を利用する上での注意点などが書かれております。入会金に５００Ｇが掛かりますが会員の年会費は無料となっており、貸し出しやその期間、そして貸し出した本の紛失等の場合の支払い金額も記載されております」

私はその書かれている内容を読む。

簡単にまとめると以下のようになっていた。
①：図書館は会員になることで利用することができる。
②：図書館では静かにすること。
③：本は綺麗に使うこと。
④：入会金として５００Ｇ支払う。
⑤：年会費は無料。

⑥：貸し出しは1冊100Gで、貸し出し期間は21日間。
⑦：本を紛失した等の場合には損害賠償として1冊1万G支払う。
⑧：資料を書き写したい場合は一度受付に告げる。
⑨：登録カードを紛失した場合は再発行のために1000G支払う。
「ちなみに異邦人の方は登録していただければ、どこの国の図書館でも利用する事が出来ます」

「この国だけじゃなくて？」

「はい。図書館の登録カードに関しては各国共通となっていまして、普通は登録カードと身分証明書となる物が必要なのですが、異邦人の方の場合は登録カードだけで済みます」

「どうやってそれを判断するのかしら～？」

「そのために入り口の仕掛けがあります。あれに反応した方には通常とは別の登録カードを渡すことになっていまして、それで異邦人かどうかがわかります」

つまり、男は青で女は赤みたいな感じで、見ただけで判断出来る様な仕組みになってるわけだね。

まぁ確かに私たちには身分証明書なんてないからね……。

「じゃあ登録お願いします」

「私もお願いします」

「私も大丈夫だからお願いね～」

「かしこまりました」

私たちは500Gを実体化して受付の女性に渡すと、女性は胸の内ポケットに手を伸ばしてカードを3枚取り出す。

「ではこちらのカードの裏にそれぞれ登録者名の記載をお願いします」

見たところ特に変わったところは見られない普通のカードだった。

とりあえず名前を記載っと。

カードの裏に名前を記載すると、一瞬カードが強く光り出す。

すると表に私の顔が写った。

顔が写ったってことは、これが身分証明書にもなるってことで1枚で済むというのはこういうことなのか。

でも顔が写ったカードをゲームでも持つのはなんか気が引けるなぁ……。

「これで登録は完了しました」

「じゃあこれで図書館の中を見て歩いてっていいわけね〜？」

「はい、ごゆっくりどうぞ」

さてと、ではまず何から調べようかな。

そういえば2人は何を調べるんだろ？

ちらっと2人を見るが、自由行動をする雰囲気は見られない。

「2人ともどうしたの？　調べたい物あるんだよね？」

「えっ！　そっそうね〜……何から調べようかしら〜……」

「わっ私も何から調べようか悩んでましてー……」

「ん？　そうなの？」

2人の事だから調べる順番とか決めてると思ったんだけどなぁ？

まぁいっか。とりあえず調和の森から調べようかな。載ってるといいなぁ……。

ということで、まずは地理や土地関係を調べるためにそれらの種類の本がある場所に移動する。

地理や土地と言っても、その土地柄についての本やその土地の歴史についての本もあったりするので、中々お目当ての本が見つからない。

リンとアルトさんもチラチラとこっちを見ながら本を手に取っている。

2人とも何を探しているんだろう……？

すると近くで女の子と大人が喋っている声が聞こえた。

「おかーさん、『ろくでなしの従者』ってどこにあるのー？」

「図書館ではしーっでしょ？」

「ごめんなさい……」

「まったく……。英雄譚や童話はあっちだから行きましょ。それにしても本当に英雄譚とか好きなのね」

「だってえいゆーってかっこいいんだもん！　あたしもそんなえいゆーと会ってみたいの！」

「そうねー、出会えるといいわね」

「うんっ！」

おやおや、子連れの親子まで図書館に来てるんだね。

てか童話はあっちなんだ。後でチェックしておこう。

っと、それより調和の森調和の森……。

何冊かタイトルと目次をみていると、ようやく調和の森と書かれた目次がある本を見つけた。

「それがアリスが探してた物～？」

「そうだよー」

そう言って私は本の内容を見る。

書かれている内容としては、ヒストリアから南に進んだ先にある森に入ると急に霧に包まれ始めたという。

そしてそのまま進もうとすると気分が悪くなって進めなくなったということだ。

しかしそこで無理矢理進んだところ、声が聞こえたところで倒れてしまった。

気が付いた時には霧の外にいたという。

そして覚えていたのは声が調和の森と言っていたことだけであった。

その後調査隊と向かったが、誰もその森に入れずに拒むように戻されてしまったという。

そして新たにわかった事は、その森に入るためには資格が必要ということだけであった。

とはいえ、何があるかわからないため立ち入りは制限されているということだ。

んー……。

やっぱり資格が何かはわからないかぁ……。

どうにか手がかりがわからないかなぁ……。

他にも調和の森と書かれた内容はあったが、どれも似たような内容で特に情報は得られなかった。

仕方がないので他の情報も集めるため、他の本を手に取って調べることにした。

一通り王都周辺の事を調べてみたところ、北西と北東に火山と雪山があることは正しかった。

しかし、肝心の耐熱耐寒素材についての情報は見つからなかった。

だが、火山と雪山に挟まれた北の山間でとても美味しい卵を産み落とす大きな鶏型のモンスターがいるらしいという記述があった。

更にその鶏は不死なのか、倒してもすぐに復活してしまうとのことだ。

そして警戒心が強いためか、誰かが近寄ろうとするとその卵を割ってしまうという。

そのためその鶏の卵は希少品とされているとのことだ。

その記述を読んだ私は、是非ともその卵を食べたいと思うが、どうせ食べるのならばスイーツの材料にした方がいいのではと思い至ったわけだ。

実際のところ私は耐熱耐寒素材となる物は持っていないし、少し生活基盤を整えたいという事もある。

サイとリアという2人を雇った以上、そういったライフラインを整えるいい機会だと思う。

それに2人がいるおかげで簡単な農作業などはしてもらえるので、私は他の事に手を回せるということだ。

しかもサイは【促進】スキルまで持っていたので、私が植えたばかりの苗に【成長促進】を掛ける必要がなくなっていた。

というかサイって農業関係が欲しいプレイヤーにとって結構当たりなんじゃ……？

リアは……うん、まだ8歳で小さいから仕方ないよね。これから頑張ろうね。

とまぁ、私はそういう感じで色々調べる物があったんだけど、リンとアルトさんの2人は私に付いてきてばかりで本当に調べてるのだろうか……？

そんなこんなで調べているとすっかり日も暮れてしまったため、今日の調べ事はこれぐらいにするとしよう。

しかし1つ疑問に思ったのは、私たちがこの世界の文字を読めているということだ。

運営がそのように設定したのならわかるが、普通ならば解読するようなスキルが必要になるはずだ。

ということで受付のお姉さんに聞いてみた。

「そうですね、【解読】スキルが必要になるようなものは古代の物や宝の地図といった古い物を調べる上で必要となります。この図書館にもそういった古い書物が保管されていますが、持ち出し厳禁となっているため、業務員と一緒でなら閲覧が可能という形になっています」

ほえー……。そういう感じなのね。

となると、ダンジョンとかトレジャーハントしているとそういうスキルも必要というわけだね。

まぁ私はトレジャーハントはしないと思うけど。

てか何で2人はそんなに驚いてるの。

普通に疑問に思う所だよね？　こういうところは。

それともこれがゲーム慣れしてしまった人たちとの違いなのかな……？

その後2人と別れた後家に戻ると、サイとリアの2人が既に家に戻っていた。

「お帰りなさいませご主人様」

「お帰り」

「ただいま、2人とも。じゃあご飯の準備するね」

「はーい」

私は台所へ行き、アイテムボックスから羊の肉と魚を取り出す。

こうなると野菜も欲しくなるから早いところサイに植えてもらうとしよう。

あっ、そういえば2人にお願いしないといけないことがあった。

「ねぇ二人ともちょっといい？」

「どうした？」

「何ですか？」

「2人はネウラはもう大丈夫だと思うけど、レヴィはどうかな？　あの子も仲間だから一緒にご飯食べさせたいんだけど……」

私がレヴィの名を出すと、二人は顔を歪めてしまう。

とはいえ、ここでレヴィを除け者にしてしまうのは可哀想だ。

どうにか説得できればいいんだけど……。

するとサイが口を開いた。

「べっ別に危害加えないって言うし……俺は大丈夫……」

「リアも大丈夫です！……でも……ネウラちゃんみたいにいい子ですよね……？」

「そこは大丈夫だよ。もし悪い事したら私が叱ってあげるからね。でも2人が悪い事したらちゃんと2人の事も叱るからね？」

「子供じゃねぇんだからそんなことしねぇって……」

むしろ大人の方が悪い事をする気が……。

とまぁ、許可は得たのでレヴィとネウラを出してあげる。

「キュゥ！」

「ぁぅ――！」

「レヴィ、ネウラ、改めて２人によろしくって挨拶しようね」

「キュゥゥ！」

「ぁー！」

「よっよろしく……」

「よろしくお願いしますっ！」

うんうん、千里の道も一歩からってことでゆっくりだけど仲良くなってほしいな。

さてと調理を進めないと。

人数が多くなったからその分作業も増えたからね。

調味料がまだ塩しかないためそこまで凝った味付けはできなかったが、２人は私が作った食事に感激していた。

リアに至っては涙を流すほどであったため、私たちの方が慌ててしまった。

そこで話を明るくするため、今日の近況を２人に報告してもらった。

話を聞く限り、私の紹介というのもあってリアはそこまで厳しくはされなかったが、懇切丁寧《こんせつていねい》に調合の方法を教えてもらって実践していたということだ。

おかげで傷薬はもう作れるようになったという。

ということは明日からはポーション作りに移るかもしれないから、ルカにまた空き瓶の補充をお願いしようかな。

レッドポーションの素材もまだあるし、ご飯食べた後にルカに連絡してから作っておこう。

「アリス、来たよ」

「えっと……私の時間感覚が正しければまだ10分ぐらいしか経ってないと思うんだけど……？」

「アリスに呼ばれたら秒速１５０㎞で来る」

「ルカは雷か何かなのかな？」

「まぁ冗談は置いといて、空き瓶持ってきたよ」

ホントに冗談なのかな……？

ルカってあんまり表情豊かじゃない方だから意外にわかりづらいんだよね。

特に無表情で冗談を言われると本当なのかわからなくなる……。

「ところでその子たち誰？」

「今日雇用したお手伝いさんだよ」

「どうも……」

「こっこんばんはっ！」

ルカは二人をじーっと見つめてその周りを回る。

２人は咄嗟にお互いに抱き着いて肩を震わせる。

「２人とも可愛い。私妹とか弟が欲しかった」

「確かに２人とも可愛いけどさ……誘拐しないでね？」

「善処する」

いや、そこはしないって断言してよ怖いじゃんか。

ほら２人も誘拐されるかもって更に震えてるじゃん。可哀想に。

「それでルカ、空き瓶ホントにもう持ってきたの？」

「うん。時間あったから一杯できた」

「一杯って……。ちなみに何個今できてるの……？」

「素材集めの方が今時間掛かってるから、大体２０００個ぐらい溜まった」

おかしい、桁を間違えているんじゃないかと思うぐらい作ってるよこの子。

何故そんなオーバーワークみたいな感じで生産してるんだろうか……。

ともかく、先程完成したレッドポーションを10個渡して空き瓶を２０００個受け取った。

これをリアに渡してあげる。

あとは薬草の数が足りないようならばログアウトする前に少し採取してこようかな？

そこも含めてリアに残りの薬草数を確認しないと。

リアに薬草の残りを確認してルカが帰った後、私は薬草の数が少し心許ないと感じたので2人を留守番させて少し西の森で薬草採取をしに向かった。

夜なので門は閉じているのだけれども、もう完全に顔パスになったのか私の顔を見るなり周囲を確認して門を開けてくれる。

しかし今回は少しだけ外に出るだけなのでその事を伝えてから街を出た。

大体1時間ぐらいかな？

それぐらいの時間森に入って薬草採取を行い街へ戻った。

元々1、2時間出るとは言っていたので、衛兵の人たちもちゃんと見ていてくれていたためすぐさま街の中に入る事ができた。

衛兵の皆さん、いつもありがとうございます。そしてお疲れ様です。

家に戻るとリアはもうおねむなのか、少しうとうとしながら私の帰りを待っていてくれた。

これ以上起こしているのも悪いので、リアを抱えてベッドに移動する。

サイはどこかなと見渡すと、端っこの方に私が用意していた毛布を掛けてうずくまっていた。

「サイ、そんなところにいないでベッドで寝ようよ」

「俺はいい……」

そうはいっても私が納得できないので、リアをベッドの壁際に横にしてからサイの方へ向かう。

そして毛布ごとサイを抱きかかえてベッドへ運ぶ。

さすがにサイも暴れると危ないという事はわかるので、一応大人しくしている。

ベッドへ着いたのでサイをリアの横に降ろす。

私はログアウトすると消えるはずなので一番端っこだ。

「ほらー騒ぐとリア起こしちゃうぞー」

「ご主人様卑怯だぞ……」

「ちゃんとベッドで寝ないサイが悪いんだよ？」

「ぐぬぬ……」

「それに私がいない時は2人っきりになるんだから、ちゃんとリアの側で寝てあげないとダメだよ？」

「それはわかってる……」

恥ずかしがってリアの方を向いているサイを後ろから軽く抱きしめてあげる。

サイはびくっと反応するが、ゆっくりと頭を撫でてあげる。

しばらく撫でていると落ち着いたのか、小さく吐息が聞こえる。

どうやら2人とも寝たようだ。

「じゃあ2人とも、明日もよろしくね」

私は2人を起こさないようにベッドから降りてログアウトした。


日曜の朝、私はこの1日で調味料の作製に入ろうと思う。

もちろん予習は済ませてある。

ちなみに大豆は夕食の支度中に洗って容器にクラー湖の水を入れて浸けてあるのだ。

そして大豆の他にも塩と麹《こうじ》の2つの材料が必要である。

塩については既に確保済みで、残り1つの材料である麹が問題だった。

しかしそこは料理倶楽部の情報から麦麹が売っているということは知っていた。

というか、彼らも麦麹を使って味噌を作っている最中である。

では私も麦麹を使って味噌を作ろうと思ったのだが、実は王都に米麹が売っているという情報をリンから得た私は、1回明け方の4時頃に起きてログインしたのだ。

そして米麹を王都で購入して再度ログアウトした。

もちろん向こうでは昼間なのでサイとリアの2人には出会ったが、眠かった私は多分うまく対応してなかっただろう。

この後ログインしたら謝ろう……。

「ご主人様、何をしているんですか?」

「今味噌を作るために豆を煮てるんだよ」

「お味噌……ですか？」

リアは味噌が何かは知っているが、作り方は知らないようだ。

まぁ普通調べなきゃ知らないんだけどね。

でも一先ず数時間は大豆を煮込んで柔らかくしないといけないからその間に詰める用の樽《たる》とカビ対策用のお酒買ってこないと。

「あのっ！　リアもお手伝いしたいです！」

「んー……じゃあ私が帰ってくるまでに今煮ているお鍋に灰汁が出たらそれを取り除いておいてくれる？」

「がっ頑張りますっ！」

健気な子だなぁ……。

私はリアの頭を撫でて家を出て買い物に向かった。

なるべく急いで帰らなきゃ。

「ただいまー」

「お帰りなさいご主人様」

「リア、灰汁はどうだった？」

「まだ煮たばっかりだったのでそんなに出てませんけど、出た分は取っておきました！」

「ありがと、じゃあ引き続き灰汁の取り除きお願いね」

「はいっ！」

さてと、私はその間に麹と塩を混ぜておこうかな。

さぁ均一になぁーれー。

私が麹と塩を混ぜ終わり、大豆の煮込みも数時間が経過した頃になるとサイが畑仕事が終わったのか戻ってきた。

「リア、そろそろナンサさんのところに行かないと」

「えっ？　お兄ちゃんもうそんな時間？　でも今は……」

「リア、お手伝いありがと。後は私がやるから大丈夫だよ」

「ごめんなさいご主人様……」

「ううん、リアが手伝ってくれたから他の作業できたんだから。だから大丈夫だよ」

「じゃあ……すいませんが行ってきます……」

そんなに落ち込まなくても……。

ここは元気付けるために言葉を掛けないと。

「リア、私はリアが調合できるようになってくれたらとっても助かるんだけどなぁー……」

「！　本当ですか⁉」

「うん、だからしっかりとナンサおばあちゃんに教わってくるんだよ？」

「わかりましたっ！」

よしよし、これでリアの元気は戻った。

さてと、じゃあ味噌作りに戻ろっと。

鍋に掛けている大豆を１つ取って軽く力を入れる。

私が指に力を入れるとネチっと潰れたため、ちょうどいいぐらいだと判断する。

念のために更にいくつか潰してみるが、同様にネチっと潰れた。

ではこの煮汁を別の容器に移してっと。

「『グラビティエリア』」

私は自分に重力魔法を掛ける。倍率は1・2倍だ。

さてさて大体1分ぐらい経ったかな？

私は更に魔法を唱える。

「『チェンジグラビティ』」

私は今煮込んだ大豆に対して魔法を発動させる。

すると大豆は通常の重みより更に重力がかかって次第に潰れていく。

更に私もその上から手で押してペースト状になるように大豆を潰す。

もっと重力の倍率を上げればいいかと思ったのだが、そうすると鍋が壊れるかと思って少し低めにしといたのである。

魔法の効果が解ける頃には大豆はすっかりと潰れたので次の作業に移る。

この後は少し冷やす必要があるので鍋に水が入らないように周りに水を当てて冷やす。

数分後、いい具合に温度が下がったので中の大豆を先程作った麹と塩を混ぜたボウルに移す。

さてと、ここからはコネコネタイムだ。

リアがいたらきっと楽しめたんだろうね。

混ぜてる最中に、冷ました煮汁をムラがないように混ぜる。

そしてペタペタと押し固めて味噌団子を作っていく。

この時に硬さの確認としてパキっと割れるぐらい硬い方がいいらしい。何故だかはわからないけど。

あとは先程購入した樽にお酒を周りに薄く塗るのと、詰めた味噌団子の表面に化粧塩？　っていう処理をするらしい。

化粧塩は最後だから、先に中に味噌団子を詰めては潰して隙間を無くすのを繰り返して樽の中を満たす。

最後に化粧塩を表面に塗って、後は樽の上に重石を置いて終わりらしい。

後は数ヶ月保管というけど、たぶんそういう熟成は多少はやめてくれてることだから多分ゲーム内で1ヶ月ぐらいで完成するのかな？

リアル熟成時間になると多分長すぎて誰も作らなくなるから大丈夫だよね……？

ふぅ、とりあえずこれで完成かな？

あと調味料とかとしてはハチミツだけど、調べたところ遠心分離機や濾過器《ろか》が必要らしいんだよね……。

少なくともエアストで砂糖は使われてることからその機材はあるはず。

問題は値段だ。

現実では少なくとも数万から数十万はする。

いくらこの世界の物価が低いかもしれないとしても、少なくとも数万は持ってかれるはずだ。

あぅ……。でも先行投資と考えれば……いやでも今はちょっと数万は痛い……。

「ご主人様、何に悩んでるんだ？」

「んーちょっと遠心分離機とか濾過器が必要なんだけどお金がなぁーって……」

「それならさっき話してた料理倶楽部っていうところには置いてないのか？」

あっ。そうだね、あそこはギルドだから必要機材は一通り揃っているはず。

しかし……いきなり行って貸してもらえるのだろうか……？

その場で使わせてなら多分大丈夫だろうけど……とりあえず連絡してみよう……。

料理倶楽部はどうやらギルドホールをヒストリアに建てたらしく、現在余った資金で機材の購入を行っているとのことだ。

ではでは乗り込んでみる事にしよう。

あと何か珍しい食材知ってたら教えてもらおう。


ヒストリアへ飛び、メッセージで教えてもらった地点に向かうと確かにギルドホールらしき大きな建物が建っていた。

そして案内として外に出ていたであろう料理倶楽部の人が私の姿を見つけて声を掛けてきた。

「アリスさん、お待ちしておりました」

「急に来てしまってすみません……」

「いえいえ、同じ志をお持ちでいるアリスさんに来てもらえて嬉しいです」

そこまでの事はしていないと思うんだけどなぁ……。

「そういえばイベントの時にお渡ししたオリーブの苗木はどうなりましたか？」

「えぇ、順調に育っていますが収穫にはまだ時間が掛かりそうです。ですがブルーベリーとレモンについてはそろそろ収穫できそうな気配があります」

「おぉ……」

ブルーベリーとレモン……実を1つ貰って栽培したい……。

「その……収穫の時に実を1つ貰えたりは……」

「えぇ、構いませんよ。そもそもアリスさんに提供していただいた物ですから大丈夫ですよ」

うへへー。そしたらこれでリンゴにレモンにブルーベリーが家で収穫できるようになるぞー。

お肉にレモンかけてさっぱりとかでもいいし、ブルーベリーを使ったパンとかもいいしなー。

おっと、つい浮かれて本題を忘れていた。

「それで本題なんですけど、遠心分離機って料理倶楽部の人たちは使ってるって聞いたんですけど、いくらぐらいしたんですか……？」

「そういえばその用事で来たんでしたね。えーっと確か……10万Gしましたね」

「じゅっ……10万……」

おぅ……やっぱり高かったよ……。

とはいえそれを購入しない事には……。

「ですが少し変わった遠心分離機なので高かったんですけどね」

「少し変わった？」

一体どういうことだろう？

私は彼について行き実際に遠心分離機を見せてもらった。

見た目は通常の遠心分離機のように中心に物を入れて回転させて分離させる機構のように見えた。

だがその機器の周りを見て1つ気づく。

「これ、手回しとかでやるにしてもそういった機構が見当たらないんですけど……」

そう、通常は電気や手回しをして回すものなのだが、これにはそのような物が付いているようには見えなかった。

するとその理由を彼が答えてくれた。

「これは自分たちで回転させるのではなく、ＭＰを送り込むことで回転するタイプの遠心分離機なんです」

どうやらこの遠心分離機は【付加】スキルがなくてもＭＰを送り込めるようになっていて、その送り込んだ量に応じて回転数と回転速度が決まるようだ。

確かにその機構なら高いのも頷ける……。

「ところでアリスさんは遠心分離機で何を分離させるつもりなんですか？」

「えっ……その……実は……」

私はヒストリアの南の森で蜂の巣を採ってきたことを伝えると、彼は驚いていた。

まずどうやって蜂の巣を回収したのかを聞かれたので、煙出して蜂をどっかに行かせた後ぱぱっと巣だけ回収したと言うと、更に驚いていた。

実はヒストリアの外れに養蜂《ようほう》をしているところがあるらしい。

彼らはそこで蜜が溜まった巣箱を購入して自分たちで蜂蜜を作っているとのことだ。

なので自ら巣を採ってきた私に驚いたというわけだ。

てかそもそも巣だけ採ってきても蜜が集まっているかがわからないのではないかと言われた。

まぁご尤もな事で反論しようがなかった。

しかも丸い巣を丸ごとなので、そこからどう蜜だけを採るかという問題に至るわけだ。

今度採ってきた場所に戻して来ようと思ったが、ある意味巣を持っているならわざとミツバチをその中に集めて時間経過しない【収納】の中にしまい養蜂所を作ってそこで養蜂するのはどうかと提案された。

それならば一定数のミツバチさえ確保できれば養蜂は可能になるので購入する必要はなくなるからだ。

しかしその場合だと1つ問題がある。

私とかは別に大丈夫なのだが、リアたちも家にいる以上その管理をしなくてはならない事もある。

その場合をどうするかだ。

体型が違う私とリアたちでは防護服が体型に合うように何枚か必要となるが、確実に2人は遠慮するだろう。

安全のためと言って説得する方法もあるのだが、畑に養蜂となったらサイの手が回らないのではと思う。

それにミツバチを逃がさないための施設の作製も必要となる。

てかそもそも町中でミツバチが飛んでるとか住人的には嫌だよね絶対。

個別エリアとか造れるなら別なんだけどね……。

とまぁ、そういう案と遠心分離機について知れたので来た甲斐はあっただろう。

でも、砂糖と蜂蜜についてはまた遠くなったなぁ……。

一応空いている時ならば料理倶楽部の人が遠心分離機を貸してくれるとは言ってくれてはいるが、自分で用意したほうが迷惑掛けないしそっちの方がいいんだよなぁ……。

うーん……。購入だけしとこうかなぁ……。

はぁ……。借金が減らないなぁ……。

リアがレッドポーションを作れるようになれば一気にお金が増えそうな気もするけど、もう少し時間掛かりそうだから私が何とかお金を稼がねば……！

［さぁ］スキル情報まとめＰａｒｔ27［発言しよう］

１：名無しプレイヤー

http://******************←既出情報まとめ

次スレ作成　＞＞980

297：名無しプレイヤー

ウォルターや他の鍛冶士に聞いたけど属性武器はまだ作ってないってさ

298：名無しプレイヤー

となるとやっぱりスキルが濃厚だな

299：名無しプレイヤー

魔法＋武器なんかねぇ？

でもそしたら魔法剣士系皆持ってて話題上がってるはずなんだがな

300：名無しプレイヤー

となるとホントに別のスキルなんだよなぁ

誰か知らねえかなぁ……

３０１：名無しプレイヤー
少なくともＭＰを使うものだろうし、魔法と関係あると思うんだよなぁ
３０２：名無しプレイヤー
完全に何かの派生スキルか、複合ってところだよな
３０３：名無しプレイヤー
武器に纏わせるとか何かか？
３０４：名無しプレイヤー
確かにそういうのをどこぞの和尚が手に入れてたな
３０５：名無しプレイヤー
＞＞３０３確か【身体強化魔法】だっけか？
＞＞３０４そうそう、【操術】関係で身体に掛けてて毎日１０００回ぐらい突きと蹴りしてたら
手に入れたってさ
３０６：名無しプレイヤー
なんでゲーム内で修行してるんですかねぇ……
３０７：名無しプレイヤー
噂だとリアル和尚って聞いたが本当なのだろうか……
３０８：名無しプレイヤー
でもあくまであれって『自分に対して』って聞いたから武器には無理なんやないの？
３０９：名無しプレイヤー

でも【操術】関係のスキルっていうのはありそうやな　誰か【操術】持ってないん？
３１０：名無しプレイヤー
＞＞３０９悪いが持ってないんだよなぁ……
３１１：名無しプレイヤー
＞＞３０９持ってるのがまだ数人程度って聞いたぞ
３１２：名無しプレイヤー
やっぱりリーネとかから教えてもらわんと無理かぁ……
３１３：名無しプレイヤー
＞＞３１２教えてもらえるほどリーネが時間あるかが問題
３１４：名無しプレイヤー
さすがに時間空けろで教えてくれるやつなんていないしな……
３１５：名無しプレイヤー
そうすると【操術】持ちの住人を探すっていうのが一番の手か
３１６：名無しプレイヤー
今ならギルド萩蓮寺に帰依して修行を行えば【操術】を教えてあげましょう。
３１７：名無しプレイヤー
うおっ!?【穿《は》戒僧《かいそう》】がなんでスキルスレに!?
３１８：名無しプレイヤー
呼ばれた気がしたので来ました。

319：名無しプレイヤー
（呼んで）ないです
320：名無しプレイヤー
まぁ今回は赦しましょう。それよりも魔法で武器に属性ですか。私と似た系統だとは思いますけどね。
321：名無しプレイヤー
ちなみに【穿戒僧】は他に魔法は？
322：名無しプレイヤー
一応【火魔法】は取ってますが拳に火を纏うことはできませんでしたね。
323：名無しプレイヤー
なんで和尚が平然と【火魔法】取ってるんですかねぇ……
324：名無しプレイヤー
まぁとりあえず【身体強化魔法】ではないということだ
325：名無しプレイヤー
一先ず【操術】持ちを探すとするか
＞＞324へい
326：名無しプレイヤー
え？ ですから萩蓮寺に帰依すれば【操術】スキルを教えてあげますよ？
327：名無しプレイヤー

よし、探してくるからまたなノシ
328：名無しプレイヤー
さてと、俺も探してくるかノシ
329：名無しプレイヤー
あなたたち！　うぅぅぅ……南無三！

［運営］イベント予想スレPart2［掛かってこい］
142：名無しプレイヤー
前回がキャンプで前々回が戦闘系だから今回は戦闘系と予想する
143：名無しプレイヤー
秋で戦闘系に関連するイベント事ってあったっけ？
144：名無しプレイヤー
そもそも秋って何の行事あったっけ
145：名無しプレイヤー
悪いお月見、紅葉狩り、ハロウィンぐらいしか思いつかん
146：名無しプレイヤー
小さい事で言えば運動会や収穫祭に読書と睡眠の秋ってところか
147：名無しプレイヤー
となるとハロウィン？

１４８：**名無しプレイヤー**
そうすると魔女やお化けやジャック・オー・ランタンが敵って感じか
１４９：**名無しプレイヤー**
魔女はともかくお化けに有効なスキルって……【光魔法】とか【聖魔法】とかか？
１５０：**名無しプレイヤー**
でも光はあんまり攻撃系ないから実質【聖魔法】だな
１５１：**名無しプレイヤー**
まぁハロウィンは候補の１つになりそうとして、他には何が来るかだ
１５２：**名無しプレイヤー**
運営の事だからある程度季節は関連づけようとしそうな気もするんだが……
１５３：**名無しプレイヤー**
しかし現実とゲームで３ヶ月違うからなぁ……
１５４：**名無しプレイヤー**
それに１番最初も季節関係なかったしな
１５５：**名無しプレイヤー**
んー一体何が来るんだ……
１５６：**名無しプレイヤー**
ありそうといえば神話関係のやつとか歴史のやつとかか？
１５７：**名無しプレイヤー**

＞＞１５６どゆこと？
１５８：名無しプレイヤー
例えばだけど、ヘラクレスの十二の試練みたいにそういうのを模擬したイベントとかさ
１５９：名無しプレイヤー
クリア率で報酬が変わるとかそんな感じか
１６０：名無しプレイヤー
＞＞１５９　そうそうそういうの
１６１：名無しプレイヤー
確かに十二の試練みたいに個数決まってるのだとわかりやすいしな
１６２：名無しプレイヤー
あとはよくある襲来イベントで防衛せよとかそういうのか
１６３：名無しプレイヤー
さすがに防衛イベントは武器とかスキルの問題上まだ先だと思うが一応考えておくか
１６４：名無しプレイヤー
たぶんそういうイベントなら先に告知が来るだろ　来てくださいお願いします
１６５：名無しプレイヤー
あと何あるかなぁ……
１６６：名無しプレイヤー
何かを集めろ系とかか　あれもある意味クリア率ってなるが

１６７：名無しプレイヤー
まぁ言えることは何が来ても大丈夫なように準備しとけってことだ
１６８：名無しプレイヤー
せやな
１６９：名無しプレイヤー
とりあえず早くイベントの告知してほしいんご……有給取らんといけないんご……
１７０：名無しプレイヤー
＞＞１６９社畜が休みを貰えると思ったか？
１７１：名無しプレイヤー
＞＞１７０流石にそれはブラックすぎなんだよなぁ……
１７２：名無しプレイヤー
働きたくないでござる！
１７３：名無しプレイヤー
働いたら負けかなと思ってる
１７４：名無しプレイヤー
＞＞１７２＞＞１７３でも働かないと好きな物買えないぞ
１７５：名無しプレイヤー
＞＞１７４そっそれは困る……
１７６：名無しプレイヤー

次のイベから本気出すから

177：名無しプレイヤー
＞＞176現実で本気出せよ……

「ご主人様、これが今朝採れた素材だから」

「ありがと。そっちの収穫用のハウスボックスの中に入れておいて」

「わかった。あとリンゴも数日ぐらいで1回目の収穫できそうだから採れたら入れておく」

「リンゴについては増やしたいから1つはいつものハウスボックスの中に入れておいて」

「わかった」

サイに農作業をしてもらっている内に、私はせっせとレッドポーションの作製を行っている。

どうしても人手が増えた分素材が溜まるのも早くなっているので、それの消費も行わないといけない。

また、色々と家具を買ったためその分の資金を取り戻さないといけないから結構必死だ。

家具については本当に簡易的な効果を持った物が運営の手によって売られている。

これは課金ではなくゲーム内マネーで購入が可能だ。

簡易的な効果にしたのは【家具】スキル持ちの役目を奪わないためだろう。

とはいえ、私も結構な数を作っているがやはり大学との兼ね合いでどうしてもそこまで多くは作ることができない。

リアも頑張ってくれてはいるが、もう少し掛かるそうだ。

しかし期間は空くが畑が空いているからといって増やしすぎた結果、数日ごとに数百個のレッドポーションの素材が集まるのはやりすぎた気がする。

でもサイは特に困った様子を見せないので減らすべきかも悩んでいる。

下手に減らすと何故か怒られるのだ。

畑空いてるんだからもっと植えろという感じで。

なのでレッドポーションの素材以外にもイベントで手に入れた野菜を植えているのだが、それでもまだ余裕そうな表情を見せるサイは化け物なのではないかと最近思っている。もちろん口に出さないけど。

それとは別に嬉しい事もある。

ネウラの【成長】スキルのレベルが25を超えたのだ。

すると今までの喋りから少し変化したのだ。

「ネウラー」

「！　まーぁー！」

「おー！　ネウラもう少しだよっ！」

「まーぁー！」

という感じである程度喋れるようになってきたのだ。

正直悶えました。うちのネウラ可愛いすぎてやばい。

親バカとか言われるかもしれないけど、自分がそうなったら絶対悶えるから。

それに身体も以前より大きくなって、大体幼稚園児ぐらいかな？　もう私の胸元には入れないぐらいには大きくなった。

そういえばネウラと言えば、サイとリアのモンスター恐怖症についてなんだけども、なんだかんだ2人はレヴィとネウラに対してちゃんと触れ合えるようにはなった。

とはいえ、あくまで一緒にいるレヴィとネウラに対してだけなので、町中で他のペットとかに出会うと怖がってしまうのでそこだけは注意が必要だ。

ということを考えている内にレッドポーションの作製数が50を超えた。

しかしハウスボックスの中には山のようにまだ素材がある。

あまりに増えすぎたならば他の調合持ちに売る事も考えている。

ではどこに売り出すかという問題になるのだが、残念というかどうやってというか運が良いというか、よくわからないがある人物に私が家を持っていることを知られてしまったのだ。

「アリス～」

そう、その人物であるリンが私の家の前に現れた。

「リン……本当にどうやって私が家持ってるって知ったの……？」

「それは企業秘密よ～」

といった具合にはぐらかされてしまうのだ。

おそらくリーネさんではないだろう。

確実にリン以外から制裁を受けるだろうし。

となるとルカになるのだが、ルカは口が堅いと思うので言わないと思ってる。

ではどこから知られたのかとなるが、よくよく考えてみるとリアを迎えに行っているサイの姿はどうしても周りに見られてしまう。

そして王都に到着しているメンバーは雇用奴隷の証であるチョーカーの事を知っているかもしれないので、そこから知られたのではと思っている。

まぁ雇用奴隷がいないこのエアストではある意味目立ってしまうのでこれは私のミスだ。

とはいえ、2人の格好も今は質素な服を着ているが、そろそろ新しい服を用意してあげるべきだろう。

まぁお祝いという名目を使うためリアがレッドポーションを作れたらにしとこうかな。

普通に買いに行こうとなるとサイが拒否するため、このような回りくどい手を取らざるを得ないのだ。

もっと素直にして欲しいんだけどね。

「それでアリス～、レッドポーションの素材の余りはどんな感じ～？」

「んー……今のところはまだ捌きされるけど、これが1ヶ月……あっちだと10日か。それぐらいになると多分処理しきれないと思う」

「一応こっちの調合持ちと既に話はしてるんだけどね～。コキノ草とカミツレ草それぞれ50Gで買い取るっていう話で決まったわ～。後はアリスが承認するだけよ～」

「ってことは1セット100Gってこと？　まぁ処理できない分だから構わないけど……いいの？」

「えぇ、アリスみたいに複数スキルを取っている人は今のところほとんどいないからレッドポーションで十分なのよ～。それにプレイヤー数も2万人の内およそ半数以上はもうレッドポーションに移行しているしね～。おかげで全然足りないのよ～」

「ほえぇ～……」

まぁプレイヤーが増えても戦闘職と生産職の割合が均等になるわけがないもんね。

それに1回の狩りで使う人は何個もポーション使うし、数が足りなくなるのは仕方ないのかもね。

どおりで最近エアストで露店開くとすぐさま売り切れるはずだ。

でもそこまで売れるならレシピ作製で効果低くても買ってくれるのではと思ったけど、そうすると私の顧客が減るかもしれないのでやめておこう。

「もうそろそろイベント告知きそうなのにポーション揃わなくて困るわね～……」

「リンとかは完全に戦闘で稼ぐ感じだもんね」

「しかも次は戦闘系かなって予想されてるから、更にポーションとかの回復系の需要が高くなってるのよ～……。アリスって値上げとかしないの～？」

「値上げかぁ……」

んー……。特にそういうのは考えてなかったなぁ……。

レッドポーションは２００Ｇっていうふうに考えちゃってたから、値上げって言ってもどれぐらい上げていいかもわからないしね。

「値上げって言ってもどれぐらい上げるの？」

「細かくは決まってないけど、大体10Ｇから50Ｇってところかしらね～？　私も生産職じゃないから細かいところはわからないけど、今のところは上げてもそれぐらいって言う話よ～」

「じゃあ私は10Ｇだけ値上げしとこうかな」

「それにポーションの需要量が増えて空き瓶も少し値段上がってるんだし、それぐらいの元を取ってもいいと思うわよ～？」

「えっ？　空き瓶の値段も上がってるの？」

「えっ？」

「あっ……」

しまった……。つい……。

「アリス～？　また何かして空き瓶を同じ値段で購入できてるの～？」

「えっと……その……」

近寄ってくるリンに冷や汗を流しながら顔を逸らす。

するとと今度はリンやサイたちとは違う別の足音が聞こえた。

「アリス、追加の空き瓶持ってきた。……って、何してるの？」

「あっ……」

ルカ……やっぱりタイミング狙ってるよね……？

リンは今のルカの発言を聞いて何かを察したようで私から離れる。

「あら～……そういうことなのね～……？」

「えっと……リン……そのね……？」

「大丈夫。これは正当な取引。何の思惑もない」

「へ～……そうなの～……」

リン……？　何故そこでルカに近づくのかな……？

ルカもリンをじっと見てるし……。

するとリンがルカの耳元に顔を近づけ何かを喋ったように見えたが、私には聞こえなかったし聞ける雰囲気でもないのでやめておこう。

というかなんか怖かったし聞きたくないのが本音だ。

まぁ2人は特に争うこともなく、リンもそのまま挨拶をして帰って行き、ルカも私とレッドポーションと空き瓶の取引をしてそのまま出て行った。

私もなんだかその事を追及する気も起きず、追加で受け取った空き瓶を使ってレッドポーションを作り続けた。

触らぬ神に祟りなしってところだよね。

でも2人が喧嘩とかしてるなら仲直りしてほしいんだけどなぁー……。

今度ショーゴに相談してみようかな？

それもだけど、次のイベントのために色々準備しとかないといけないなぁ……。

戦闘系にしても普通のにしてほしいなぁ……。

名前：アリス
―ステータス―
SP：7
【刀Lv6】【AGI上昇+Lv11】【MP上昇+Lv6】【STR上昇+Lv1】【大地魔法Lv7】
【重力魔法Lv5】【隠密Lv5】【解体士Lv3】【切断術Lv3】【調合Lv20】
特殊スキル
【狩人】
控え
【刀剣Lv30】【童謡Lv30】【感知Lv7】【ATK上昇+Lv1】【料理Lv21】【梟の目Lv6】

【採取士Ｌｖ８】【童歌Ｌｖ５】【漆黒魔法Ｌｖ５】【ＤＥＸ上昇＋Ｌｖ３】【収納術Ｌｖ６】【鑑定士Ｌｖ６】【山彦Ｌｖ20】【成長促進Ｌｖ４】【急激成長Ｌｖ４】【水泳Ｌｖ28】【操術Ｌｖ１】【水魔法Ｌｖ17】【火魔法Ｌｖ19】【栽培Ｌｖ17】【錬金Ｌｖ１】【変換Ｌｖ９】【付加Ｌｖ７】【取引Ｌｖ12】【集中Ｌｖ１】

名前：ネウラ【幼体】

―ステータス―

【成長Ｌｖ25】【土魔法Ｌｖ１（弱体化）】【植物魔法Ｌｖ２（弱体化）】

番外編　兄の矜持

KUBIKARI HIME no
Totugeki!
Anata wo BANGOHAN!

俺の名前はサイ。

訳有って奴隷雇用の立場になった俺たち兄妹をご主人様……アリス様が一緒に雇ってくれることになって働いている。

ただご主人様は俺たちのような子供でも雇ってくれるような変わり者だ。

いくら奴隷雇用と言っても普通は能力の高いやつやある程度年齢がいっているやつを選ぶものだ。

しかも俺らの場合、ご主人様の必要とするスキルを妹のリアが持っていなかったことにも加え、2人で一緒に雇われることを希望していた。

そんな訳有り兄妹を雇ってくれるような人なんていなかった。

それにも拘わらず、ご主人様は俺ら2人を雇ってくれた。

ただそのための条件としてご主人様が飼っているモンスターとも仲良くしないといけないという、俺らにとって身の毛がよだつ内容の条件を提示してきた。

モンスターに襲われ両親を目の前で亡くした俺らにとってはその条件はとてつもなく厳しいもので、いくら幼体で見た目が恐ろしくないモンスターだとしても容易くクリアできるものではなかった。

いくらペットだとしても俺らに危害を加えないという保証はどこにもないだろう。

でもご主人様は自分を信じて欲しいと告げてきた。

その時のご主人様の目は俺らを子供としてではなく1人の人間として見ていた気がする。

少なくとも俺には騙したり言いくるめたりするような目には見えなかった。

両親が亡くなって俺らを守ってくれる存在がいなくなった今、俺らが生きるためには俺らを守ってくれる人を見極めるしか道はなかった。

俺の中では心は決まったが、リアとも決める必要がある。

リアに俺の考えを伝え意見を求めると、リアは震えながらも俺の意見に賛同してくれた。

だが、俺らには越えなければいけない条件があった。

モンスターと仲良くする。

この難関を越えなければご主人様と一緒にはいられないと思った。

だからこそご主人様に手の上にペットを置いてもらい、俺ら自身で触れられなければいけなかった。

恐怖も震えもあった。

でも俺らはご主人様を信じた。

あの人は俺らに危害を加えるような真似は絶対にしない。

だからこそ俺らはその信頼に応える対価として覚悟を見せることにした。

結果としては知っての通りクリアできたが、リアの緊張が切れて倒れそうになった時はヒヤヒヤした。

辛うじてご主人様のペットの助けがあってリアが頭とかを打たないで済んだが……。

それにしても自分たちが怖がっていたモンスターに助けられるなんて思ってもいなかったから余計驚いたけどな。

ただそのおかげでリアを助けてくれた植物型モンスターに対しての苦手意識は少し薄れたから良かったと言えば良かっただろうな。

……いやまぁ蛇の方はまだ無理なのはご主人様も俺らの様子を見て理解してくれてるけど、一緒に暮らす以上そこも克服しないといけない問題だよなぁ……。

ともかく、その問題を解決するために俺らはご主人様にある提案をした。

「じゃあご主人様、今日の仕事終わったからいつものあれお願いするよ」

「うん。じゃあネウラ、よろしくね」

「ぁぅー！」

ご主人様に植物型モンスターであるネウラを召喚してもらい、俺はゆっくりとネウラの触手に触れようとする。

ネウラは俺の伸ばしてくる手をじっと待つように触手を伸ばしており、どんなに遅くてもじーっと俺を見つめて動こうとしない。

ちなみにこの訓練にはリアは参加していない。

というのも、まずは俺がネウラと触れ合えるようになって安全という事を示すのが兄としての精一杯の姿だと恰好付けたいのもあるが、もしリアがサクッとできるようになったらそれはそれで俺が立ち直れなくなりそうだからというのも多少なりともある。

……仮にリアが俺より短い時間でネウラと触れ合えるようになったとしても、兄である俺が安全だという証明をしたからだという言い訳を作っておきたい思惑もあったりする。

「……ふぅ……」

「ぁー！」

時間にして1～2分だろうか、最初の方に比べてだいぶ短い時間で触れられるようになってきた。

いや、最初が酷すぎただけか……。

「ぁぅー！」

「あぁ、今日もありがとな」

「だいぶ触れるまでの時間短くなったね」

「こいつ限定だけどな。悪いけどもう1匹の方はまだ無理だ」

「まぁそこは仕方ないかなぁ……」

「ぅー？」

ご主人様が苦笑いをしながらネウラを抱き寄せて指で頭を撫でると、ネウラはよくわかっていないのか首を傾げる。

まぁネウラもまだ幼体だし、難しい話はわからないよな。

「ご主人様たちの様子を見てれば2匹とも人に危害を加えるようなモンスターじゃないってわかるんだけど、やっぱりどうしてもな……」

「2人が大変だったのは聞いたからそこら辺は気にしなくていいよ。むしろ無理して変にギクシャクしちゃう方が私としては困っちゃうかな？」

ご主人様はこう言ってくれているけど、本当はもっと仲良くしてほしいと思っているだろう。

「ぅー……ぁぅー！」

「んー？　ネウラも頑張るってー？」

「ぅー！」

「そっかそっか。でも2人が無理しない程度に頑張るんだよー」

「ぁー！」

ネウラの方もやる気だが、これはあくまで俺たち兄妹がどうにかしないといけない事だからなぁ……。

ともかく数を熟してネウラだけでも慣れるようにしないといけないな……。

それから俺はご主人様に頼んで畑仕事の際の雑草の処理をネウラに手伝ってもらうことで接する機会を増やしてもらうことにした。

「ネウラ、そこの雑草はいらないから食べちゃっていいぞ」

「ぁぅー！」

俺が食べていい植物を指示すると、ネウラは嬉しそうに雑草や余分な薬草を食べ続けた。

さすがに幼体であるためそこまで多くの量は食べられないが、こうして話すだけでも少なからず距離感は縮まっていると思っている。

そんな生活が1週間程続き、俺もだいぶネウラに慣れてきたためリアにも同じ特訓をすることにした。

「ほら、俺が触れてても平気だろ？」

「う……うん……」

俺がネウラの触手に触れて平気だとリアに説明すると、リアは顔をしかめながら俺の様子を窺いつつゆっくりと手を伸ばす。

ただリアは俺の時よりも手を伸ばすのが速い気がする。

元々リアは動物とかが好きだし、俺が触れているという安心感から順応性は高いのかもな。

「んっ……はぁ……」

リアはネウラの触手に触れると少しほっとしたのか深く息を吐く。

「よく頑張ったな、リア」

「うん……お兄ちゃん……」

「ぁー！」

「ほら、ネウラも頑張ったって褒めてるぞ」

「うん……ありがと……」

俺はリアを抱えてベッドへと運び寝かせる。

一見すると平気そうに見えるが、俺から見ればリアはかなり疲弊しているのがわかる。

実際ベッドに寝かせて少しすると小さく吐息を立てて寝てしまった。

まぁリアの場合、俺と違って調合っていう気を使う仕事を教えてもらいながらやっているし予想以上に疲れているのもあるんだろう。

「お疲れ様」

「リア寝ちゃった？」

「あぁ、もうぐっすりだ」

リアの様子を見に来たご主人様に軽く返答してリアの前髪を軽く触る。

「やっぱり疲れてるんだよねー……もう少しお仕事の事見直さないとなぁ……」

「そこまでハードじゃないから平気だって。むしろリアのやつ色々できて嬉しそうだったし」

「それならいいんだけど……」

ご主人様は少し心配そうな顔をしているが、ここまで良くしてもらっておいて文句なんて出るわけがない。

むしろ色々と仕事を任されてもらえるぐらい信頼されているし、心配性なのかちょくちょく気にかけてくれているしな。

正直こんな待遇でいいのか不安になるレベルだ。

俺らを保護してくれていた神父様にこの事伝えたら驚くんじゃねえか？

実際俺らほど厄介な奴隷雇用のやつらなんてそうそういなかっただろうしな。

「ぅー？」

そんな事をふと考えていると、ネウラが心配そうにのそのそとこちらにやってきた。

「ふふっ、ネウラもリアの事が心配だったのかな？」

「ぁー！」

ご主人様はネウラを抱えてあまりリアに近付きすぎないように気遣ってくれた。

「大丈夫だよー。今日はちょっと疲れて休んでるだけだからねー」

「ぅー！」

「だから元気になったらまたネウラも特訓に付き合ってあげてね」

「ぁー！」

よしよしとネウラの頭を撫でるご主人様。

ホント懐いてるよなぁ……。

動物と違ってモンスターって狂暴だからこんな風に懐くまでかなり時間が掛かるだろう。

でも赤ん坊のネウラにしても、あの蛇の方にしても全く狂暴そうに見えないし、異邦人って事だしそこまで長い時間を共にしているってわけでもないだろう。

それにも拘わらずここまで懐くってことはそれだけご主人様が凄いってことなのだろう。

本人は自覚していないだろうけど。

「さて、あんまりここにいたらリア起こしちゃうから向こうに行こうねー」

「ぅー！」

「はいはい、リアがネウラに普通に触れるようになったらねー」

「ぅー……」

ネウラの不満そうな声から恐らくまだリアの側にいたいのだろうが、ご主人様がそれを阻止するようにネウラを抱えて説得する。

……ご主人様ってネウラの言いたい事わかってんの……？

確かに不満そうな声からしてリアの側にいたいなーっていうのはわかったけど、基本的にご主人様ってネウラたちが言いたそうなことを察している気がする。

……それだけきちんと向き合っているって事なんだろうなぁ……。

「やっぱご主人様ってすげえよ」

「えっ？　急にどうしたの？」

「なんでもないって。それより今日の収穫だけどさ……」

強引に話を逸らしてご主人様を部屋から押し出す。

さてと、また明日も頑張らねえとな。

リアに負けてるわけにはいかねえもんな。

だって俺はリアの兄なんだから。

あとがき

初めまして、naginagiです。

この度、「Nostalgia world online2 ～首狩り姫の突撃！　あなたを晩ご飯！～」を御手にとって頂き有難うございます。

二巻ということで話も進んできてフィールドマップの解放や自宅所持といった方面への進出であります。オープンワールド系ならではの好きなところに家を建てられるとまではいきませんが、思い思いの場所に拠点を建てられるのはプレイヤーにとっては醍醐味でしょう。私の場合はビビりですので『安全』『資源が近い』の二点が重視されますが、人によっては危険地帯に建てるなどそれぞれの考えがありますので、ＮＷＯでもプレイヤーは各々好みの拠点を選び始めました。アリスの事だから森に拠点が建つとお思いの方もいますが、アリスの場合は人の縁を大事にしていますので今回のように譲られたらそれに甘えるということになりました。まぁ家って高いからそうそう贅沢言えないですもんね。

そして皆さんにお報せがあります。帯に記載してありますが拙作ＮＷＯのコミカライズが決定いたしました。細かい情報については後々のご紹介となりますが、是非お楽しみください。

今回もイラストを担当して下さったのは夜ノみつき様です。素敵なイラスト、本当に有難うございました。最後にこの本の出版に携わってくださいましたＴＯブックスの皆様、各関係者

の皆様に感謝いたします。皆様の御協力のおかげで無事にこの本を世に送り出す事が出来ました。心から御礼を申し上げます
最後にこの本を手に取って読んで下さった方に心から感謝いたします。
またお会い出来る事を楽しみにしています。

二〇二一年五月　naginagi

欠片《ピース》発売

稳やか貴族の休暇のすすめ。短編集

著：岬　イラスト：さんど

2021年夏 発売予定!

今夏、旅の

Nostalgia world online 2
～首狩り姫の突撃！　あなたを晩ご飯！～

2021年6月1日　第1刷発行

著　者　naginagi

発行者　本田武市

発行所　TOブックス
〒150-0002
東京都渋谷区渋谷三丁目1番1号　PMO渋谷Ⅱ　11階
TEL 0120-933-772（営業フリーダイヤル）
FAX 050-3156-0508
印刷・製本　中央精版印刷株式会社

ISBN978-4-86699-214-3